구선모 新무협 판타지 소설

효열지도

號熱之道

호열지도 9

구선모 新무협 판타지 소설

초판 1쇄 찍은 날 § 2004년 8월 24일
초판 1쇄 펴낸 날 § 2004년 9월 4일

지은이 § 구선모
펴낸이 § 서경석

편집장 § 문혜영
편집책임 § 장상수
편집 § 권지영 · 서지현 · 한지윤
마케팅 § 정필 · 강양원 · 이선구 · 김규진 · 홍현경

펴낸곳 § 도서출판 청어람
등록번호 § 제1081-1-89호
등록일자 § 1999. 5. 31
어람번호 § 제2-0421호

주소 § 경기도 부천시 원미구 심곡1동 350-1 남성B/D 3F (우) 420-011
전화 § 032-656-4452 팩스 § 032-656-4453
E-mail § eoram99@chollian.net

ⓒ구선모, 2002

값 8,000원

ISBN 89-5831-221-1 04810
ISBN 89-5505-427-0 (SET)

구선모 新무협 판타지 소설

호열지도
號熱之道

9 암투난무(暗鬪亂舞)

도서출판

청어람

목
차

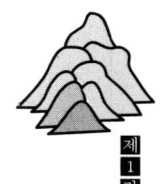

제
1
장

폐월맹, 드디어 오는구나

◆ 제1장 **패혈맹, 드디어 오는구나**

해가 중천에 떠 있는 한낮인데도 사방은 짙은 먹구름으로 인해 잿빛만이 가득했다. 무더운 칠월을 청명하게 정화시켜 주는 빗줄기는 분명 사람들에게 시원한 느낌을 주어야 정상이건만, 철혈검문의 식솔들에게는 반기고 싶지 않은 불청객의 방문으로 인해서인지 전반적으로 음산하고 무거운 기운이 감돌고 있었다.

차아아아……

뚜벅, 뚜벅, 뚜벅…….

앞이 보이지 않을 정도로 쏟아지는 굵은 빗줄기를 뚫고 희미하게 보이기 시작하는 사람의 그림자들.

희미한 그림자들이 지니는 무게가 얼마나 대단했던지, 폭포수처럼 쏟아져 내리고 있는 빗줄기 속에서도 그들의 발자국 소리는 뚜렷하게 주변 곳곳 깊숙하게 파고들었다.

"이곳입니다. 제가 문주님께 보고하는 동안, 두 분께서는 잠시 이곳에서 기다려 주십시오."

비록 불청객이라 하더라도 외부의 손님을 접견하고 안내하는 직무에 충실한 추 전주는, 자신의 뒤를 따라오며 은근히 불만을 토하는 추환쌍검(錐幻雙劍)에게 최대한 정중하게 말한 후 집무실 안으로 발걸음을 옮겼다.

"음……."

"이거 참……."

추 전주의 말에 줄곧 뒤를 따라온 추환쌍검 형제는 어이가 없다는 표정을 지으며 서로의 얼굴을 바라보았다. 추환쌍검의 생각으로는 회의실이나 접견실에 들어가서 기다리게 될 줄 알았는데, 자신들을 안내한 사람의 말에는 그런 것은 들어 있지 않았던 것이다.

철혈검문의 산문을 넘어서면서 시작된 불만은 평소의 추환쌍검이라면 도저히 참을 수 없는 모욕과도 같은 것이었다. 특히 무림의 패권을 좌지우지(左之右之)하는 패혈맹의 사신으로 온 장로들을 비가 오는 날 밖에 세워둔다는 것은 상식 밖의 일이었기 때문이다. 그러나 추환쌍검은 추후의 일을 생각하며 치솟는 울화를 애써 참았다. 어차피 몇 시진 후면 자신들의 손에 의해 모두 황천으로 갈 것이란 생각이 들자, 이 모든 일들이 일종의 유희처럼 느껴지고 있었다.

추 전주는 집무실로 들어간 후 일 다경이 지나지 않아 추환쌍검의 앞에 그 모습을 드러냈다.

"이제 들어가면 되겠나?"

"아닙니다. 문주님께선 두 분을 집무실이 아닌 접견실에서 만나겠다고 하십니다. 그러니 저를 따라오십시오."

추 전주는 추환쌍검이 뭐라고 말을 하기도 전에 먼저 걸음을 옮기며 앞장을 섰다.

"뭐, 뭐라……? 이, 도대체 우릴 뭐로 보고 이런……."

"그만 하거라. 주인이 다른 곳에서 만나겠다고 하는데 무슨 말이 더 필요하겠느냐."

"그렇지만……! 휴~ 알겠습니다. 오늘은 형님의 말에 따르도록 하겠습니다."

환시종검(幻屍終劍) 반우해(潘佑海)가 목청을 높여 뭐라고 하기 전에 추성일검(錐星一劍) 반부형(潘阜亨)이 제지를 한 후 십 장 이상 앞서 가는 추 전주를 따르기 시작하자, 평소 친형인 반부형에 대한 두려움과 존경심을 가지고 있던 반우해는 울화를 삭이며 그 뒤를 따라야만 했다.

'제길, 정말 미치겠군. 그래… 좋다. 오늘 무슨 일이 있더라도 문주 놈과 저 녀석의 목을 내 손으로 직접 따고야 말겠다. 아니지, 아예 내 방문 앞에 효시를 해서 앞으로 우리 추환쌍검을 무시하는 놈들의 최후 가 어떻게 되는지 만천하에 알리겠다. 그러면 더 이상 오늘과 같은 일 이 벌어지지 않겠지. 후후후……'

반우해는 자신의 검에 의해 철혈검문 문주의 목이 떨어지는 장면을 생각하며 입가에 의미심장한 미소를 머금고 있었다. 생각만 해도 절로 미소가 입가에 걸릴 정도로 기분이 좋은 일이었고, 또한 얼마 지나지 않아 그렇게 되리란 것을 믿어 의심치 않았다.

집무실에서 접견실로 향하는 얼마 안 되는 거리 동안 추환쌍검은 몇 몇 젊은 무사가 자신들을 안내하고 있는 사람을 향해 정중히 허리 숙이며 예를 다하는 것을 보고는 고개를 갸웃거렸다. 그다지 비중이 있어 보이지 않는 사람으로 생각하고 있었는데, 실은 그렇지 않은 것 같았기 때문이다. 하지만 추환쌍검은 그에 대해 별반 신경을 쓰지 않았다. 자신들의 안목으로 보기에 안내자의 실력은 너무도 형편없게 보였기 때문이다.

추 전주는 뒤돌아서서 추환쌍검이 따라오고 있다는 것을 확인하지도 않고 접견실이 있는 건물로 서슴없이 들어갔다. 상황이 이렇게 되자 줄곧 삼 장 뒤에서 추 전주의 뒤를 따르고 있던 추환쌍검도 건물 안으로 걸음을 옮겼다.

"문주님께선 안에서 두 분을 기다리고 계십니다. 어서 안으로 드시지요."

건물 안으로 들어가며 열양지기(熱陽之氣)로 비에 흠뻑 젖은 의복을 순식간에 건조시킨 후 추환쌍검은 접견실로 통하는 문 앞에 서 있는 추 전주의 안내를 받으며 안으로 천천히 걸음을 옮겼다.

추환쌍검이 안으로 들어서자 추 전주는 조용히 문을 닫아주었다. 이미 사전에 호열과 얘기를 끝낸 상황이기에 굳이 접견실로 들어가서 괜한 심력을 허비하지 않아도 되었기 때문이다. 또한 문중의 일도 아직 마무리되지 않고 있었기에 최대한 시간을 아끼기 위해 문을 닫은 후 뒤도 돌아보지 않고 각 전주들과 문인들이 있는 곳으로 달려갔다.

추 전주의 안내에 따라 접견실로 들어간 추환쌍검은 한동안 인상을 찡그리지 않을 수 없었다. 아니, 추환쌍검의 얼굴 가득 찌그러진 주름은 시간이 지나도 좀처럼 펴질 기미가 보이지 않았다.

추환쌍검은 접견실에 들어가서도 자신들이 철혈검문의 손님이라는 느낌을 받을 수 없었다. 비록 군사인 혈미서생(血眉書生) 송심진(宋心眞)의 의중에 따라 철혈검문에 발을 들여놓은 것이지만, 엄밀히 말하면 추환쌍검은 중원무림을 양분하고 있는 패혈맹의 맹주인 검마왕(劍魔王) 독고후(獨孤珝)를 대신해서 온 사신이었다. 즉 철혈검문은 추환쌍검을 영접함에 있어서 맹주를 접대하듯이 한 점의 소홀함도 없이 지극 정성으로 대접해야 했다. 그것이 지금까지 여러 군소문파가 패혈맹의 사신들을 대접하는 관례였고, 또한 당연한 일이었다.

그러나…….

'이거 참, 도대체 우리를 뭐로 알기에 이런 작태를 보이는 것인지 모르겠구먼. 우릴 안중에 두고 있지 않다는 것인가? 흐음… 아니면 처음부터 적으로 생각하고 있었는지도…….'

추환쌍검이 접견실에 들어온 후로 일 다경이 넘도록 호열은 시선조차 돌리지 않고 자신의 앞에 놓여져 있는 서류들을 살펴보고 있었다. 이 모습은 마치 추환쌍검이 호열의 수하가 되어 서류들을 호열이 검토한 후 명이 하달되기를 기다리고 있는 상황처럼 보일 정도였다.

환시종검(幻屍終劍) 반우해(潘佑海)가 인내심의 한계를 느꼈던지 더 이상 참지 못하고 천천히 검병(劍柄)으로 손을 옮기고 있었다.

반우해의 검.

왼쪽 허리에 삐죽 올라와 있는 검병에 세 개의 둥근 고리가 있는 환검(環劍)이었다. 그러나 오래전에 만들어졌는지 아니면 자신이 원해서 그러한 모양을 갖추게 되었는지 모르지만, 검의 모양은 곧게 뻗은 직검(直劍)으로 장수들이나 차고 다니는 패검(佩劍)과 같은 모양이었다. 환검(幻劍)을 사용하는 검사(劍士)가 사용하기에는 부적당한 검이었다. 하지만 반우해는 그러한 것은 아는지 모르는지, 지금까지 그 검으로 혁혁한 무명을 날리고 있었고 다른 무인들에게는 공포의 대상이 되고 있었다.

추성일검(錐星一劍) 반부형(潘阜亨)은 동생인 반우해의 움직임을 감지하고는 한 발 앞으로 나서며 행동을 제지했다. 자신 역시 참을 수 없는 모욕감을 느끼고 있었지만, 현재로서는 자신의 감정을 억제하고 사신으로서의 임무를 수행해야 했다. 추후의 일이 어찌 되었든, 우선은 명분이 중요하다는 것을 오랜 경험을 통해 잘 알고 있었기 때문이다.

"흠! 흐흠……!"

"응? 이런……! 이거 죄송하게 되었습니다. 제가 그만 두 분이 들어오신 것을 잊고 있었습니다. 어서 이쪽으로 앉으시지요."

반부형의 헛기침에 정신을 차린 것처럼 깜짝 놀란 모습을 보인 호열은 입가에 미소를 지어 보이며 자신의 과실을 대수롭지 않게 넘겨 버리고는 추환쌍검에게 자리를 권했다. 넉살 좋은 웃음과 말 한마디로 지금까지 추환쌍검 형제를 무시하고 있었던 것을 무마시켜 버린 호열이었다.

"철혈검문의 임호열이라 합니다. 패혈맹에서 사신이 왔다는 전갈을 받았는데……."

'임호열이라……? 역시 처음 들어보는 성명이구나.'

"허허, 임 문주시군요. 오늘 강호무림에 대명이 쟁쟁한 철혈검문의 문주님을 직접 뵐 수 있어 영광입니다."

그다지 머리가 비상하지 않은 반부형이었지만, 호열의 이름을 몇 번 되새겨 보아도 지금까지 한 번도 들어본 기억이 없다는 것을 알 수 있었다. 십삼 세에 무림에 출도한 후 사십칠 년을 종횡무진(縱橫無盡)하면서 한두 번 정도 들어보았던 무인들의 성명이나 별호들은 곧 잘 외울 수 있었는데, 도무지 호열이란 이름은 철혈검문이란 문파명과 함께 전혀 기억에 없는 성명이었다. 그러나 생각은 생각일 뿐, 무림의 노고

수(老高手)답게 호열을 향해 포권을 취하며 예를 갖추었다.

"별말씀을……."

"허허, 저는 패혈맹의 장로 직을 맡고 있는 반부형이라 합니다. 그리고 이쪽은 제 아우인 반우해라 합니다."

"아~ 그러시군요. 위명이 쟁쟁한 패혈맹의 장로 분들을 몰라보았다니, 하하하… 제가 큰 실수를 했습니다."

호열은 반부형의 간단한 설명을 들으면서 약간의 놀라움을 드러냈다.

강남무림의 지배자라 할 수 있는 패혈맹의 장로.

자신의 앞에 있는 반부형과 반우해 두 형제가 모두 권력의 핵심이라 할 수 있는 장로 신분의 중요 인물임을 알고는 호열도 어느 정도 놀라움을 드러내지 않을 수 없었던 것이다.

그러나 호열은 현재 자신의 앞에 앉아 있는 두 형제가 강호에서 어떠한 비중을 차지하고 있으며, 명호가 무엇인지에 대한 기본적인 사항들에 대해서는 일절 알 수가 없었다. 아직 패혈맹에 관한 정보가 미비했기에 어쩔 수 없었던 것이다.

호열은 반부형을 향해 가벼운 포권을 취하며 한 손으로 앉을 수 있는 자리를 권했다.

"자, 두 분께서는 이쪽으로 앉으시지요. 패혈맹에서 두 분의 사신이 왔다는 소식을 접하고서는 허락도 받지 않고 평소 제가 즐겨 마시는 차를 준비했습니다. 두 분의 양해를 구하지 않고 준비를 하게 되었지만, 두 분께서도 한 번 드셔보시면 그 깊은 맛에 흡족해하실 것입니다."

"흐으음……."

'처음부터 끝까지 우리를 무시하는구나. 아무리 좋은 차라고 하더라도 준비를 하기 전에 의견을 물어보는 것이 예의가 아니던가! 도대체가……'

"허허, 무슨 차인지 기대가 되는군요. 어디……"

반우해의 불만이 어린 표정을 보고도 모르는 척한 것인지 아니면 보지를 못한 것인지, 반부형은 호열의 말에 고개를 끄덕이며 얼굴 가득 미소를 지어 보였다. 조금 전까지 무시를 당하고 있었던 일들을 모두 기억에서 지웠는지, 넉살 좋게 말하고 있는 호열을 향해 크게 웃어 보이며 서슴없이 자신의 앞에 놓여져 있는 차를 향해 손을 가져간 것이다.

"크으음… 차 맛이 독특하군요. 첫맛은 쓴 듯한데, 뒷맛은 달콤하다. 무슨 차입니까?"

"하하하, 역시 반 장로께선 차를 드실 줄 아십니다. 지금 마신 차의 이름은 카뻬라고 합니다. 중원에서는 쉽게 구할 수 없는 차로, 제가 알기로는 아직까지 황제도 먹어보지 못했다고 합니다."

"아……"

"하나의 차에 두 가지 이상의 맛이 담겨져 있을 뿐만 아니라, 카뻬는 사람의 인생과 비교가 되는 쓴맛과 달콤함이 함께 어우러지며 마시는 사람으로 하여금 그 독특한 맛을 느끼게 하는 차입니다."

"허허, 임 문주께선 이 차를 아주 좋아하시나 봅니다."

"글쎄요. 그다지 좋아하지는 않지만, 그렇다고 싫어하지도 않습니다. 그저 이따금씩 생각이 날 때나 한잔하는 정도입니다."

'지금쯤이면 추 전주가 알아서 모든 준비를 하고 있겠군. 워낙 전장에서 잔뼈가 굵은 사람이니 내가 신경을 쓰지 않아도 잘하겠지. 그나저나 추 전주 말대로 아직 주변 상황이 어떤지 보고가 되고 있지 않지만 분명 많은 수의 적들이 매복해 있을 것이다. 반부형이란 사람은 그렇다고 치지만, 성격이 불같을 것 같은 자의 느긋함이 왠지 마음에 걸린다. 느낌이 좋지 않아, 아무래도 내가 생각했던 수보다 훨씬 많은 적들이 온 것이 아닌지…….'

호열은 반부형의 말에 자신의 복잡한 심정을 대변하듯 에매모호한 답변을 하며 차를 한 모금 입에 넣었다.

"생각이 날 때마다 그저 한잔할 정도라……."

'으음… 황제도 먹어보지 못한 차를 생각날 때마다 마신다는 말인가? 나도 차를 좋아하지만, 차에 단맛이 나도록 하려면 당분을 넣었다는 것인데…….'

반부형은 카베의 달콤한 맛이 당분에서 비롯된 것임을 능히 짐작할 수 있었다. 평소 차를 즐겨 마시는 편이라, 웬만한 차는 입에 안 대본 것이 없었기 때문이다. 또한 당분이란 것이 얼마나 값비싼 사치품인지 잘 알고 있었기에, 철혈검문이 지니고 있는 부(富)의 양이 얼마나 되는지 짐작할 수 없다는 것을 느낄 수 있었다.

"흠흠, 귀한 차 잘 마셨습니다. 오늘 반 모가 임 문주님의 배려로 생각지도 못한 호사를 누렸습니다. 감사합니다."

"하하, 별말씀을… 어찌 이것을 가지고 대접이라 할 수 있겠습니까. 그러니 괘념치 마십시오."

"그렇게 말씀해 주시니 그럼 편안하게 마시겠습니다. 허허, 그나저나 저희 맹주님께서 보내신 서찰은 읽어보셨습니까?"

"아~ 그렇지 않아도 지금 읽어보려던 중입니다. 하하하… 요즘 문중에 일이 갑자기 늘어만 가다 보니 하루에 읽어보아야 할 문서들이 많은 관계로 아직 읽어보지 못했습니다."

"……?'

'그럼 아직까지……?'

호열은 일부러 시선을 다른 곳에 두면서 말끝을 흐렸다. 직접 두 눈으로 보지 않아도 호열은 추환쌍검 중 성질이 급한 반우해의 인상이 구겨지고 있다는 것을 능히 짐작할 수 있었다.

"허허, 지금이라도 읽어보시면 되겠지요. 아무쪼록 패혈맹과 철혈검문 사이에 불상사가 생기지 않도록 임 문주님의 좋은 답변이 있었으면 합니다."

"저도 그럴 수 있었으면 좋겠습니다."

"흠흠, 그럼 어서 읽어보시지요. 저희도 이곳에 계속 머물면서 문주님과 담소를 나누고 싶지만, 사정이 있어서 그리 오래 머물 수 없는 처지인지라……."

"하하, 그렇게 하겠습니다. 제가 어찌 위명이 쟁쟁한 두 분의 발목을 잡고만 있을 수 있겠습니까. 그럼 잠시만……."

호열은 반부형의 말에 크게 고개를 끄덕여 보이며 탁자에 놓여져 있는 문서들을 한동안 뒤척이며 추 전주가 전해주었던 서찰을 찾는 행동을 취했다.

"……?'

'이거 참… 일문(一門)의 문주가 맞기는 한가? 도대체 저런 행동을 우리들 앞에서 서슴없이 하다니…….'

반우해는 호열의 행동을 주시하면서 한동안 입을 다물 수가 없었다. 어찌 보면 자신들을 철저히 무시하고 있지 않은가 하고 느낄 수 있을 정도로, 호열의 행동 하나하나에 의심이 가는 행동들이 묻어나고 있었던 것이다.

"하하, 여기에 있었군요. 그럼······."

호열은 이미 읽어보았던 서찰을 다시 활짝 펴 보이며 최대한 진중한 자세로 읽는 척했다. 이미 추 전주가 문인들을 인솔해서 전투 대형으로 대열을 형성했을 것이란 것을 짐작할 수 있었지만, 그래도 신중하지 않으면 안 되었기에 최대한 시간을 벌어보자는 심산이었다.

어느 정도 시간이 흐르자, 호열은 대충 시간이 되었다는 것을 인지하고는 서찰을 탁자에 내려놓으며 천천히 추환쌍검의 얼굴을 바라보았다.

'이거 참, 다시 보아도 마찬가지로군. 그나저나 서찰의 내용대로라면 이번에 우리가 패혈맹과 연맹을 맺지 않으면 좋지 않은 일이 일어난다는 말인데······ 연맹이라고 할 수도 없겠지. 자신들 밑으로 알아서 들어오라는 것이니까. 하지만 그렇게 할 수는 없으니 이미 상황은 정해진 것이겠지. 휴~ 문인들의 인명 피해가 없었으면 좋겠지만 아무리 생각해 보아도 그것은 불가능한 일인 것 같고, 어떠한 방법을 동원하더라도 최소한의 피해로 막아야 한다. 오늘만 무사히 넘길 수 있다면, 그렇게 된다면 당분간은 무림맹이나 패혈맹과의 전면전은 없을 것이니 힘을 키울 수 있는 시간을 벌 수 있다. 제발, 어찌 되었든 오늘만은 넘겨야 하는데······.'

한동안 침묵이 흘렀다. 서찰을 읽은 호열이 먼저 말문을 열어야 하건만, 어찌 된 일인지 추환쌍검을 주시한 상태로 말문을 열 생각을 하지 않고 있었다.

추환쌍검은 호열의 알 수 없는 행동에 처음엔 어리둥절하며 먼저 말문을 열기를 기다리고 있었지만, 그것도 한계에 다다랐는지 반우해가 참지 못하고 입을 열었다.

"흠흠, 문주께서 어느 정도 생각이 정리되었으면 우리들이 맹주님께 전해 드릴 답을 내주셨으면 합니다."

"답을 내달라, 흐음…… 반 장로께서는 서신을 원하시는 것입니까?"

호열은 반우해의 시선을 무시하며 조용히 앉아 있는 반부형을 향해 고개를 돌리며 되물었다.

"크음, 그거야 당연히……."

"서신으로 전할 수 있으면 고맙습니다만, 꼭 서신이 아니어도 상관 없습니다. 그러니 문주께서 원하시는 방향으로 하셔도 무관합니다."

반부형은 반우해의 말을 중간에서 자르며 호열이 자신의 생각대로 움직이도록 했다.

"그렇습니까? 그럼 굳이 서신을 작성하지 않아도 되겠군요. 뭐, 작성할 것도 없겠지만."

"응?"

"……"

"서신을 읽어보니 독고 맹주께서 두 분을 신임하고 계시다는 것을 어렵지 않게 짐작할 수 있었습니다. 자신의 대자로서 의견을 조율할 수 있는 권한을 위임한다고 되어 있으니, 그럼 저의 의견을 두 분께 전해도 무방하다는 얘기인데… 그렇습니까?"

"그렇게 생각하셔도 무방할 것입니다. 분명 오늘 이 자리에 있는 우리 두 사람은 패혈맹의 장로로서 이곳에 있다고 하기보다는, 맹주님의 대자로서 임 문주님과 자리를 하고 있는 것이니까요."

"하하, 그렇다면 편안하게 하나만 물어보겠습니다."

호열은 반부형의 대답에 고개를 크게 끄덕여 보이며 천천히 앉아 있던 의자에 몸을 뉘었다. 앞으로 어떤 말을 할지 모르지만, 상대방이 자신의 말에 어떤 반응을 보일지 조용히 관찰해 보겠다는 의미가 담긴 행동이었다.

"흐음… 무엇을 듣고자 하시는지 말씀해 보십시오."

반부형은 호열의 행동과 말투로 호열이 물어보고자 하는 것이 무엇인지 능히 짐작할 수 있었다. 그에 자신도 모르게 약간 거북한 심정을 밖으로 드러내 보이며 호열의 두 눈을 주시하며 말문을 열었다.

"하하, 그럼 거두절미하고 한 가지만 물어보겠습니다. 반 장로께서도 이미 이곳으로 오시기 전에 들어서 아시겠지만, 이미 무림맹에선 현검선생(玄劍先生) 제갈현(諸葛賢) 맹주가 장로들과 함께 철혈검문을 방문한 일이 있었습니다. 무림맹의 장로가 구파일방의 장문인들을 가리킨다는 것은 잘 아실 것입니다. 그렇다면 과연 무림을 영도하고 지배하는 그들이 무엇 때문에 이곳에 왔겠습니까?"

'무한에 총타가 있는 개방이 활동도 못하고 쫓겨나게 되었는데, 당연히 오고도 남는 일이지. 무한이 공백 상태가 된다는 것은 우리에게 넘겨주는 것이나 마찬가지일 테니……'

"짐작하신다는 표정이군요. 저는 잘 몰랐는데, 무한에 개방이라는 거지들의 세력이 있더군요. 그런데 어찌 된 일인지 그들이 관군들에 의해 행동의 제약을 받게 되었습니다. 자세한 사항은 넘어가고, 여하튼 그런 이유로 저희와 연맹을 맺었으면 하는 이유로 찾아왔습니다. 그때는 무림맹의 제의를 거부했었는데, 사실 아직 확실한 결정을 내린 상태는 아닙니다. 그것은 무림맹에서 왔다면 패혈맹에서도 찾아올 것이란 것을 알고 있었기에 그리한 것입니다."

"크음……."

'아직 결정을 내리지 않았다는 것은, 그렇다면 우리와의 협상에 따라 결정하겠다는 것인가……? 이거 참, 우린 연맹은 생각하지도 않는데 혼자 꿈을 꾸는구먼. 후후훗……!'

반우해는 호열의 말을 들으면서 자신도 모르게 웃음이 나오려고 하는 것을 간신히 참아야만 했다. 철혈검문을 치기 위한 대외적인 명목상 명분이 필요했기에 호열과 자리를 하고 있는 것이었지, 이름도 들어보지 못한 신생 문파인 철혈검문이 무서워서 복잡한 절차를 거치는 것이 아니었기 때문이다.

"그런데 패혈맹에서 보낸 서찰에는 철혈검문이 고개를 숙이고 들어오기를 강요하고 있군요. 무림맹과 같은 연맹이 아닌, 복종을 원한다면…… 그럼 제가 두 분께 드릴 수 있는 대답은 하나밖에 없는 것 같습니다."

"……?"

"이미 무림맹에도 똑같은 말을 한 적이 있었지만, 저를 비롯한 문인들 모두 철혈검문이 그 어떠한 문파에 귀속되는 것을 바라고 있지 않습니다. 뭐, 다른 말을 더 할 수도 있겠지만, 제 짧은 소견으로는 이 한마디면 굳이 다른 말이 필요하지 않을 것 같은데……."

호열은 자신이 할 말을 다 하고서는 천천히 자신의 앞에 놓여져 있는 찻잔으로 손을 뻗으며 조용히 차 맛을 음미했다. 더 이상 다른 말로 시간을 허비하지 않았으면 하는 생각을 추환쌍검에게 은근히 전하고 있는 것이다. 또한 호열은 조용히 추환쌍검에게 철혈검문에서 나갔으면 하는 자신의 의도도 감추지 않고 내비쳤다.

축객령.

추환쌍검은 이미 호열의 대답을 짐작하고 있었기에 천천히 고개를 끄덕였다. 하지만 대놓고 박대를 하는 호열을 향해 얼굴을 붉히지 않을 수가 없었다. 순식간에 좋았던 분위기가 차가운 얼음굴에 들어온 것처럼 싸늘하게 변했다.

"허허, 문주의 의중을 알았으니 그럼 우리들은 맹주님께 지금의 일을 그대로 전해 드리겠습니다."

"크음……! 형님, 임 문주의 의중이 어떠한지 알았으니 맹으로 돌아가서 앞으로의 일을 논의하는 것이 좋겠습니다."

"하하, 그렇게 하도록 하십시오."

호열은 일부러 크게 행동을 취하며 자리에서 일어서는 반우해를 한번 쳐다본 후 반부형을 향해 고개를 끄덕여 보였다.

"흠흠, 차 맛이 독특하고 좋아서 영원히 기억에 남을 것 같습니다. 다시 맛볼 수 있었으면 했는데, 이젠 그런 일은 없겠군요."

"하하, 언제라도 오실 수 있으면 오시기 바랍니다. 굳이 차를 함께 마시기 의해 먼 길을 오신 손님을 박대할 정도로 저희 철혈검문은 박정하지 않습니다."

"그렇게 말씀하시니 언젠가는 한 번 발걸음을 해야겠군요. 조속한 시일 안에 뵐 수 있었으면 합니다. 그럼 저희들은 이만……."

"벌써 일어나시려고요? 이런… 날씨도 좋지 않은 이때에 두 분께서 어려운 발걸음을 하셨는데 술 한잔을 대접하지 못하고 보내야만 한다니 안타깝기 그지없습니다. 하지만 하루라도 빨리 귀 맹주에게 전하려면 어쩔 수 없는 상황이니…… 하하, 그럼 훗날 편안하게 오실 때 오늘 못다 한 것까지 쳐서 크게 대접하겠습니다."

"허허, 말씀만 들어도 고맙습니다. 그럼 다음에 뵙겠습니다."

"예, 두 분께서 검문을 나서는 것을 직접 지켜보고 싶지만, 저도 일이 있어서 멀리 나가지 않겠습니다. 그럼 조심해서 살펴 가시지요.”

“오늘 만나서 좋은 시간을 보내고 갑니다.”

“오늘의 결정, 후회하게 될지도 모릅니다. 그리고 조속한 시일 안에 준비를 해두는 것이 좋을 겁니다. 흠……!”

추환쌍검이 뒤도 돌아보지 않고 접견실 문을 나서자, 문밖에 서 있던 추 전주가 한 차례 고개를 숙여 보인 후 처음 들어왔었던 곳으로 안내를 했다.

호열은 시야에서 멀어지는 추환쌍검을 한동안 바라보았다. 얼마 지나지 않아 추환쌍검의 그림자도 볼 수 없게 되자 호열은 천천히 하늘을 향해 고개를 들었다. 바람결에 느껴지던 습한 기운이 시원하게 느껴질 정도로, 한여름의 공기는 청명하기 이를 데 없었다.

“공주와 하인들은 모두 대피시켰느냐?”

“옛! 문중의 하인들 모두 대피 장소로 피신을 완료했습니다. 그리고 그곳엔 철혈검주께서 소호 아가씨의 안위를 위해 직접 호위를 하고 계십니다.”

어느새 도착해 있었는지 패왕전의 조대호(曹岱豪) 당주(堂主)와 군왕전의 이건호(李健豪) 당주가 호열의 뒤에 시립해 있었고, 호열은 뒤에서 들려온 조 당주의 목소리에 고개를 끄덕였다.

“준비 상태는?”

“이미 패왕전과 군왕전의 모든 문인은 전투 준비를 마친 상태입니다.”

“음…….”

호열은 조 당주의 말에 천천히 고개를 끄덕였다.

추환쌍검이 정문을 나섰는지, 멀리 추 전주가 달려오고 있는 것이 보였다. 무엇이 그리 급한지, 장대같이 내리고 있는 비를 온몸으로 받고 있었다.

"그들은 떠났는가?"

"예, 그들의 모습이 보이지 않을 때까지 있다가 오는 길입니다. 그리고 정문을 지키고 있던 문인들에게 대피 장소로 가도록 지시를 했습니다."

추 전주는 굳이 내리는 비를 피하지 않고 마당에 서서 대답했다.

'휴~ 저들이 문밖으로 나갔으니 조만간 무인들을 대동하고 오겠구나.'

"잘했네. 그럼 이제 책사들에게 일러 문중에 설치된 기관(幾關)을 발동시킬 수 있도록 하게. 오늘을 위해 준비한 것들이니 그것들 중 어느 하나라도 차질이 있어서는 안 되네. 조금이라도 여유가 있을 때 한번 둘러보도록 하고."

"예, 그렇게 하겠습니다. 그럼 소인은 지금 기관과 진을 발동하도록 하겠습니다. 그리고…… 문주님, 부디 무사하십시오. 그럼 이만."

"하하, 저들이 생각이 있다면 기관을 조종하는 중추를 먼저 와해하려고 할 것이니 자네를 비롯해서 책사들 모두 자신들의 안위를 위해 최선을 다해야 할 것이네. 무슨 말인지 알겠는가?"

"알겠습니다. 걱정하지 마십시오."

"그래, 그럼 내일 웃는 얼굴로 볼 수 있도록 하세."

"최선을 다하겠습니다. 그리고 자네들도 무운을 비네."

"옛, 전주님. 감사합니다."

추 전주는 호열의 진심이 어린 말에 크게 고개를 끄덕여 코인 후, 호열의 뒤에 시립하고 있던 조 당주와 이 당주에게 안전을 당부하며 빠른 걸음으로 사라졌다.

빠르게 사라지는 추 전주의 모습을 보며 호열은 다소나마 안도감이 들었다. 외부 세력의 침입을 막기 위해 삼 주일에 거쳐 만든 기관. 이미 패혈맹의 침입이 있을 것이란 것을 예견했었기에 황궁의 힘을 빌려 빠른 시일 안에 최대한의 살상 효과를 볼 수 있도록 만들어 충분히 믿을 수 있었다.

하지만 기관을 구축하는 데는 생각하지도 못할 정도의 천문학적인 재원이 소요되었다. 자그마치 황금 일만오천 냥이란 거금이 들어간 것이다. 은(銀) 한 푼이면 장정 한 명이 주점에서 간단하게 한 끼 식사를 할 수 있는 돈이다. 은 열 냥이 금(金) 한 냥이므로 황금 일만오천 냥이란 일반 백성들이 생각하지도 못할 어마어마한 금액이 아닐 수 없었다.

그러나 호열은 굳이 기관을 만드는 데 들어가는 비용에 대해서는 조금도 신경을 쓰지 않아도 되었기에, 현재 철혈검문에 구축된 기관의 위력은 들어간 황금의 위력만큼 외부 세력의 침입으로부터 안전하다고 할 수 있었다. 그렇지만 호열은 무언가 아쉬움이 남는다는 표정을 짓고 있었다.

'뭐라 표현할 수 없지만, 무엇인가 빠진 것 같다는 생각이 드는데… 왜 이런 느낌이 드는 거지……?

"너희들도 문인들에게 가서 사기(士氣)를 높여주면서 다시 한 번 주변의 상황을 둘러보도록 해라. 그리고 모두 갑주(甲冑)를 착용… 갑주……? 이런! 조 당주와 이 당주, 너희들은 현재 갑주를 착용하고 있느냐?"

호열은 추 전주가 사라지고 난 후에도 계속 정면만을 바라보며 당주들에게 말을 하다가, 갑자기 무엇에 놀란 듯 뒤로 돌아서며 눈을 크게 뜨고 당주들을 살펴보았다.

"예? 갑주라 하시면……."

"황궁에서 나오면서 갑주를 놓고 나왔기에 지금 착용하고 있지 않습니다. 저희들이 착용하던 갑주는 한눈에 보아도 황군들의 것이라 의심할 수 있기에 그리되었습니다."

"이런……! 아무리 그렇다고 하지만 전쟁을 치르는 사람들이 갑주를 놓고 나오다니. 그나저나 이런 때에 갑주를 착용하지 못한다니 난감한 일이로군."

호열은 자신의 실수를 깨달았다. 그리고 무엇이 잘못되었는지도 알수 있었다. 허전하고 무언가 빠진 것 같은 아쉬운 느낌의 원인을 찾은 것이다.

"갑주가 없다는데 더 이상 말해 봐야 아까운 시간만 낭비하는 격이니 내 당주들에게 한마디만 하겠다. 당주들도 알겠지만 오늘의 전투는 우리가 공격을 하는 것도 아니고, 방어를 하더라도 지키기 위해 목숨을 거는 것이 아니다. 최대한 기관에 의지하며 시간과 목숨을 보존하는 것이 목표라 할 수 있다. 그러니 이 길로 가서 문인들에게 알려라! 최대한 몸을 사리면서 살아남으라고. 무슨 말인지 알겠느냐?"

"문주님의 뜻이 무엇인지 잘 알겠습니다. 그리고 말씀하신 그대로 문인들에게 전하겠습니다."

"말씀대로 살아남도록 하겠습니다. 그래서 대업을 이루시는 데 일조를 하겠습니다."

"그래… 그럼 조 당주와 이 당주, 그리고 모든 문인이 무사할 수 있도록 최선을 다하길 바란다."

"옛! 그럼 저희들은 각자 위치로 가서 준비하고 있겠습니다."

"……."

호열은 빗속을 뚫고 사라지는 조 당주와 이 당주의 뒷모습을 한동안 바라보았다. 빗방울은 점점 더 굵어지고 있었다. 그와 더불어 조금이나마 주변을 밝혀주던 빛이 칠흑 같은 먹구름에 가려 잿빛이 되어가고 있었다.

＊　　　＊　　　＊

철혈검문이란 휘황찬란한 현판과 굳게 닫힌 정문이 훤히 보이는 곳에 큰 천막이 설치되어 있었다. 천막은 강풍에도 날아가지 않도록 나무들에 묶여 있었으며, 그로 인해 쏟아지는 빗물에도 굳건하게 버티며 그 아래에 사람들이 머물 수 있는 공간을 만들어주고 있었다.

"형님, 우리가 나온 후로 정문을 지키던 녀석들의 모습이 보이지 않고 있다 합니다."

"흐음……."

"반 장로, 이제 슬슬 시작을 해도 될 것 같습니다. 경비를 서는 무인들도 보이지 않고, 이미 철혈검문 주변에 수하들의 배치도 마친 상태입니다."

"그렇다면 공격할 방향이 정해졌습니까? 저희 형제가 철혈검문에 들어가서 보니 지형적으로 쉽게 침입을 하기 어려워 보이던데……."

반부형은 철혈검문을 나서면서 생각하고 있었던 점을 상기하면서 웃는 얼굴로 서 있는 예락승을 바라보았다.

"반 장로의 말대로 공격을 감행하는 데 지형적으로 쉽지 않은 곳이긴 합니다. 후미와 좌측은 장강과 접해 있는 것도 모자라 삼십 장이 넘는 절벽으로 되어 있고, 우측은 숲으로 우거져 있지만 가파른 고갯길이라 접근이 용이하지 못합니다. 그에 어쩔 수 없이 정공으로 가야만 할 것 같습니다."

예락승은 수하들의 보고를 통해 철혈검문이 위치한 곳이 지형적으로 적의 침입을 막는 데 최적의 장소라는 것을 인정하고 있었다. 그렇기 때문에 반부형이 우려하는 것이 무엇인지 잘 알고 있었다.

"정공이라…… 그렇다면 생각보다 쉽게 마무리 지을 수 없을지도 모르겠군요."

"그렇지는 않을 것입니다. 저들의 수가 아무리 많더라도 현재 제가 거느리고 온 수하들의 수는 그 열 배를 넘을 정도일 것입니다. 그러니 일제히 공격을 감행하면 오히려 쉽게 승기를 잡을 수 있을 것입니다."

'쯧쯧, 강호에선 싸움을 수하들의 수로 하는 것만은 아닌 것을…….'

"날씨도 좋지 않은데 예 장로께서 수고를 하셨습니다. 하지만 우리 형제가 나온 시각도 얼마 지나지 않았고, 또한 경비병의 모습이 보이지 않고 있다 하나 그 속은 모르는 일이니 잠시만 기다렸다가 시작하십시다."

반부형은 호언장담(豪言壯談)하는 예락승을 바라보면서 속내를 들어내지 않고 오히려 노고에 대한 칭찬을 아끼지 않았다. 하지만 만에 하나 있을지 모를 사태를 대비하는 차원에서 약간의 여유 시간을 가졌으면 하는 마음이 들어 공격 시간을 늦추고자 했다.

"형님, 뭘 기다립니까. 아까 보셨지 않습니까? 경비도 허술하고, 그렇다고 이렇다 할 고수도 없었는데 그냥 쓸어버리지요."

"크으음……! 네 말대로 이번 일에 지장을 줄 만한 고수를 보지 못한 것은 사실이지만, 그래도 송 군사의 말에 따르는 것이 좋을 것 같다. 그래야 후에 뒤탈이 없을 것이다."

"형님, 겨우 철혈검문 따위를 치는데 뒤탈은 무슨……."

"우해야, 조금 후에 쳐들어가는 것이나 지금 당장 쳐들어가는 것 모두 승리는 당연한 결과라는 것은 너도 알 것이다. 하지만 그 결과를 얻는 과정에서 저들이 경계를 하고 있는 것과 없는 것은 천지 차이일 것이다. 그러니 이번 일의 중점은 얼마만큼 수하들의 피해를 줄이냐에 달려 있다고 볼 수 있는 것이야. 알겠느냐……?"

"음… 그렇군요. 알겠습니다, 형님."

반우해는 형인 반부형의 말에 일리가 있다는 것을 알고는 더 이상 재촉하지 않고 뒤로 물러났다.

"하하, 저들이 경계를 한다고 해도 반 장로의 우려와는 달리 크게 지장이 없을 겁니다. 이번에 거느리고 온 수하들은 우리 녹림에서도 추려서 선발한 정예들입니다. 그러나 반 장로께서 그렇게까지 말씀하시니 우리 녹림에서는 송 군사와 반 장로의 말에 따르도록 하지요."

"허허, 고맙습니다. 그럼 반 시진 후에 시작하도록 하지요."

반부형은 녹림의 총채주(總寨主)이며, 녹림삼천(綠林三天) 중 첫째인 혈리검천(血釐劍天) 예락승(芮樂承) 장로의 말에 흡족한 듯 포권을 해 보이며 고마움을 드러냈다.

"반 시진 후라… 그렇게 하겠습니다. 육 아우와 악 아우는 반 장로의 말대로 반 시진 후에 철혈검문을 칠 수 있도록 부관들에게 준비를 시켜라."

"알겠습니다, 형님."

광시권천(狂豺拳天) 육지보(陸芝普)와 포형도천(怖刑刀天) 악남수(岳

男帥)는 의형인 예락승의 지시에 고개를 숙여 보인 후 빗속으로 신형을 날렸다.

철혈검문의 얼굴이라 할 수 있는 정문은 굳게 닫혀 있었다. 이미 철혈검문은 추 전주가 철혈전 다섯 명의 책사와 함께 발동해 놓은 기관으로 인해 철옹성보다 더한 죽음의 사지(死地)가 되어 있었다.

가장 최전방에 포진하고 있는 스무 명의 군왕전 문인, 그러나 무림인들과의 첫 전투를 앞두고 있는 문인들의 눈동자엔 긴장감이 짙게 깔려 있었다.

"춘남, 정말로 오늘 패혈맹에서 쳐들어올까?"

"너는 추 전주님께서 하시는 말씀도 못 들었냐? 그리고! 너 같으면 기습하기 좋은 오늘 같은 날을 놓치고 다른 날을 택해서 쳐들어오겠냐?"

"하긴, 나 같았어도 이런 날을 택했을 거야. 그런데……."

"그런데 뭐?"

"아까 왔던 자들이 떠난 지 벌써 두 시진이 넘어가는데, 아직까지 소식이 없다는 것이……."

"응? 그러고 보니 네 말대로 벌써 두 시진이 넘었네?"

"춘남과 전유! 조용히 해라."

서로 한 조를 이룬 허춘남(許瑃男)과 왕전유(王顚留)가 소곤대며 경계를 허술하게 하자, 그것을 지켜보던 표연궁(表燕穹) 부당주(副堂主)가 제지를 시켰다.

"……."

"알았습니다. 그런데 표 부당주님, 정말 그들이 올 것 같습니까?"

"전유! 그럼 너는 문주님과 추 전주님의 판단이 틀렸다고 생각하나?"

"예? 아니, 저는 그저……."

"더 이상 할 말이 없다면 조용히 네 자리를 지키고 있어라."

"……."

전유는 생각하지 못한 표 부당주의 엄한 꾸지람에 고개를 숙이고서는 아무런 말 없이 자신의 자리로 돌아갔다.

"문주님께선 오늘을 우리 철혈검문 최대의 위기라고 하셨다. 그러니 다른 사람들도 전유나 춘남처럼 안일한 생각은 버리고 철저히 준비하고 있어라. 무슨 말인지 알겠나!"

"옛! 알겠습니다."

'제길……! 그렇게 꼭 우리들 이름을 거론해서 얘기를 해야 하나? 그냥 알아듣기 좋게 해도 되는데…….'

춘남은 괜히 나서서 부당주의 입에서 자신의 이름이 나오게 만든 전유를 향해 불쾌하다는 듯이 힐끔 쳐다보았다. 그러나 전유는 춘남의 눈길에도 미안하다는 말 한마디나 표정을 지어 보이는 것이 아니라, 그저 두 손바닥을 하늘로 펴 보이며 어깨를 으쓱할 뿐이었다.

전유의 행동을 본 춘남은 더 이상 할 말이 없는지 고개를 좌우로 몇 번 흔들어 보인 후 언제 적들이 쳐들어올지 모를 정문을 향해 고개를 돌렸다. 단짝 친우의 성격을 너무나도 잘 알고 있기에, 더 이상 불쾌해한다거나 화를 낸다는 것이 얼마나 쓸데없는 짓일 줄 알고 있었기 때문이다.

"응? 조용! 이런, 우리가 기다리던 자들이 온 것 같다. 모두 자신의 위치를 지켜라!!"

"……."

전유의 경솔함을 질책한 후 전방을 묵묵히 주시하던 표 부당주가 갑자기 허리를 낮추며 주변에 경계를 서고 있던 부하들을 향해 최대한 목소리를 낮추었다. 전음을 익히기는 했지만, 그렇다고 해도 한두 명이 아닌 다수의 사람들에게 전할 수 없기에 직접 음성으로 명한 것이었다.

최전방에 포진하며 문인들을 지휘하고 있던 표 부당주는 이십 장 정도의 거리에서 무인들이 움직이는 소리를 들을 수 있었다. 이미 절정고수의 반열에 올라 있는 표 부당주였기에 다른 문인들보다 먼저 패혈맹의 움직임을 알 수 있었던 것이다.

삽시간에 정적이 감돌았다. 그와 더불어 모두의 손엔 빗물인지 땀인지 모를 물방울이 맺히기 시작했으며, 심장을 죄여오는 긴장감으로 눈동자가 급속하게 충혈되어 갔다.

'패혈맹, 드디어 오는구나. 하지만 지금의 이 긴장감은 무엇인가. 내가 지금 적을 두려워하고 있단 말인가? 정말 그런가? 그렇구나, 두려움……! 내가 적을 두려워하고 있구나. 도찰원(都察院) 원주(院主)의 차남인 내가 적을 두려워하다니, 제길! 그나저나 나만 그런가? 아련……!'

군왕전의 문인들은 지금까지 혹독한 수련만을 해왔었지, 단 한 번도 전투라고는 해보지 않았었기에 적이 쳐들어온다는 것을 알자마자 숨막히는 긴장감과 두려움에 온몸을 떨고 있었다. 그것은 문인들을 지휘하고 있는 부당주도 마찬가지였다.

표연궁은 부하들의 목숨을 책임지고 있는 부당주로서 자신이 현재 큰 실책을 하고 있다는 것을 깨달았다. 적을 두려워한 자신의 실수는 가볍게 넘어간다고 해도, 그 일로 인해 하마터면 부하들을 죽음의 위기로 내몰 뻔한 무책임은 용서할 수 없는 것이었다.

"모두 내 말을 잘 들어라. 지금 너희들이 얼마나 긴장하고 두려워하고 있는지 잘 알고 있다. 왜냐하면, 나도 너희들과 같은 두려움을 느끼고 있기 때문이다."

표연궁은 두 눈을 동그랗게 뜨고 자신만을 바라보는 부하들을 향해 조용히 입을 열었다.

"……."

"하지만 우린 이 두려움을 이겨내야만 한다. 그동안 우리가 얼마나 많은 수련을 해왔는지 잘 알 것이다. 그 힘든 수련 과정을 우리는 모두 통과했다. 그리고…… 너희들은 문주님께서 패왕전의 문인들이 아닌 우리들을 왜 최전방에 배치시켰는지 한번 생각해 봐라. 그것은 우리들의 능력을 믿고 계시기 때문이다. 우리들이 할 수 있다고 생각하셨고 믿었기 때문에 우리들을 이곳에 배치하신 것이다. 그러니 우리는 그 믿음을 저버리지 말아야 한다."

"…그, 그렇습니다."

"알겠습니다."

"우, 우리들은 할 수 있습니다. 비록 첫 전투지만, 그리고 두려움으로 인해 온몸이 굳어졌지만, 저희들은 문주님의 뜻을 성사시키고 말 것입니다."

"그래, 우리 한번 해보자!"

"옛!"

두려움에 떨고 있는 부하들을 향해 한 말로서는 비록 적절하다고 할 수 없었지만, 표연궁의 의지는 그대로 부하들에게 전달이 되었고 문인들 스스로 결집과 결의를 다지게 되는 동기가 되었다.

"자! 이제 시작하자. 이날을 위해 그동안 힘든 훈련을 해왔지 않은 가! 모두 정문을 향해 활을 조준하라. 하지만 모두 내가 쏘라는 명령을 내리기 전까지 일체 행동을 취해서는 안 된다. 알겠는가!"

"옛, 알겠습니다."

"좋다. 그럼 각자 지정된 은신처에 최대한 몸을 숨기고 명을 기다려라. 그리고⋯ 문주님의 퇴각 명령이 떨어지는 즉시 신속하게 뒤로 빠지도록!"

"옛!!"

부당주인 표연궁의 명을 받은 문인들은 결의에 찬 눈빛을 빛내며 신속하게 자신의 자리로 몸을 숨겼다. 이제 문인들에게 다른 것은 필요 없었다. 허리 한쪽에 걸려 있는 애검(愛劍) 하나와 언제든지 잡을 수 있는 곳에 준비해 놓은 장창(長槍) 다섯 자루, 그리고 이번에 지급받은 활만 있으면 되었다.

결의에 찬 눈동자.

이젠 적들이 담장을 넘어 죽음의 사지(死地)로 내려오기만을 기다리면 되었다. 적의 숨통을 끊을 수 있도록 활시위를 당긴 상태로⋯⋯.

제 2 장

철저히 찾아내서 파괴시키게, 아주 천천히…

후두드드드드드…….

사사삭…….

억수같이 쏟아지는 강우(强雨)로 인해 한 치 앞을 분간할 수 없는 악천후(惡天候) 속에 일단의 무리가 무엇인가를 경계하는 듯 신중하면서도 신속하게 움직이고 있었다. 모두 녹의(綠衣)를 걸치고 있었는데, 그들은 수중에 검을 비롯해서 도(刀)와 부(斧) 등 일관되지 않은 병장기들을 지니고 있었다.

척!

가장 선두에 서서 무리를 지휘하던 녹의의 무사가 갑자기 자세를 낮추고는 오른손을 반쯤 올리더니 움직임을 멈추고 그 자리에 섰다.

'음…… 아무리 찾아보아도 보이지 않는군. 신생 문파라서 그런가? 생각보다 기강이 너무 해이한 것 같군.'

한참 동안 한 곳을 응시하며 시력을 돋우던 수장은 고개를 좌우로 갸웃거리더니, 이내 입가에 야릇한 미소를 지어 보인 후 뒤에서 대기하고 있던 부하들을 향해 고개를 돌렸다.

　"자리에 있거나 말거나 상관은 없지만, 현재 정문을 지키고 있어야 할 무사들이 보이지 않고 있다. 그러니 부조장은 지금 즉시 채주님께 보고해서 뒤에 따라오는 조장들이 지정된 장소에 빨리 포진을 할 수 있도록 해라."

　"옛, 조장."

　"그럴 것 없다. 이미 채주님을 비롯해서 장로님들의 명령이 떨어졌다. 또한 다른 조들도 어느 정도 포진을 마친 상태니 선두에 선 제일조는 담장을 넘은 후 상황을 보고한 직후 공격하도록!"

　조장의 명을 받고 자리에서 일어서려고 하던 부조장의 움직임이 한순간 멈추고는 조장을 향해 고개를 돌렸다. 생각지도 못한 전음이 들려왔기 때문이다.

　조장 역시 갑자기 들려온 전음에 움찔하더니 이내 고개를 끄덕이며 전면을 향해 몸을 돌렸다. 전음의 주인이 누구인지 알고 있었기 때문이다.

　"명이 떨어졌다. 모두 알겠지만 우리가 이번에 할 일은 기존에 해왔던 것과 같다. 가장 먼저 침투를 한 후 담장 안의 상황을 살피는 것과 보고하는 것, 그리고 후발조들이 공격을 할 수 있도록 공간을 확보하는 것이다."

　"……."

　"그럼 부조장은 상황을 살핀 후 후발 조장들에게 보고를 하도록 하고, 나머지는 나를 따라 공간을 확보한다."

"옛, 알겠습니다."

"좋다. 모두 공격하도록!!"

"알겠습니다. 가자!"

선두에 선 조장의 명이 떨어지자 마치 기다리기라도 한 듯이 무시무시한 병장기를 든 무사들이 자리를 박차며 전면을 향해 신형을 날리기 시작했다. 선두에 선 무사들 움직임의 여파는 천파만파로 이어지며 다른 무리들에까지 그 영향력을 미쳤다. 마치 녹색 물결이 쏟아지는 강우를 밀어내며 전진하는 착각이 들 정도로 거대한 해일처럼 보였는데, 무사들 모두 두 눈에서 먹이를 노리는 맹수처럼 붉은 핏발이 서 있었고 병장기는 맹수의 발톱보다 더욱 사나워 보여 보는 이로 하여금 간담을 서늘하게 만들기에 충분했다.

*   *   *

공력을 최대한으로 청각에 집중하고 있던 표연궁은 정문 밖에서 무리들이 부산하게 움직이고 있는 소리를 들을 수 있었다.

"적들이 공격을 시작했습니다."

표연궁은 갑자기 들려온 전음에 움찔하더니, 이내 자신에게 전음을 보낸 사람이 누구인지 알고는 입가에 조용한 미소를 지어 보였다.

"영준, 너도 들었나?"

"……."

소영준은 표연궁의 전음에 고개를 끄덕여 보였다.

표연궁이 비록 부당주라는 중책을 맡고 있지만, 영준과 춘남, 그리고 전유와 같이 대부분의 문인들 모두 스물세 살을 정점으로 이십 대초입의 젊은 무사들이라 수련을 하는 과정에서 서로에 대한 격의와 허물을 벗어버린 친구들이었다. 다만 모두들 문파를 구성하고 이끌어 나가기 위해선 공(公)과 사(私)를 구분해야 한다는 것을 알고 있었기에 당주와 부당주에 대한 예우로 존대를 하고 있었다.

"공격을 해야 하는 것이 아닐까요?"

"아니, 아직은 본진이 공격을 감행한 것이 아니다. 그러니 내가 명을 내리기 전까지 기다려라."

"알았습니다. 그리고… 이것은 사적으로 말하는 건데."

"……?"

"너무 긴장하는 것 같다. 부당주인 네가 긴장하고 있으면 네 명령을 받는 우리들도 긴장을 하게 되잖아. 어차피 싸움은 시작되었으니까 최선을 다하면 되는 거야. 어차피 죽기밖에 더하겠냐!"

"자식! 이젠 강호인이 다 되었구나. 알았다. 그리고… 고맙다."

표연궁은 소영준의 충고에 고마움을 느끼고 있었다. 그렇지 않아도 친우들의 목숨을 책임지고 있다는 중압감에 긴장감과 초조함으로 인해 몸이 굳어가고 있었는데, 듬직한 친우의 위로와 격려로 인해 한결 홀가분해질 수 있었다.

굳게 닫혀져 있는 정문.

한두 명씩 정문을 훌쩍 뛰어넘어 마당에 내려서는 녹의의 무사들이 보이기 시작하더니, 급기야는 그 수를 헤아릴 수 없을 정도의 무사들이 넓은 마당에 한 자리씩 차지한 후 주변을 경계하기 시작했다.

"아무리 살펴보아도 경계병을 찾아볼 수 없습니다. 후발 조장들에게 보고를 하겠습니다."

"그렇게 하도록."

조장은 부조장의 전음에 고개를 끄덕여 보인 후 주변에서 경계를 하고 있는 부하들을 향해 손을 활짝 펴 보였다.

"혹시 모르니 너희들은 주변을 세심하게 살피면서 공간을 확보하라."

"옛!"

'왠지 느낌이 좋지 않군. 이런 느낌이 들 때는 항상 위험했었는데… 제길, 그렇다고 이미 공격 명령이 떨어졌으니 뒤로 빠질 수도 없는 노릇이고…….'

왠지 모를 불안감.

조장은 처음 담장을 넘어설 때와는 달리 마당에 두 발을 착지한 직후부터 뒷목을 조여오는 불쾌한 느낌이 엄습하고 있었다. 변천치 않은 무공으로 삼십 중반이 다 되어 녹림에 몸을 의탁한 후 생과 사를 넘나드는 수많은 전투를 경험했으며, 그때마다 한 번도 틀려보지 않았던 직감과 주변을 세심하게 살필 줄 아는 지혜 덕분으로 목숨을 보존하며 지금의 자리에 올라설 수 있었다. 그러나 지금은 직감이 아무리 좋지 않다고 하더라도 상관의 명령이 떨어진 어쩔 수 없는 상황이었다. 그저 하나밖에 없는 목숨을 보존하는 데 최선을 다할 뿐이었다.

휙~ 착, 차차착…….

부조장의 보고를 받았는지, 순식간에 담장을 넘는 녹의의 숫자가 많아지기 시작했다. 처음엔 삼십여 명이 모습을 보이더니, 급기야는 백여 명이 넘는 숫자가 마당을 가득 메우기 시작했다. 또한 담장을 넘는 녹의의 숫자는 점점 많아지고 있었으며, 그 끝이 보이지 않을 정도로 이어지고 있었다.

"우리들을 막는 자들은 아무도 없다. 모두 공격! 공격하도록 하라!"

"망설일 것 없다. 일제히 공격하도록 하라!"

후발 조장들의 모습을 보자 약간의 자신감이 생겼는지, 선두에 섰던 조장은 언제 긴장하고 있었냐는 듯이 힘껏 목청을 높이며 도를 하늘 높이 쳐들며 소리쳤다.

처음 침투를 하기가 어렵지, 침투를 성공한 후에는 상대가 준비를 하기 전에 기선을 제압하는 것이 승리를 취할 수 있는 병법(兵法)들 중 하나였다. 더구나 상대방보다 모든 면에서 우의에 있다고 생각할 때는 지금보다 더욱 좋은 병법은 없었다. 비록 바람처럼 침입해서 상대가 느끼기도 전에 제압하는 것보다는 위험성이 높을지 모르지만, 기선을 제압하며 부하들의 사기를 높일 수 있는 가장 좋은 방법이라 할 수 있었다.

"와~ 공격하라!"

"철혈검문의 개새끼 한 마리도 놓치지 말고 모두 도륙(屠戮)을 내도록 하라!"

"죽여라~"

쐐아아악~

"으악~"

"크윽……."

"컥……! 끄으으윽……."

수백 명의 녹의무사가 담장을 넘었을 때도 아무런 조짐도 없었던 담장에서 갑자기 하늘로 긴 장창이 솟구치기 시작했다. 모두 이백여 개였는데, 선두에 섰던 동료들이 아무런 제지도 받지 않고 담장을 넘자 거리낌없이 하늘로 신형을 날렸던 녹의의 무사들은 갑자기 솟구친 장창들로 인해 손에 든 병기 한번 휘둘러 보지도 못하고 땅바닥으로 머리를 박아야만 했다. 그러나 담장에서 솟구친 장창은 한 번에 그치지 않고 십여 번을 연달아 발사가 되고 있었다.

"뭐, 뭐냐?"

"적의 기습입니다. 장창이……."

"기, 기관인 것 같습니다. 후미에 있던 담장에서……."

"이런, 그렇다면 모두 흩어져서 전속력으로 전진해라. 이미 적이 알아차린 이상 인정사정 볼 것 없다!"

수하들의 죽음을 본 조장들은 주변에 있던 자신의 수하들을 다그치며 전진할 것을 명령했다. 그러나 죽음의 기관은 장창만으로 그치지 않았다. 담장뿐만 아니라 담벽에 설치된 기관이 더 있었는지, 가느다란 쇠침이 마당 안쪽으로 수십 개씩 쏟아지기 시작했다.

"크어억……."

"커억……."

"크으윽……."

뒤에서 들려온 동료들의 숨넘어가는 비명 소리.

운이 좋아 먼저 마당에 내렸었던 녹의무사들은 등골이 서늘해지는 것을 느끼며 자신들도 모르게 담벽이 있던 뒤를 향해 돌아섰다.

"지금이다. 모두 공격하도록!"

"받아라……!"

휙! 휘이이익……!

녹의의 무사들이 뒤쪽 담장에 신경을 쓰기 시작하자, 이때를 기다리고 있었다는 듯 표연궁의 입에서 공격하라는 명령이 떨어졌다. 이에 군왕전의 이십여 무사는 미리 준비하고 있었던 화살을 전면을 향해 퍼붓기 시작했다.

표연궁을 비롯한 스무 명의 군왕전 문인.

상대를 향해 조준할 필요도 없었다. 워낙 많은 수의 무사가 모여 있었기에 화살을 당긴 후 손가락에 살짝 힘을 빼기만 하면 되었다.

한 발, 두 발, 세 발……

순식간에 삼백여 명이 넘는 무사가 기관과 화살로 인해 가슴을 쥐어짜며 진흙에 쓰러져 갔다. 순식간에 당한 일격으로 엄청난 희생을 치른 것이다.

"적이다. 선두의 조장들은 산개(散開) 후 부하들을 대동하고 숨어 있는 적을 쳐라! 그리고 후미(後尾)에 있는 조장들은 후발조들이 무사히 담장을 넘어올 수 있도록 공간을 확보하라!"

언제 나타났는지 이천여 명이 넘는 제일진을 지휘하고 있던 망산채(邙山寨)의 채주(寨主) 망산귀수(邙山鬼手) 융칠환(戎七統)은 속수무책(束手無策)으로 쓰러지는 수하들의 모습에 불쾌감이 들었다. 그에 평소의 걸걸한 목소리로 언성을 높이며 각 조의 조장들을 다그치며 성을 냈다. 수하들의 죽음에 화가 난 것이 아니라, 쉽게 생각하고 있던 적으로부터 생각지도 못한 일격을 맞았다는 것에 불쾌감이 들었던 것이다.

"부조장은 부하들과 함께 따르라. 우린 전면에 은신하고 있는 적을 친다."

"옛! 조장님을 따르라!"

"와~"

자신들의 채주가 언성을 높이며 명령을 하자, 갑작스럽게 당한 일격으로 인해 흩어졌던 전열이 순식간에 재정비되었다. 녹림(綠林)을 구성하고 있는 열여덟 개의 세력 중 두 번째로 큰 만큼 평소 훈련이 잘되어 있다는 것을 여실히 보여주고 있었다.

담장에 설치되었던 기관이 그 소임을 다했는지 더 이상 작동하지 않았다. 하지만 그로 인해 침입자들이 입은 피해는 상상을 불허할 정도였다. 바닥은 쓰러져 있는 녹림도들로 인해 피바다를 이루고 있었으며, 대부분 강우로 인해 씻겨 내려간다고 해도 고여 있는 핏물은 쉽게 사라지지 않고 있었다.

"모두 나누어 주었던 장창을 사용한 후 물러나라!"

"알았습니다."

표연궁은 적들이 대열을 정비한 후 은신해 있던 곳으로 무섭게 돌진하자, 기다리기라도 했다는 듯이 옆에 떨어져 있던 장창 다섯 자루를 한 번에 집어던지며 소리쳤다.

첫 전투와 함께 생전 처음으로 사람을 해한 만큼 군왕전의 문인들은 모두 손이 덜덜 떨릴 정도로 긴장감이 팽배하게 자리 잡고 있었다. 그러나 자신들의 목숨이 경각에 달려 있다는 것을 몸과 마음으로 느끼고 있었기에 장창을 던지는 모두의 손에는 자신들도 모르게 생각보다 많은 공력이 들어가 있었으며, 가히 절정급에 이르는 공력이 주입된 장창들은 녹림도들을 향해 무섭게 쇄도했다.

파아아앙……

퍽, 퍼퍼퍼퍽……!

"끄아아아악~"

"컥! 끄으으으~"

급한 마음에 돌격하는 녹림도들을 향해 던져진 장창은 공력이 주입된 상태여서 그런지 한 번에 서너 명의 가슴을 관통한 후에도 힘이 줄어들지 않고 후방에서 대기하고 있던 무사들을 덮쳐 갔다.

퍽! 퍼퍼퍽……!

"크억~"

"큭! 제길, 물러서지 마라! 적들은 고작 스무 명에 불과하다. 일제히 덮치도록 하라!"

"주, 죽여라……!"

"죽이자……!"

옆에 있던 동료들의 죽음에 공포와 더불어 살의(殺意)가 배가되기 시작했는지, 선두에 서서 돌진하는 녹림도들의 두 눈은 붉은 핏빛을 내뿜고 있었다. 가히 피를 그리워하며 살생을 저지르려 하는 악귀나찰(惡鬼羅刹)의 모습 그대로였다.

표연궁을 비롯한 스무 명의 군왕전 문인은 자신들의 임무를 모두 수행한 후 뒤도 돌아보지 않고 신형을 날렸다. 불과 삼 장도 되지 않는 뒤쪽 담장 뒤로 몸을 날린 것이다. 또한 표연궁은 문인들이 모두 물러난 것을 확인한 후 후미 쪽을 바라보며 추 전주가 있는 곳에 신호를 전달하기 위해 중간에 대기하고 있던 연락병을 향해 전음을 시전했다.

휘리리릭!

군왕전의 문인들이 모두 신형을 날린 후 작동을 멈추었던 정문 쪽 담장과 함께 중간에 있던 담장에서도 날카로운 강침들이 바람을 가르며 녹림도들을 향해 쏟아지기 시작했다. 담장과 담장 중간에 은신해 있던 표연궁이 안전한 곳으로 이동한 후 바로 벌어진 사태였다.

마당 중앙에 있던 녹림도들은 전후에서 쇄도하는 강침들의 공격으로 인해 온몸에 피를 쏟으며 쓰러져 갔다.

"크아아아~"

"또냐? 도대체 이곳엔 얼마나 많은 기관이 설치되어 있단 말이냐? 제길!"

망산귀수 융칠환은 또다시 발동한 담장의 기관들로 인해 화가 머리 끝까지 난 상태가 되었다. 자신이 생각하기에도 이번 전투에서 너무나 많은 피해를 입고 있었기 때문이다. 만약 이 상태로 몇 각만 더 지난다면 녹림에서 혁혁한 명성을 자랑하던 자신의 위치는 고사하고 대동해 왔던 이천여 명의 수하가 전멸할 수도 있는 상황이었다.

　'이대로는 안 되겠다. 비록 강침이 무한하지는 않겠지만, 더 이상 공격을 허용하다가는 칼 한번 휘둘러 보지도 못하고 전멸을 당할 뿐이다.'

　융칠환은 수하들의 비명 소리에도 자신에게 시선을 떼지 않고 있는 잠 부채주를 향해 고개를 돌렸다.

　"잠 부채주는 지금 당장 이 상황을 총채주님께 보고하고 지원을 요청하게. 엄 채주의 도움을 받기는 싫지만, 수하들의 상황이 그리 좋지 않으니 최대한 빨리 지원을 해달라고 전하게."

　"알겠습니다, 채주."

　채주인 융칠환의 명에 의해 뒤로 신형을 날린 망산채의 부채주 소면추혼(素面墜魂) 잠득기(岑得羈)는 평소 앙숙처럼 지내던 흑산채(黑山寨)의 채주 귀면염부(鬼面閻斧) 엄형독(嚴脖毒)에게 도움을 요청해야만 한다는 현실이 믿겨지지 않았다. 평소 같았으면 채주를 향해 무슨 말이냐고 항변을 하려 들었겠지만, 잠득기 역시 부채주로서 현 상태의 심각성을 온몸으로 느끼고 있었기에 군소리없이 총채주가 있는 곳으로 신형을 날렸다.

　융칠환은 잠 부채주가 자신의 명을 받은 후 총채주가 있는 곳으로 신형을 날리는 것을 잠시 바라보았다. 쓸쓸함이 이루 말할 수가 없었다. 생각지도 못한 복병으로 인해 녹림 내에서 숙적이나 다름없는 엄형독에게 도움을 요청해야만 한다는 현실이 믿겨지지가 않았다. 그러나 그것도 잠시, 수하들의 상황과 함께 담장의 기관들을 살피던 융칠환은 가공할 만한 기관의 위력에 다시 한 번 놀라며 치를 떨었다. 주변에선 가공할 위력을 보이며 쇄도하는 강침들을 막기 위해 검과 도를 이리저리 휘두르는 수하들이 보였으며, 또한 이미 혼령(魂靈)이 이승을 하직하고 황천(黃泉)으로 떠난 동료들의 시신에 의지하며 간신히 강침들로부터 몸을 보호하는 자들도 보였다.

　'제길, 내가 어떻게 해서 키우고 수련시킨 녀석들인데⋯ 이렇게 허무하게 죽다니⋯⋯.'

　융칠환은 속이 쓰렸다. 그러나 이 상황에서 화만 낼 수만은 없다는 것을 잘 알고 있기에 위기를 모면할 수 있는 방법을 찾아보고자 주변을 세심하게 둘러보았다. 그렇게 일 다경이 흘렀고, 이내 무엇인가를 파악했는지 하늘로 신형을 솟구치며 수하들을 향해 마후(魔吼)를 터뜨렸다.

　"모두 전면의 담장을 향해 신형을 날려라! 담장에서 발사된 강침들은 일직선으로 발출될 뿐 이 장 높이 위로는 쇄도하지 못하니 최대한 하늘로 신형을 날린 후 일제히 공격하라."

　"그렇구나. 채주님의 말씀대로 공중엔 강침들이 공격하지 못하니 모두 신형을 띄워라."

　"옛! 알겠습니다."

　"전원 총공격⋯⋯!"

　"와~ 공격하자~"

　"죽일 놈들, 감히 기관에 의지하며 각어(脚魚) 새끼들처럼 숨어 있으면서 우리 망산채를 도륙하려 들다니⋯⋯."

"모두 죽여라!"

채주인 융칠환의 명에 의해 삼 장 높이로 뛰어오른 녹림도들은 각자의 병기를 최대한 휘두르며 전면을 향해 신형을 날렸다.

"그래, 이때를 기다렸다. 모두 공격!"

"당주님의 명령이다. 공격하라!"

표연궁을 비롯해 담장 뒤로 후퇴했던 스무 명과 이건호 당주가 지휘하던 군왕전의 나머지 문인들은 녹림도들이 하늘로 신형을 솟구치자 서로 합세하여 활시위를 힘차게 당겼다.

팡……! 파아아앙~

쉬이이익~

"크억~"

"크아아아~"

"이럴 수가! 이놈들, 더 이상은 안 된다. 받아라!"

수하들의 허무한 죽음을 더 이상 참을 수 없었던 융칠환은 자신을 향해 날아오는 화살을 손으로 쳐낸 후 담장을 향해 돌진하며 성명절기인 귀면수(鬼面手)를 시전했다.

쾅! 콰르르르…….

아무런 소리나 형체도 없어 귀(鬼)라는 글자가 붙은 음강.

융칠환의 귀면수가 강침을 쏟아내던 담장에 직격으로 적중되면서 빈틈이 없어 보였던 담장의 한 축이 허무하게 무너져 버렸다. 빽빽하게 쏟아지는 강침들로 인해 쉽게 파고들어 갈 수 없었는데, 단 한 수에 의해 기관을 파괴할 수 있는 공간이 만들어진 것이다.

"됐다. 됐어! 각 조장들은 화살보다는 허물어진 담장을 주변으로 해서 자신의 성명절기를 최대한 발휘해라. 이미 공간이 만들어졌으니 최선을 다한다면 접근할 수 있을 것이다."

"옛, 알겠습니다."

"채주님 명이다. 모두 담장을 부숴라!"

수백 명이 넘는 녹림도 중 조장급 이상의 고수 몇 명만이 담장을 향해 장력을 날릴 수 있었지만, 담장은 그것만으로도 충분히 허물어지고 있었다. 비록 막대한 황금과 인력이 동원되어 만들어진 기관이었지만, 워낙 급조되어진 것이기에 생각보다 쉽게 허물어지기 시작한 것이다.

"이런, 표 부당주는 지금 즉시 문인들을 데리고 물러나도록 하라. 그리고 연락병들은 지금 즉시 제이책을 사용할 것을 추 전주님께 전해라. 빨리!"

"알겠습니다."

"모두 뒤로 후퇴하라!"

이 당주의 다급한 목소리가 문중 안에 메아리치면서 활시위를 열심히 당기던 문인들의 발놀림이 분주하게 움직이기 시작했다. 예상보다 빨리 기관이 허물어지기 시작하자 당황스러운 기색이 역력했지만, 이미 어떻게 움직여야 한다는 것을 잘 알고 있기에 큰 무리 없이 후퇴할 수 있었다.

"이놈들! 어디를 도망가느냐. 내 장을 받아라!"

"하하, 네놈의 장은 다음에 받겠다. 어디 따라올 수 있으면 따라와 보거라!"

쾅! 콰르르르……

융칠환의 귀면수가 빗물이 고여 있던 진흙 바닥을 치면서 사방으로 흙탕물이 쳤다.

"이런, 정말 쥐새끼처럼 약삭빠르구나. 모두 들어라! 적들이 우리들의 용맹함에 겁을 먹고 후퇴하고 있다. 모두 이때를 놓치지 말고 공격하도록 하라!"

아깝게 간발의 차이로 귀면수가 빗나가긴 했지만, 이미 담벽에 설치되어 있던 기관들 중 대부분 허물어져 활동을 멈춘 상태였기에 한숨을 돌릴 수 있는 여유가 생겼다. 그렇지만 적들이 호언을 하며 물러나는 것이 예사롭지 않았기에 융칠환은 걱정이 앞섰다. 그러나 애써 잡은 승기를 놓칠 수가 없기에 융칠환은 수하들을 다그치며 계속 전진할 것을 명했다.

"적들이 후퇴를 한다. 모두 총공격하라!"

"죽일 놈들, 어디를 도망가느냐!"

"목을 내놓고 가거라!!"

"죽이자!"

이미 성이 날 대로 난 녹림도들은 후퇴하는 군왕전 문인들을 향해 각자의 병장기를 휘두르며 전력으로 신형을 날렸다. 적들이 허겁지겁 후퇴를 하는 지금 거칠 것이 없었던 것이다.

"채주님, 명하신 대로 다녀왔습니다."

"오~ 잘했네. 그런데 엄 채주는?"

"하하, 융 채주가 나를 기다릴 줄은 몰랐구먼. 우리 흑산채가 도착했으니 이제부터는 그리 걱정하지 않아도 되네. 하하하……."

"끄으음."

융칠환은 힘겹게 승기를 잡았다는 마음에 좋아졌던 기분이 한순간에 모두 사라지고 짜증이 나는 것을 느꼈다. 그러나 자신이 먼저 구원을 요청했다는 것을 잘 알고 있기에 언짢은 표정을 쉽게 드러낼 수만은 없었다.

"고맙네. 그렇지 않아도 언제 오나 기다리고 있었네."

"그런가? 하하, 그렇다면 이제부터는 우리 흑산채가 어떻게 적을 도륙하는지 지켜보고 있게. 자, 가자!"

"크으음……."

'제길! 괜한 도움을 요청했나 보군. 내가 엄가의 도움을 다 받게 되다니……'

융칠환은 정면으로 빠르게 신형을 날리는 엄형독의 뒷모습을 씁쓸하게 바라보았다. 하지만 마냥 뒷모습만 바라보며 있을 수가 없었기에 뒤에 서 있던 잠 부채주와 함께 신형을 날렸다. 다른 것은 몰라도 철혈검문의 문주 목은 자신의 손으로 직접 취하고자 했던 것이다.

주변의 사물이 어떻게 변하든, 망산채의 녹림도들은 정신없이 군왕전 문인들을 따라 안으로 들어갔다. 이미 자신들이 승기를 잡았다 생각하고 있었고, 거기다 흑산채의 이천여 명의 녹림도가 가세를 하면서 눈앞에 보이는 적들의 수급을 먼저 취하고자 했기 때문이다. 또한 이러한 일련의 움직임은 흑산채도 마찬가지였다. 망산채와 흑산채는 언제나 녹림에서 서로 경쟁하는 사이였기에 하나의 적을 상대하는 지금 그 경쟁심은 더욱 컸던 것이다.

"저기 있다. 어서 죽이자!"

"흑산채 놈들보다 먼저 놈들의 목을 쳐야만 한다. 먼저 죽어간 형제들의 넋을 달래자!"

"미친놈들, 우리 흑산채가 너희들처럼 멍청한 줄 아느냐? 어서 쳐라!"

"이 당주, 다 왔습니다."

"알겠네, 표 부당주!"

"지금이다. 훈련했던 대로 모두 산개(散開) 후 적을 공격하라!"

"옛!"

"알겠습니다."

양쪽에 담장이 일직선으로 삼십여 장 이어진 장소를 지나자마자, 미리 훈련했었고 계획했었던 대로 군왕전 문인들은 이 당주의 명에 따라 뿔뿔이 흩어진 후 각자 자신의 은신처에 몸을 숨기고 활시위를 당겼다.

휙! 휘이이익……!

"크아아악~"

"컥!"

팡! 파파파팟, 파팡……!

이 당주의 화살이 가장 선두에 서서 뒤따라오던 녹림도의 목을 그대로 관통하자마자 양쪽 담장에서 긴 장창이 빽빽하게 튀어나오기 시작했다. 담벽과 담벽 사이가 불과 십 장밖에 되지 않는 협소한 곳이라 피할 곳이 전무할 정도로 빽빽하게 튀어나오는 장창의 위력은 가히 최절정고수의 검공보다 위력적이었다.

"끄아아아아~"

"컥! 끄어어~"

"크으윽~"

세 번에 걸친 장창의 공격.

그로 인해 숨 가쁘게 군왕전 문인들의 뒤를 쫓던 흑산채와 망산채 녹림도들의 몸은 시뻘건 핏물을 진흙에 뿌리면서 속수무책으로 쓰러져 갔다. 언제나 산에선 당당했던 녹림도들이 상대와 검 한번 제대로 부딪쳐 보지도 못하고 허무하게 나뒹굴며 비참한 최후를 맞이한 것이다.

앞장서던 동료들의 어이없는 죽음을 목도한 녹림도들은 한순간 주춤하며 그 자리에 멈출 수밖에 없었다. 자신들 앞에 쓰러져 있는 이백여 명이 넘는 동료들의 시신이 녹림도들의 사고를 순간적으로 멈추게 만들었던 것이다.

융칠환을 보기 좋게 조롱했다는 생각에 기고만장하며 수하들의 뒤를 따르던 귀면염부 엄형독도 자신의 눈앞에 펼쳐진 상황에 주춤할 수밖에 없었는지 그 자리에서 움직일 줄 몰랐다. 마치 자신들이 산채에서 관병들을 상대하며 써먹었던 방법과 비슷하다라는 생각이 드는 것은 현재 엄형독에게 큰 문젯거리도 될 수 없었다. 그저 삼십 장 넘어 빠르게 도망치는 자들을 향해서 두 눈에 예리한 살기가 스쳐 지나갈 뿐이었다.

'이것이었나? 융 채주를 곤혹스럽게 한 것이? 그러나 내게 이런 방법은 두 번 다시 통하지 않는다.'

"이런, 이곳에도 기관이 설치되어 있었구먼. 쯧쯧… 내 미리 엄 채주에게 저들의 기관이 또 있을지 모르니 조심하라고 언질이라도 줄 것을……."

"……."

언제 따라왔는지, 융칠환은 전면에 펼쳐져 있는 수하들의 죽음을 바라본 후 조용히 서 있는 엄형독의 옆에 다가오며 혀를 찼다.

엄형독은 융칠환의 조롱 섞인 말투에 순간 두 눈에 살기가 어렸지만, 이내 살기를 거두고는 옆에 서 있던 부채주를 향해 고개를 돌렸다.

"굴 부채주, 부채주는 기관이나 진(陣)에도 일가견이 있으니 직접 장공(掌功)과 파공(破功)에 능한 수하들을 데리고 담벽이나 기관들이 설치되었다고 생각되는 모든 장소를 찾아 부수면서 전진하도록 하게."

"흐음… 그렇게 하겠습니다."

"부채주, 하나 더 말할 것이 있는데."

"……?"

"천천히 전진해도 무방하니 철저히 찾아내서 파괴시키게. 어차피 급하게 전진해서 적들을 이롭게 할 필요는 없으니까. 기관들을 하나하나, 철저히… 알겠는가……?"

"채주님의 명에 따르겠습니다. 그럼!"

흑산채의 부채주인 백미마도(白眉魔刀) 굴강진(屈彊溱)은 자신의 별호대로 강우가 쏟아지고 있는데도 백색의 눈썹을 휘날리며 삼십여 명의 수하를 직접 차출한 후 천천히 전면을 향해 걸음을 옮겼다.

그러나 굴강진의 걸음은 너무도 느렸다. 아무리 자신이 모시고 있는 채주의 명에 의한 것이라 하더라도 그 정도가 지나치다 생각될 정도였다. 하지만 채주의 의도가 어디에 있다는 것을 너무나도 잘 알고 있는 굴강진이었기에 옆에서 보고 있는 융칠환의 가슴이 답답하든 말든 주변의 상황을 살피며 수하들과 함께 조금씩 걸음을 옮겨 나아갔다. 천천히… 그러면서도 기관을 바라볼 때는 매서운 눈초리로…….

청산이 마르지 않으면 오늘의 일은 꼭 뒤틀려 줄 수 있을 것이네

◆ 제3장 **청산이 마르지 않으면 오늘의 일은
꼭 되돌려 줄 수 있을 것이네**

"이런, 어떻게 이런 일이……."

"이럴 수가……."

"형님, 도대체 일이 어찌 된 것입니까?"

"흐으음… 생각했던 것보다 피해가 컸던 모양이구나. 역시 준비를
하고 있었어……."

"그렇다고 해도 그렇지. 어떻게 이런 피해를 입을 수가 있었는
지……."

추환쌍검(錐幻雙劍)과 녹림삼천(綠林三天).

부채주 소면추혼 잠득기의 보고를 받았으면서도 현장에 도착하기
전까지 상황이 심각하다는 것을 인식하지 못하고 있었다. 그에 혹시나
해서 대동하고 온 흑산채를 보내면서도 느긋한 마음으로 여유를 가지
며 천천히 온 것인데 상황은 다섯 명의 상상을 크게 벗어날 정도로 최

악의 피해를 입은 것이다. 넓은 마당은 녹림도를 상징하는 녹의의 무사들이 지천에 처참한 시신으로 나뒹굴고 있었으며, 바닥은 온통 그들이 흘린 핏물로 작은 시내를 이루고 있었다. 얼마나 많은 핏물이 진흙을 뒤덮고 있었는지, 강우가 줄기차게 내리고 있는 지금에도 깊게 패어 있는 곳엔 아직도 빗물 반 핏물 반이었다.

"안 되겠습니다. 형님, 제가 먼저 가보겠습니다."

"반 장로, 아무래도 아우이신 환검(幻劍) 반 장로의 말대로 그렇게 하는 것이 좋겠습니다."

"아닙니다. 엄 채주가 상황 파악을 했는지 지금은 기관을 차례차례 부수고 있는 것 같군요. 그리고 오늘의 이 일은 이미 엎질러진 물과 같으니 조급하게 생각하지 말고 상황을 지켜보는 것이 좋을 것 같습니다."

쾅! 콰르르르…… 쾅……!

멀리서 무엇인가 파괴되고 있는 듯 소음이 계속해서 들려왔다. 소리가 얼마나 컸던지 꽤 멀리 떨어진 곳에서 진행되고 있는 것 같은데, 다섯 장로가 서 있는 땅까지 진동이 느껴질 정도로 위력적이었다.

"흐음… 반 장로의 말대로 제 생각에도 그렇게 하는 것이 좋을 것 같군요."

예락승 또한 발바닥으로 진동을 느꼈기에 반부형의 생각에 동조를 하였다. 녹림삼천 중 맏형인 예락승이 반부형의 말에 동의를 하자 다른 세 명도 어쩔 수 없다는 표정이 되어서는 천천히 그 뒤를 따랐다.

'역시… 천하의 개방이 무한에서 그냥 물러난 것이 아니었구먼. 허… 앞으로의 일도 그리 쉽지만은 않을 것 같구나. 잘못했어, 내가 생각을 잘못했어……'

반부형은 자신의 발바닥 밑에 쓰러져 있는 녹림도들을 한차례 주시하고는 이내 전면을 향해 천천히 신형을 날렸다. 그러나 이미 상황이 어떻게 진행되고 있다는 것을 파악할 수 있었기에 근심은 더욱 짙어져만 갔다.

상대를 알지 못한 섣부른 침입.

반부형은 녹림삼천의 말만을 믿고 상대에 대한 철저한 준비 없이 공격 명령을 내린 자신을 후회했다. 상황이 기대했던 것과는 달리 어렵게 되었기에 승리를 취하더라도 추후 패혈맹에 돌아가서 맹주를 비롯해 다른 장로들의 추궁을 벗어날 수가 없었기 때문이다.

"어서 오십시오. 그렇지 않아도 기다리고 있었습니다."

"장로님, 어서 오십시오."

"총채주님을 뵙습니다."

융칠환은 예락승의 날카로운 눈초리에 고개조차 들지 못하고 깊숙이 허리를 숙여 보이며 최대한 예를 취했다.

예락승은 융칠환의 인사에 답하지도 않고 그대로 지나치며 엄형독을 향해 턱을 한번 치켜들었다. 어떻게 된 상황인지 보고를 하라는 명령이었다.

"예, 제가 이곳에 당도했을 때는 이미 이와 같은 상황이 벌어진 후였습니다. 융 채주의 망산채가 기관에 의해 큰 피해를 입었다는 것을 알고 있었는데, 제가 그만 그것을 좀 더 신중하게 생각하지 못하고 넘겨 버렸습니다."

"크흠, 융 채주와 엄 채주 모두 변명할 수 없는 큰 실수를 저질렀지."

"……."

융칠환과 엄형독은 총채주인 예락승의 엄한 눈초리에 고개를 들 수 없었다. 그에 섣부른 변명이나 행동은 물론 아무런 말도 못하고 조용히 자신의 자리에 서서 최대한 송구스럽다는 표정을 지어 보였다.

"이번의 실수는 모든 일이 마무리된 추후에 따로 추궁할 것이다. 알겠나?"

"알겠습니다."

"송구할 뿐입니다, 총채주……."

"좋다. 그럼 엄 채주는 현재 진행되고 있는 상황을 빠짐없이 정확하게 설명하도록 하라."

"예, 보시는 바와 같이 담벽에 설치되어 있던 기관에 의해 흑산채와 망산채가 많은 피해를 입었습니다. 그러나 현재는 굴 부채주가 수하들을 대동하고 기관들을 하나씩 파괴하며 전진하고 있으니, 저의 판단에는 조만간 철혈검문의 문주를 직접 대면하실 수 있을 것 같습니다."

엄형독은 철혈검문을 침입해서 지금까지 벌어졌던 일들과 피해 상황 및 자신이 부채주에게 명했던 일들을 간단명료하고도 조리있게 설명했다.

"허허, 이만한 것도 어쩌면 다행인 것 같군요. 엄 채주의 설명을 듣고 보니 이곳에 설치되어 있는 기관들의 위력이 대단했던 모양입니다. 다행히 엄 채주가 늦지 않게 조치를 취한 덕분에 더 큰 피해를 방지할 수 있지 않았나 생각됩니다."

"크흠… 사실 저도 반 장로의 생각과 같습니다. 실로 다행한 일입니다."

예락승은 반부형의 말에 슬쩍 엄형독을 쳐다본 후 크게 고개를 끄덕여 보였다. 또한 머리 꼭대기까지 치솟았던 화를 어느 정도 누그러뜨릴 수 있었다. 그도 그러한 것이 이번의 일을 행함에 있어서 실질적으로 움직이는 것은 자신과 녹림이었지만 총책임자는 맹주의 인가를 받은 반부형이었기에 차마 고개를 들 수 없었는데, 반부형이 자신의 수하가 취한 행동을 높이 생각한다는 말 한마디에 어느 정도 위안이 되었던 것이다.

"엄 채주, 이곳의 기관들에 관해 설명 좀 해보게. 이곳까지 오는 동안 본 것들은 대부분 장창과 강침들을 이용한 것들인데, 이것들 모두 강호에서는 잘 사용하지 않는 것들이더구먼."

"예, 반 장로님. 장로님의 말씀처럼 장창이나 강침들은 관병들이 주로 사용하는 것들로 강호에선 잘 사용되지 않고 있는 것들입니다. 또한 이처럼 병장기가 발사되는 대부분의 기관들은 한 번이나 두 번 정도의 움직임에 그치는데, 이곳에 설치된 기관들은 열 번에서 삼십 번 정도의 활동을 했습니다. 가히 천문학적인 자금이 동원되지 않으면 아무리 전문가가 설치한다고 해도 구축할 수 없는 꿈과도 같은 일일 것입니다."

"음… 엄 채주의 말이 옳을 것이네. 정말 그와 같다면 우리가 상상할 수도 없을 정도의 막대한 자금과 전문가들이 동원되었을 것이네."

'이거 참, 이렇게 되면 철혈검문의 배후가 의심스럽군.'

"반 장로의 말씀을 들어보니 실로 이상한 일이란 생각이 드는군요. 천문학적인 자금과 세상에 소문 하나 없이 기관을 설치한 전문가들, 관병들이나 사용하는 장창들 등……."

'설마 관병들? 그러나 지금까지의 상황을 살펴보면 관병은 아닌데…….'

엄 채주와 반부형의 대화를 듣던 예락승은 무엇인가 잡힐 듯 말 듯

떠오르는 생각이 있었지만 이내 고개를 좌우로 저으며 부정적인 표정을 지어 보였다.

"예 장로, 현재 우리의 피해가 얼마나 되는지 파악할 수 있겠습니까?"

"옛? 아… 그 일이라면 금방 파악할 수 있습니다. 잠시만 기다리시지요. 흠… 융 채주와 엄 채주는 지금 당장 피해 상황을 파악한 후 보고하도록 하라."

"알겠습니다. 잠시만 기다려 주십시오."

"옛, 그렇게 하겠습니다."

예락승의 명을 받은 융칠환과 엄형독은 뒤에 시립해 있던 각자의 수림장(首林將)들에게 반부형의 명을 하달한 후 보고가 들어오기를 기다렸다.

녹림은 흔히 산적들이 모여 이루어진 문파를 말하는데, 강도(强盜)와 도적(盜賊) 등 세속에서 살 수 없는 비적(匪賊)들로 이루어졌다. 세상이 위정자(爲政者)들의 분쟁과 억압 및 전쟁으로 어지러워지면 영웅호걸(英雄豪傑)은 녹림으로 모인다는 말이 있는 것처럼, 녹림은 단순한 비적들이 모여 이루어진 집단이 아니라 항상 황권에 반항적이며 반체제적 성향을 띠었다.

녹림이 강호의 유수 문파와 더불어 강호에 자리 잡은 것은 서한(西漢) 말기에 호북(湖北) 당양(當陽)의 녹림산(綠林山)에서 왕광(王匡)과 왕봉(王鳳) 등이 팔천 명에 육박하는 사람들을 모아 양산박(梁山泊)으로 봉기(蜂起)한 후 활동하면서부터였다. 이후 산중에 사람이 모여 도당을 이루고 관부(官府)에 반항하여 재물을 약탈하는 조직을 녹림이라 부르게 되었는데, 강호에서 산을 지배하고 있는 여러 산채가 있었지만 녹림십팔채라는 하나의 결집된 문파를 형성한 것은 원나라의 횡포가 극심해지기 시작하면서였다. 이와 같이 녹림십팔채는 황권과 관부의 탄압에서 벗어나기 위해 활동하다 보니 그 위계적 체계도 관부의 직위 체계와 비슷하게 조직될 수밖에 없었다. 비록 대부분의 녹림도들은 지위라는 것이 없었지만, 채주와 부채주 및 관부의 장군과 같은 수림장(首林將)과 조장이란 직책을 두어 체계적인 관리를 하고 있었다.

현재 녹림십팔채는 유구한 역사를 지니고 있으면서 정신적인 지주로서 그 책임을 다하고 있는 양산채(梁山寨)와 전통적으로 기세가 강했던 철마륵대채(鐵摩勒大寨)와 노교채(怒蛟寨), 그리고 패혈맹에서 실질적으로 녹림의 중추적인 역할을 담당하며 급속하게 성장한 흑사채와 망산채가 중심이 되어 이끌어가고 있었다. 비록 총채주인 예락승과 두 아우인 광시권천(狂豺拳天) 육지보(陸芝普)와 포형도천(怖刑刀天) 악남수(岳男帥)가 전반적인 지휘를 하고 있었지만, 각 산채를 책임지고 있는 채주들의 권위 또한 쉽게 무시할 수 없을 정도로 강성했다. 다만 녹림삼천의 무공이 각 채주들이 함부로 넘볼 수 없을 정도의 실력인지라 상하복명(上下復命)이 철저히 이루어지고 있었다.

대략 삼각 정도의 시간이 흐르자, 명을 받고 상황 파악을 위해 움직였던 망산채와 흑산채의 수석 조장들이 돌아왔다.

"망산채가 먼저 보고하도록 해라."

예락승의 말이 떨어지자 먼저 와서 대기하고 있던 망산채의 수림장 도육비도(屠肉飛刀) 재춘풍(宰春風)이 조심스럽게 앞으로 나서며 말문을 열었다.

"예, 이번에 동원되었던 인원은 총 이천삼백 명이었고, 기관에 의해 사망하거나 움직일 수 없는 부상을 당한 인원을 제외하면 총……."

"총?"

"칠, 천이백육십 명 정도만이……."

"크음… 생각했던 것보다 철저히 유린당했구먼. 알았다. 흑산채도 보고해 봐라."

"옛! 총 천구백 명이 이번 전투에 동원되었으며, 사망자와 부상자를 제외하면 천삼백 명 정도가 현재 각 조장들의 명을 받아 포진한 상태입니다."

흑산채의 수림장인 파우광검(破肓狂劍) 귀동곡(歸潼哽)이 정중하게 예락승에게 읍(揖)을 하며 보고를 마쳤다.

"이거 참… 동원한 인원은 모두 사천이백 명이 넘는데, 이곳에 있는 인원은 고작 이천육백 명도 안 되는 정도라니……."

예락승을 비롯한 네 명의 장로는 보고가 끝난 후 모두 자신들의 이마에 주름이 한 줄 이상 더 생긴 것을 느낄 수 있었다.

"지금부터는 여기 계신 반 장로와 함께 본좌가 직접 지휘하겠다. 그러니 엄 채주와 융 채주는 현재 남아 있는 수하들을 수습해서 재배치한 후 본좌의 명을 기다려라!"

"알겠… 습니다……."

"명에 따르겠습니다."

엄형독과 융칠환은 예락승의 명에 한마디조차 하지 못하고 고개 숙여 정중하게 읍을 한 후 조용히 물러났다.

예락승과 반부형을 비롯해서 옆에 조용히 서 있던 세 명의 장로는 엄 채주와 융 채주가 수하들을 수습하기 위해 신형을 날리는 것을 본 후 서로를 바라보며 앞으로 진행할 일들에 관해 숙의를 하기 시작했다. 지금까지 입은 피해도 막중하여 차마 거론할 수도 없을 정도였지만, 앞으로 적을 공격하고 섬멸해야 하는 중책을 수행해야 했기에 적들이 어떠한 공격을 감행할지 알 수 없는 상황에서 추후 맹주의 문책을 피하기 위해선 철저한 준비가 필요했기 때문이다.

하지만 다섯 명이 머리를 맞대며 생각해 낸 결론은 하나밖에 없었다. 무공 수위가 낮은 부하들을 더 이상 죽음의 기관에 희생시키지 않으려면 자신들이 직접 나서야만 한다는 것이다. 비록 흑산채의 골 부채주가 수하들과 함께 기관을 파괴하며 정리를 하고 있었지만, 그것만으로는 안심할 수 없는 상황이었기에 최종적인 결론은 자신들의 힘으로 밀어붙여 일찍 마무리 짓자는 것으로 도출되었다.

충분한 논의와 숙의를 통해 이미 결론이 나온 상황, 이제 그것을 행동으로 옮기기만 하면 되었다. 또한 산만하게 흩어져 있던 수하들도 모두 재정비된 상황이었기에 적이 준비할 수 있는 시간을 만들어주기보다는 빠른 실행이 더욱 이득이 된다는 것을 잘 알고 있었기에 서슴없이 전방을 향해 신형을 날렸다. 자신들을 철저하게 망신시킨 철혈검문의 문주 호열의 수급을 취하기 위해…….

＊　　　　＊　　　　＊

어둠이 짙게 깔린 내실, 철혈검문에 설치되어 있는 기관들을 움직이고 있는 밀실이었다.

비록 밀실은 어두웠지만 창문 밖으로 억수같이 쏟아지는 강우와 함께 천둥과 번개가 치고 있고 있어 이따금씩 밝혀주고 있었다.

어쩌다 한 번씩 보이는 얼굴들.

호열을 비롯해서 문사건(文士巾)을 머리에 동여매고 있는 학사(學士)

차림을 한 다섯 명과 함께 추 전주가 조용히 고개를 숙이고 있었다.

"추 전주, 상황은 어떻게 돌아가고 있는가?"

"그리 좋지 않습니다. 적들을 상대하기 위해 설치되었던 기관들이 힘 한번 써보지도 못하고 빠른 속도로 파괴되고 있습니다. 문주님, 이 상태로 계속 진행된다면……."

"흐음… 개 책사, 이 위기를 타파할 계책은 정녕 없는가?"

호열은 책사들의 총책임자인 개연소(介衍籬)를 바라보며 조용한 목소리로 물었다.

"송구스럽지만 현재로서는 딱히 드릴 수 있는 말이 없습니다. 기관에 정통한 전문가들이 파괴하고 있는 것이 아니라, 고수들이 장공으로 파괴하며 들어오고 있는 상황입니다. 현재의 기관으로서는 그들을 막을 수 없을 뿐만 아니라, 상대할 수조차 없습니다."

"흐으으음……."

'정말 큰 난관이로구나. 기관으로 길게 버틸 수 없다는 것은 짐작하고 있었지만, 아직도 적들의 수가 이천을 넘는 것으로 추정되는데 이렇게 앉아서 속수무책으로 기다려야만 한다니…….'

"문주님, 지금으로서는 달리 방도가 없는 듯합니다. 어차피 기관으로 안 된다면 패왕전과 군왕전 문인들로 하여금 그들을 상대함이 옳을 것 같습니다. 이미 이와 같은 상황은 어느 정도는 예상하고 있었지 않습니까. 비록 생각보다 적의 수가 많은 것이 우려가 되지만, 그렇다고 남아 있는 기관이 모두 파괴되어 완전한 무방비 상태로 적을 맞이할 수는 없다 생각됩니다."

이마를 찡그리며 고심하고 있는 호열이 못내 안타까웠는지 옆에 서 있던 추 전주가 한 발 앞으로 나서며 자신의 생각을 토해냈다.

"크흠, 내가 생각하기에도 추 전주의 말이 맞는 것 같네. 그러나 적의 수가 많고 고수로 추정되는 무인도 여럿 있다고 하니 문인들의 안위가 걱정이 되는구먼. 추 전주, 현재 소호 낭자를 비롯해서 문중 하인들의 안위는 문제없는가? 아니, 적들이 그곳까지 쳐들어갈 수 있다고 생각되는가?"

추 전주는 호열의 말을 통해 그 의중이 어디에 있는지 능히 짐작할 수 있었다. 호열에게 있어서 소호 공주(素昊公主) 주기순(朱基淳)의 안위가 자신의 안위보다 우선하고 있음은 천치라 하더라도 알 수 있었다.

"소호 아가씨의 안위는 걱정하시지 않아도 될 것입니다. 적들이 공격하는 곳은 정문 방향에 집중되어 있고, 아가씨를 비롯한 문중 하인들이 대피한 곳은 장강이 흐르고 있는 후방 쪽입니다. 그들이 이곳을 넘지 않고서는, 또한 그곳에 설치되어 있는 기관을 통과하지 않고서는 침입하려고 해도 할 수 없는 곳입니다."

"알았네. 그럼 추 전주는 지금 즉시 조 검주를 중앙 연두장으로 데리고 오게. 나는 그곳에서 적들을 대면할 것이네. 즉시 출발하게."

"문주님의 명에 따르겠습니다. 그럼 조 검주와 함께 중앙 연무장으로 가겠습니다."

호열의 결단.

현재 문주인 호열 다음으로 철혈검문의 최고수라 할 수 있는 철혈검주(鐵血劍主) 조재현(趙齋峴)을 전장으로 불러들인다는 것은 호열에겐 아무리 숙의를 한다고 해도 입 밖으로 내뱉어질 수 없는 힘겨운 결정이었다.

추 전주는 호열이 힘겨운 결단을 내렸다는 것을 누구보다 잘 알고 있었다. 처음부터 지켜보았던 두 사람만의 사랑. 자신의 목숨보다 더욱 숭고하게 생각하고 있었던 소호 공주의 안위보다 대의를 택한 호열을 향해 최대한 고개를 숙여 읍을 한 후 빠르게 밀실 문을 나서며 신형을 날렸다.

"매충길(梅忠趏)과 피번위(皮樊謂) 책사는 패왕전과 군왕전의 모든 문인에게 중앙 연무장에 집합하라는 본인의 명을 전하라. 그리고 개 책사는 다른 책사들과 함께 아직 파괴되지 않은 기관들을 최대한 활용해서 앞으로 있을 전투에서 문인들을 도와야 할 것이다. 특히 중앙 연무장에 설치되어 있는 기관들에 신경을 쓰도록!"

"최선을 다해서 문주님의 명을 수행하겠습니다."

"알겠습니다, 문주님."

"좋다. 그럼 그대들만 믿고 이곳을 나가겠다. 본인의 믿음이 헛되지 않기를 바란다."

"소인들의 목숨을 걸겠습니다."

"믿어주십시오. 소인들의 목숨, 이미 문주님께 드렸습니다."

"음……."

호열은 결의에 찬 책사들의 말에 아무런 말 없이 고개를 크게 끄덕여 보인 후 뒤돌아섰다.

'내 손에 피를 묻혀야만 한단 말이지? 내 손에…….'

호열은 왼손에 힘을 주며 철혈검(鐵血劍)을 꾹 쥐고서는 천천히 밀실의 문을 열고는 밖으로 한 걸음 한 걸음씩 걸음을 옮겼다. 황궁에서의 혈전 이후 오랜만에 손에 쥐는 철혈검이었다. 너무 오래되어서 이질적인 감각이 느껴지고 있었지만 호열은 별다른 느낌이나 감정이 일지 않았다. 그저 철혈검을 손에서 놓지 않으려는 듯 손에 힘을 줄 뿐이었다.

철혈검은 황궁오대보검(皇宮五大寶劍) 중 다른 검과 달랐다. 대부분 황제가 하사하는 패검(佩劍)들이 그렇듯 위엄을 상징하며 만인을 압도하는 장식품으로서 그 가치가 인정되지만, 호열에게는 자신과 소중하게 지켜주고 싶은 사람의 안전을 위해 사용되었다. 검이 가지는 궁극적인 목적을 위해 사용되고 있었던 것이다.

묵(墨)보다 더욱 짙은 흑색 검집은 은은한 느낌을 주며, 검집과 손잡이 끝까지 붉은 보석으로 적룡(赤龍)이 휘황찬란하게 승천하는 형상이 세공되어 있어 보는 이의 눈을 황홀하게 만들었다. 그러나 일직선으로 뻗어 있는 철혈검은 자세히 보지 않으면 검과 검집이 하나인 것처럼 보일 정도로 겉이 매끄러웠다. 다른 검들과는 달리 손을 보호하기 위한 장식이 없었던 것이다. 또한 검신(劍身)이 네 자 길이였으며 일반 검들에 비해 두 배 정도의 두께를 가지고 있었다. 이와 같이 겉으로는 장식품으로 보일지 모르지만, 속은 철혈이란 이름에서 보여지듯이 전투를 목적으로 만들어진 장군검이었던 것이다.

지금까지 단 한 번도 철혈검을 귀하게 생각하며 손에 들었던 적이 없는 호열, 자신을 위해서뿐만 아니라 수하들의 안위를 위해 검을 움켜잡은 것이다.

쾅! 콰쾅! 콰르르르…… 쾅!

작은 웅덩이에 고여 있던 빗물이 진동을 일으킬 정도로 끊임없이 들려오는 폭음 소리.

인간에 의해 생성된 소리라고 하기에는 너무나 큰 소음이었다. 그러나 분명 사방을 가득 메우며 들려오는 소음은 인간들에 의해 만들어지고 있었다. 바로 철혈검문에 설치되었던 기관들이 다섯 명의 고수에 의해 철저히 파괴되고 있는 소리였던 것이다.

"조 당주, 저들이 이곳까지 오는 데 얼마나 걸릴 것 같으냐?"

"예, 이각이 못 되어서 이곳에 당도할 것 같습니다."

"흐음… 그렇다면 이제 조 당주와 이 당주는 문인들과 함께 저들을 맞이할 준비를 하라. 나와 조 검주가 직접 저들을 상대할 것이니, 너희들은 뒤에 따라오는 적들이 이곳을 벗어나지 못하도록 최선을 다해야 할 것이다. 알겠느냐?"

"명심하겠습니다."

"이곳에서 죽으면 죽었지, 적들이 이곳을 벗어나게 하지는 않겠습니다."

"알았다. 그럼 어서 준비하도록!"

"옛!"

조 당주와 이 당주가 호열의 명을 받은 후 문인들과 함께 양쪽으로 신형을 날리며 앞으로 있을 피비린내 나는 전투를 준비했다.

이미 몇 명은 직접 검을 맞대지는 않았어도 적들의 신형에 장창과 화살을 박으며 혈투를 경험했기에 큰 무리가 없었지만, 아직 살생을 경험해 보지 못한 패왕전의 문인들은 긴장하지 않을 수 없었다. 하지만 이제 남은 것은 지금까지 죽을 고생을 하며 수련한 자신들의 실력뿐이었기에 모든 문인의 마음은 무겁게 가라앉을 수밖에 없었다. 그런 마음이 외부로 표출되었는지, 거의 대부분의 문인들은 자신들의 의지와는 상관없이 두 다리에 힘이 빠지며 화살을 잡고 있는 손이 심하게 떨리고 있었다.

하지만 대명제국의 녹을 먹고 있는 공신들의 자제라는 자부심과 황제와 나라를 위해 자신의 목숨을 숭고하게 받칠 수 있는 충성심과 애국심으로 불안한 마음과 긴장감을 떨쳐 버릴 수 있었다. 이제 살아남느냐의 문제는 오로지 자신들의 실력에 달려 있다는 것을 잘 알고 있었기에 전의(戰意)를 불태우며 적들이 오기만을 차분하게 기다릴 뿐이었다.

'오는구나……'

호열은 자신도 모르게 철혈검의 손잡이로 손이 움직였다. 그로 인해 철혈검이 검집에서 조금 빠져나왔다. 의도하지는 않았지만 적을 상대함에 있어 나름대로 최적의 기세로 발검을 할 수 있는 자세를 잡아가고 있었던 것이다.

아직 인명을 살상하지는 않았지만, 살인에 대한 두려움 같은 것은 없었다. 그저 조금씩 검에 공력을 주입하며 적의 모습이 브이길 기다릴 뿐이었다.

"조 검주! 선두로 담장을 넘어오는 적은 내가 공격을 할 것이니, 조 검주는 내 뒤를 따라서 후미의 적들을 공격하도록 하게. 적들의 수가 너무 많으니 손에 자비를 베풀지 말게."

"알겠습니다, 주군."

쾅!

중앙 연무장까지 이어진 기관이 모두 파괴되는 소리가 들렸다. 기관이 파괴되기 시작한 지 반 시진도 되지 않아 막대한 자금과 노력이 투입된 기관들이 단 한 번도 사용되지 못하고 절반 이상이 넘게 무용지물이 된 것이다.

"왔군. 자, 간다. 받아라!"

기관이 파괴되자마자 순식간에 담장을 넘어 빠르게 연무장 안으로 들어오는 적들을 발견한 호열은 순간적으로 손에 힘을 주면서 신형을 날렸다. 이미 철혈검은 검집에서 벗어난 상태였으며, 호열에 의해 적의 수급을 향해 무서운 속도로 뻗어가고 있었다.

손잡이에서부터 검극(劍極)까지 검신이 모두 푸른 섬광으로 이글거리며 타오르는 철혈검.

호열이 문인들을 위해 만들었던 철혈제왕검(鐵血帝王劍)의 제일초식인 철혈단성(鐵血斷星)이 시전되며 검과 하나가 되어 전면을 향해 날아갔다. 신검합일(身劍合一)이었다.

"헉! 피, 피해라!"

"흐엇!"

"으아악~"

선두에 서 길을 가로막고 있던 기관을 파괴하며 신형을 날리던 반부형은 전면에서 거침없이 쏟아지며 날아오는 검강에 기겁을 하며 옆으로 몸을 뉘운 상태로 뒤쪽을 향해 급하게 소리쳤다.

"컥!"

반부형의 급한 목소리에 반우해를 비롯한 녹림삼천은 좌우로 신형을 날려서 위기를 모면했지만, 뒤에 따라오던 흑산채의 조장 한 명이 피하지 못하고 외마디 비명을 지르며 진흙 바닥에 고개를 떨구었다.

"크어억~"

"크아아악~"

"뭐, 뭐냐?"

"모두 전열을 정비하라! 적, 적으로부터 떨어져라!"

생각지도 못한 검강에 등골이 서늘했지만, 뒤쪽에서 들려오기 시작한 수하들의 처절한 비명 소리에 반부형과 다른 네 명의 장로는 정신이 번쩍 들었다.

동에 번쩍, 서에 번쩍……

추환쌍검과 녹림삼천은 흑산채와 망산채 속에서 서늘한 두 자루의 검이 빛을 뿌릴 때마다 아무런 저항도 하지 못하고 맥없이 무너지는 수하들의 모습에 치를 떨었다.

"크어어~"

"컥, 크으으으……."

"멈… 추… 어라……!"

반부형은 삼성의 공력을 돋우며 마후를 토했다. 이미 상당수의 녹림도가 목숨을 잃었으며, 뒤쪽에서 따라오던 대부분의 녹림도들은 예락승의 수습에 의해 뒤로 후퇴를 한 상태였다.

녹림도들이 빠르게 물러난 상태로 순식간에 중앙 연무장으로 통하던 담장을 사이에 두고 넓은 공간이 만들어졌다. 비록 호열과 조 검주의 손에 쓰러진 오십여의 녹림도 시신이 널려 있었지만, 이미 연무장으로 통하던 문은 파괴되어 조각조각 떨어져 버렸고 담장도 대부분 허물어졌기에 생각보다 큰 공지가 형성된 것이다.

호열과 조 검주는 적이 멀찌감치 물러나자 더 이상 손을 쓰지 않고 공지 중간에 서서는 반부형을 향해 고개를 돌렸다.

"크흠… 누가 검강을 시전하는가 했더니, 역시 임 문주였습니다."

"적이 침입했다는 전갈을 받고 나왔더니, 이제 보니 반 장로께서 친히 오셨던 것이군요."

호열은 십 장 정도 떨어진 곳에 위치해 있는 반부형의 두 눈을 한 차례 직시한 후, 시원한 장대비가 내리고 있는 하늘을 향해 고개를 쳐들며 반부형의 말에 가시 돋친 응대를 했다. 어느 정도 예상은 하고 있었지만, 자신의 첫 살인에 대한 심적인 충격을 반부형에 대한 적개심으로 드러낸 것이다.

그러나 겉으로 보기에 호열은 큰 충격을 입은 사람처럼 보이지 않았다. 심적 충격으로 손끝이 부르르 떨릴 정도도 아니었으며, 그저 자신의 검에 의해 목숨을 잃은 녹림도들의 얼굴을 보지 않기 위해 일부러 하늘로 고개를 들고 있었다.

"상황을 보니 이미 철저한 준비를 한 것 같은데, 장로께서 독고 맹주의 서신을 가지고 사신으로 왔다는 것은 철혈검문을 치기 위한 명분을 만들기 위함이었습니까?"

호열은 주변에 병기를 들고 잔뜩 움츠려 있는 녹림도들을 둘러본 후 반부형을 향해 천천히 입을 열었다.

"허허, 이곳에 기관이 설치되어 있는 줄은 몰랐습니다. 정말 무서운 위력을 지니고 있더군요."

"글쎄요. 그것은 기관을 파괴하여 이곳까지 오신 반 장로께서 더 잘 아시겠지요."

"크으음……."

반부형은 호열의 말에 순간 할 말이 떠오르지 않는지 묵묵히 침음을 흘렸다.

"임 문주, 어떻습니까? 보시는 바와 같이 현재 이곳에 집중되어 있는 수하의 숫자가 적지 않습니다. 이곳까지 오는 동안 많은 피해를 입었지만, 만약 이쯤에서 임 문주가 맹에 들어오겠다는 말 한마디만 하시면 조용히 돌아갈 수도 있습니다."

"옛?"

"혀, 형님!"

"반 장로, 어찌……!"

예상치 못한 반부형의 말에 주위에 서 있던 반우해와 녹림삼천이 깜짝 놀라며 반부형을 향해 반문을 했다. 극심한 피해를 입은 마당에 적의 수장을 눈앞에 두고 타협을 하려는 반부형의 생각지도 못한 말에 깜짝 놀란 것이다.

반부형은 조용히 한 손을 들어 보이며 소음을 잠재웠다.

"어떻습니까? 비록 막대한 금전적 피해를 입기는 했지만, 아직 철혈검문의 인명 피해는 없는 것 같은데……."

반부형은 주변에서 반문하는 다른 장로들의 말을 묵묵히 흘려들으며 호열을 향해 재차 물었다.

"이거 참… 반 장로께서는 속도 좋습니다. 하지만 우리 철혈검문을 너무 우습게 보시는 것 같습니다. 이미 말했던 것으로 기억하는데요. 또한 적의 수장을 앞에 두고 검 한번 휘둘러 보지도 못하는 수하들 몇 명과 반 장로의 말 한마디에 쉽게 고개를 숙일 정도로 제가 하잘것없어 보입니까?"

"흐으음……."

"형님, 더 이상 다른 말은 필요치 않을 것 같습니다. 더구나 지금까지 각어(脚魚) 새끼들처럼 기관에 의지하며 코빼기도 보이지 않던 녀석들입니다. 대부분의 기관이 파괴되어 버린 지금 무엇이 아쉬워 저런 자를 끌어들이려고 하십니까?"

"그렇습니다. 만약 반 장로께서 계속해서 철혈검문을 끌어들이려 한다면 맹주의 명을 어기는 일이 생기더라도 녹림은 따로 움직일 것입니다. 그러니 다시 한 번 생각하시길 바랍니다."

"흐음!"

동생인 반우해와 녹림삼천의 역정 섞인 말에 반부형은 고심을 하지 않을 수 없었다. 총책임자로서 자신의 생각 여부에 따라서 자칫 자중

지란(自中之亂)을 초래할 수도 있는 상황이었기 때문이다.

'이거 참… 어찌 내 마음을 이다지도 모른단 말인가? 임 문주의 무공이 우리가 생각했던 것보다 높다는 것도 문제지만, 그 옆에 있는 자의 무공도 분명 내 아래가 아닌 것을……'

반부형은 예상치 못한 호열과 조 검주의 무공 수위와 아직 모습을 드러내지 않고 있는 철혈검문 문인들에 대해 신경을 곤두세울 수밖에 없었다. 또한 기관들을 완전하게 와해시키지 못한 상황이었기에 이곳에서 혈전을 벌인다면 자칫 큰 피해를 입을 수 있다는 판단이 들었다. 그에 군사인 혈미서생 송심진의 지시 사항과는 달리 호열을 패혈맹의 식구로 받아들이고자 했던 것인데 상황은 반부형의 내심과는 다른 방향으로 흐르고 있었다.

"하하, 그러고 보니 다른 분들과 함께 오셨군요. 이참에 소개를 부탁드려도 되겠습니까?"

반우해 옆에서 서슬이 퍼런 병기를 손에 쥐고서 호열을 주시하고 있는 세 명의 시선을 느꼈는지, 호열은 반부형을 향해 시선을 주었다.

"허허, 무엇이 어렵겠습니까. 그렇게 하지요. 이쪽에 있는 세 명은 저와 같은 장로 직에 있는 혈리검천 예락승 장로와 광시권천 육지보 장로, 그리고 포형도천 악남수 장로입니다. 강호에서는 녹림삼천으로 불리며 녹림십팔채를 이끌고 있는 분들입니다."

"오~ 녹림……."

호열은 반부형의 마지막 설명에 크게 고개를 끄덕여 보였다. 다른 것은 몰라도 산중의 제왕이라는 녹림은 익히 들어보았기 때문이다.

"패혈맹의 장로 다섯 분께서 직접 나섰을 줄은 몰랐습니다."

"허허, 어쩔 수 없는 일이 아니겠습니까. 싹은 자라기 전에 철저히 없애는 것이 나중을 위해서 좋은 일이 아니겠습니까? 그건 그렇고, 휴…… 임 문주의 생각도 그렇고, 다른 장로들의 생각도 내가 바라던 것과는 다른 듯합니다."

"하하, 어쩔 수 없는 것 아니겠습니까. 이미 화살은 시위를 떠났는데 더 이상 무슨 말이 필요하겠습니까?"

"조 검주, 내가 먼저 장로들을 향해 선공을 할 것이니 검주는 연무장으로 적들을 유인해서 문인들과 함께 공격을 하게."

"옛? 하지만 주군!"

"내 안위에 대해서는 신경 쓰지 말게. 만약 위험하다 판단되면 바로 몸을 뺄 것이고, 또한 그렇지 못하다고 해도 내 한 몸은 충분히 지킬 수 있으니 검주는 내 명에 따르게. 알겠는가?"

"아… 알겠습니다. 주군……."

적을 잡으려면 우두머리부터 잡으라는 금적금왕(擒賊擒王)이라는 병법이 있듯이, 호열은 무엇보다 수적인 열세를 극복함에 있어서 다섯 장로의 손과 발을 묶어야만 한다는 판단을 내렸다. 그렇게 하기 위해서는 자신이 그들을 상대해야만 한다는 것을 잘 알고 있었다. 적들의 최절정고수 다섯 명을 자신이 상대한다면 문인들의 안전뿐만 아니라 승기도 잡을 수 있다는 생각이 들었던 것이다.

또한 호열은 반부형을 비롯해 다른 네 명의 장로가 자신을 노릴 것을 짐작할 수 있었다. 그도 그러한 것이 아무리 병법(兵法)에 문외한이라 하더라도 적의 수장인 자신을 먼저 쳐서 적의 사기를 떨어뜨려야 한다는 것은 알고 있을 것이라 생각되었기 때문이며, 장로들의 서슬 퍼런 눈빛 역시 호열의 생각을 증명하기라도 하듯 잘 보여주고 있었다.

"장로들은 내가 신형을 날리는 즉시 함께 문주를 향해 공격하게. 알겠는가?"

"알겠습니다, 형님. 진작에 이렇게 말하실 것이지……."

"반 장로의 말에 따르겠습니다."

"예, 그렇게 하겠습니다."

이미 상황이 전운에 휩싸여야만 하고, 철혈검문이 현판을 내리든 패혈맹이 물러나든 두 가지 중에 한 가지만이 이루어져야만 싸움이 끝난다는 것은 결정되었다. 이제 누가 먼저 움직이는가 하는 것만 남아 있을 뿐이었다.

호열은 천천히 철혈검의 검극을 밑으로 내렸다. 조금씩 밑으로 움직인 검극, 급기야는 핏물이 고여 있는 진흙에까지 닿았다.

"자, 시작해 보지요. 하얍……!"

번쩍!

"헉! 이, 이런……!"

"크음……."

호열의 수중에 있던 철혈검에서 생성된 검광(劍光)이 새하얀 빛을 뿌리며 반부형이 서 있던 곳으로 쏟아져 갔다. 가히 빛보다 빠른 속도였다.

어의광(唹意光).

삼 년 전 삼성이마(三聖二魔) 중 삼풍진인(三豊眞人) 장삼봉(張三峰)과 성불(聖佛) 혜정 대사(慧精大師)와의 혈전(血戰), 그때의 모습 그대로 호열의 손에서 시전된 것이다.

팍! 펑!

예상치 못한 호열의 선공에 깜짝 놀랄 사이도 없이 다섯 명의 장로는 제각기 다른 방향으로 신형을 날렸다. 그 실체를 두 눈으로 보지 못했지만, 예리한 무엇인가가 무서운 기세로 뻗어오고 있다는 것을 온몸으로 느낄 수 있었던 것이다.

오랜 경험을 바탕으로 한 무인의 육감.

반부형과 네 장로는 자신들이 서 있던 곳에서 펑 하는 소리와 함께 물보라가 사방으로 퍼지는 것을 목격했으며, 물보라가 가라앉기도 전에 깊숙한 웅덩이가 생긴 것을 확인할 수 있었다.

"하앗! 다시 한 번!"

슈아아아앙! 파앙……!

"막지 말고 공격을 하시오. 우해야, 추환쌍검진(錐幻雙劍陣)을 펼치자!"

"알았습니다, 형님. 그렇지 않아도 오늘 철혈검문주의 목을 따버리지 못하면 편안하게 잠을 이루지 못할 것 같았습니다. 크하하하, 받아라! 하아앗……!"

반우해는 선공을 못한 것이 아쉽기는 했지만, 오랜만에 추환쌍검진을 펼친다는 것이 기분 좋았다.

추환쌍검진.

젊었을 때부터 자신들보다 강한 적을 상대하기 위해 고안하였고 많은 위기 상황을 무사히 넘길 수 있게 해준 검진이었다. 또한 아무런 지지 기반도 없이 패혈맹에서 장로 서열 오위와 육위라는 지금의 위치까지 오를 수 있었던 것도 모두 추환쌍검진의 역할이라 할 수 있었다. 그만큼 추환쌍검진은 두 형제에게 있어 자신들의 목숨만큼이나 소중한 검진이었다.

그러나 반부형과 반우해 형제 모두 연륜과 공력이 심후해지고 최절정고수로서 면모를 갖추기 시작하면서 적을 상대함에 있어 두 형제가 함께 검진을 펼치는 것이 줄어들었다. 급기야 십 년 전부터는 검진 자체를 시전하는 일이 없을 정도였다. 그런데 십 년이 흐른 지금 호열을 상대하기 위해 다시 검진을 형성하고 있는 것이다.

"아우들, 우리도 공격을 하세. 자, 받아라! 혈리섬(血釐閃)!"

"하앗! 광시성락(狂豺星落)!"

"여기도 있다. 이얍! 포형전일(怖刑電日)!"

예락승은 반부형과 반우해가 호열의 정면을 향해 검진을 시전하며 공격을 감행하자 신형을 하늘로 띄우며 자신의 성명절기인 혈리검법(血釐劍法)을 시전했다. 추환쌍검과 서로 부딪치지 않으면서도 효과적인 공격을 감행하기 위해서였다.

육지보와 악남수는 의형인 예락승이 처음부터 독문무공을 사용하자 한편으로는 하늘로 신형을 띄운 예락승을 보호하며 비어 있는 호열의 후미 쪽을 공격하기 위해 양쪽으로 반원을 그리며 광시패권(狂豺覇拳)과 포형일도(怖刑日刀)를 시전했다.

상대가 깜짝 놀랄 정도로 보기 좋게 선공을 했지만 생각보다 큰 이득을 챙기지 못한 호열은 사방에서 적들이 공격을 감행하자 방어를 하던가 아니면 어느 한 방향을 공격해야 한다는 것을 알고 있었다. 정작 호열 자신은 느끼지 못하고 있는지 모르겠지만, 세상에서 가장 강하다고 전해지는 두 초절정고수와의 혈전 이후 어떻게 하고 어떻게 해야만 한다는 생각보다 몸과 마음이 먼저 빠른 판단을 하고 행동에 옮겨질 정도로 실전 능력이 크게 향상되어 있었다.

"하야압!"

호열은 전면에서 돌진하는 추환쌍검과 하늘에서 쏟아져 내리고 있는 수십 개의 검기를 상대하기보다는, 차라리 뒤쪽에서 들어오는 두 명

중 한 명을 상대함이 좋다는 생각이 들었다. 또한 그와 더불어 번개보다 빠르게 도를 휘두르며 달려드는 악남수의 병기를 상대하는 것보다는 맨주먹으로 달려드는 육지보를 상대함이 좋겠다는 판단이 내려졌다. 호열은 생각을 정리하고 행동으로 옮기기보다는 몸이 먼저 움직이기 시작했다.

쾅! 콰르르르…….

호열이 사라진 진흙 바닥은 네 명의 공격으로 인해 갈가리 찢겨지며 고여 있던 물이 사방으로 튀었다.

파아앙……! 퍽!

"컥! 이, 이……."

장로들의 공격이 엄한 땅바닥을 파헤칠 때 호열의 일검은 육지보의 권경을 파괴하며 왼쪽 가슴 언저리를 스쳐 지나갔다. 육감적으로 위기를 느낀 육지보가 목으로 파고들어 오는 호열의 검을 피하기 위해 오른쪽으로 신형을 회전시키며 피했다. 그러나 완전하게 피하지 못하고 반 자 정도의 검상을 입은 것이다.

"아우!"

"혀, 형님!"

"죽… 어… 라……!"

친형제나 다름없었던 육지보가 검상을 입고 비틀거리자 예락승과 악남수가 깜짝 놀라며 호열을 향해 달려들었다. 그러나 호열은 두 사람에게 신경 쓰지 않고 가슴을 부여잡고 비틀거리는 육지보의 목을 향해 다시 한 번 일검을 날렸다.

파아아아…….

쾅! 차차차창……!

"크엇! 흐으음……."

"우웃, 제길! 생각보다 강하군."

적들의 수를 줄임과 동시에 심적인 타격을 안겨줄 수 있는 절호의 기회를 잡았다 판단한 호열은 회심의 일격을 날렸지만, 추환쌍검이 언제 곁에 붙어 있었는지 호열이 시전한 검강이 육지보의 목에 도착하기 전에 쳐냈다. 하지만 육지보를 죽이기 위해 시전한 것이어서 그런지 상당한 공력이 주입되어 있었기에 추환쌍검은 적지 않은 충격을 받고 뒤로 두 걸음 이상을 물러서서야 간신히 신형을 바로잡을 수 있었다.

"죽일… 받아라!"

"감히 약은 수를 쓰다니, 기필코 네놈을 죽여 버리겠다."

"이런!"

'제길, 죽이지는 못해도 싸움에 끼어들지 못할 정도의 치명적인 상처를 입힐 수는 있었는데… 그나저나 저들의 실력이 겨우 이 정도란 말인가?'

호열은 자신의 생각보다 추환쌍검과 녹림상천의 무공이 약한 것 같아 이상한 생각이 들었다. 직접 검을 섞어본 후였기에 머리 한쪽에서 맴도는 생각은 '이것이 아닐 텐데…'였다.

삼 년 전 후원에서 있었던 혈전을 생각하면 호열은 지금도 아찔할 정도였다. 그만큼 당시의 사건은 너무나도 큰 충격이었으며 심적인 타격 또한 컸다. 지금도 호열은 자신과 겨루었던 두 명의 괴한을 무림맹의 장로들로 생각하고 있었기에 패혈맹의 장로들을 상대함에 있어서 심적으로 많은 두려움을 가지고 있었던 것이다. 강호를 양분하고 있다 해도 과언이 아닌 두 세력. 그만큼 호열로서는 이 싸움에 죽음을 각오할 만했다.

그런데…….

'저들도 추 전주나 다른 전주들과 같은 경우인가? 모르겠다. 하지만 지금과 같다면 당주들이나 부당주들이 상대해도 되겠는데?'

호열은 아쉬운 마음을 뒤로하고는 예락승과 악남수의 공격을 철혈 무상보(鐵血無上步)로 피한 후 뒤도 돌아보지 않고 재빨리 연무장의 중심부 쪽으로 신형을 날렸다. 적들과 몇 합 겨루어보지 않았지만, 직접 검을 겨루고 나니 처음 생각했던 것보다 상대에 대한 경계심과 긴장감이 해소되는 것을 느낄 수 있었다. 그에 호열은 다섯 장로를 상대하는 것보다 수백 명이 한 대 어우러지며 치열한 접전이 벌어지고 있는 연무장을 향해 서슴없이 뛰어든 것이다.

창! 차차차창……!

"끄어억~"

"컥! 제, 제길……."

"이런, 물러나지 마라! 적은 고작 백여 명밖에 되지 않는다. 망설이지 말고 총공격하라!"

엄형독과 융칠환은 동료들의 죽음을 지켜보면서 자신도 모르게 뒷걸음을 치는 수하들을 향해 엄하게 꾸짖고 격려하면서 적을 향한 공격을 명하고 있었다.

"주, 죽여라!"

파파팟! 파팡……!

"크아아악~"

호열이 연무장으로 향하면서 주변을 돌아보니 상황은 긴박하게 흘러가고 있었다. 비록 처음으로 인명을 해하면서 주춤거렸던 문인들이 상황을 수습하면서 구성진(九星陣)을 형성한 후 녹림도들을 막고 있었지만, 워낙 많은 수의 인원이 목숨을 초개와 같이 버리며 한꺼번에 몰려들고 있었기 때문에 뒤로 주춤거리며 물러나고 있었다. 그러나 간간이 연무장 주변에 설치되어 있던 기관들이 적절한 시기와 장소에서 작동을 하면서 녹림도들의 배후와 좌우측면을 공격하고 있었다. 하지만 몇 각이 지나지 않아 그나마 작동을 하던 기관들도 굴강진과 잠득기에 의해 파괴되었고, 현재는 기관들이 제 기능을 상실한 상태였다.

그러나 철혈검문 문인들이 무작정 밀리는 상황은 아니었다. 녹림도들의 중심에서 분출되는 검강으로 인해 녹림도들이 곤혹스러워하고 있었기 때문이다. 바로 늑대들의 무리 속에서 종횡무진하며 적의 수급을 베어내고 있는 무인이 있었는데, 다름 아닌 철혈검주(鐵血劍主) 조재현(趙齋峴)이었다.

조 검주는 호열이 장로들을 향해 신형을 날림과 때를 맞추어 녹림도들을 향해 시퍼런 검강을 뿌리며 돌진했다. 처음엔 감히 맞받아칠 수 없는 검강의 엄청난 기세에 뒤로 물러서던 녹림도들은 동료들의 죽음과 상대가 단 한 명이라는 것을 자각하고는 호랑이를 사냥하는 늑대들처럼 앞뒤 구별을 하지 않고 온몸을 날리면서 뛰어들었다. 하지만 이미 예상하고 있었다는 듯이 조 검주는 적의 저항이 느껴지기 시작하자 연무장 중심으로 신형을 날려 피했다. 그러나 녹림도들이 추격을 할 수 있을 정도의 간격을 두고 계획했었던 진로로 후퇴를 한 것이어서 녹림도들은 조 검주의 뒤를 따를 수밖에 없었고, 그로 인해 수백 명의 녹림도가 한 명을 추격하는 진기한 장관이 연출되었다.

연무장 중앙에 착지한 조 검주는 더 이상 후퇴하지 않고 자신을 향해 돌진하던 녹림도들을 향해 신형을 날렸다. 또한 그때를 기다렸다는 듯이 각자의 은신처에 몸을 숨기고 있던 백 명의 문인이 수중의 화살을 날리며 같이 쇄도해 갔다. 이 모든 것들은 호열이 장로들과 몇 합을 겨루는 짧은 시간에 일어난 상황이었다.

"이 당주, 우리가 대구성진(大九星陣)으로 적의 전면에서 막고 있는 동안 군왕전 문인들과 함께 화살로 적의 허리를 공격하게."

"알겠네."

"군왕전의 문인들은 모두 중앙으로 집결한 후 화살을 준비하라!"

"패왕전의 문인들은 대구성진으로 진세를 바꾸어 적이 더 이상 접근할 수 없도록 하라!"

"옛! 알겠습니다."

"당주님의 명이다. 빠르게 움직이도록!"

이 당주와 조 당주의 호령이 떨어지자 백 명의 문인은 각자의 위치를 찾아 신형을 날렸다.

"공격하라!"

쐐아아아—

"컥!"

"끄아아아~"

군왕전 문인들에 의해 발출된 화살은 백발백중(百發百中) 녹림도들의 가슴에 박혔다. 그러나 한 사람이 발출할 수 있는 화살의 수가 여섯 발을 넘지 못했으며, 이백여 명의 녹림도가 땅바닥에 머리를 박았다고 하더라도 수적인 열세를 극복하지 못하고 수세로 몰릴 수밖에 없었다.

상황은 급박하게 돌아가고 있었으며, 검 하나가 열 검을 감당하는 데 벅차듯 진세가 점점 약화되면서 외곽에서 진을 형성하고 있던 패왕전 문인들 중 대여섯 명이 가슴과 어깨를 감싸 쥐며 쓰러지고 있었다. 대구성진의 진세를 파악한 백미마도 굴강진과 파우광검 귀동곡이 주위에 떨어져 있던 장창에 공력을 주입해서 공격을 한 것이다. 피하려고 해도 진세의 흐름 때문에 피할 수 없었다.

"이런, 하아앗! 철혈진천(鐵血震天)!"

콰아아앙……!

"끄어어억…….'

"커어억~"

적들의 공격에 문인들의 죽음을 목격한 조 검주는 자신의 공력을 최대한 끌어올려 주변에서 달려드는 적들을 물러서게 한 후 문인들이 있는 곳으로 신형을 날렸다. 문인들의 안전을 지키며 전면에서 공격해 들어오는 적들을 맞이하기 위함이었다.

"적들이 진세의 흐름을 파악했다. 모두 두세 명씩 조를 이루어 적을 맞아라!"

호열은 갑자기 변한 상황과 그에 따른 조 검주의 의도를 파악한 후 구성진을 버리고 각자의 무공에 모든 것을 맡기기로 결정을 내렸다. 진세의 흐름이 적에 의해 알려졌기 때문에 더 이상 무용지물과 같다 판단되었기 때문이다.

진세의 흐름에 검로(劍路)를 구속받던 문인들의 검이 자유롭게 춤을 추기 시작했다. 한 번씩 검로가 바뀔 때마다 여지없이 핏물이 솟구쳤으며, 땅바닥을 구르는 것은 녹림도들이었다. 비록 수백 명이 넘는 적들에 비해 백 명도 되지 않은 적은 인원이었지만, 개개인의 무공 수위는 하늘과 땅보다 더 차이가 나고 있었기에 벌어진 일이었다.

'이럴 수가, 어찌 문인들이 하나같이 모두 절정의 무공을 지니고 있다는 말인가? 이건 있을 수 없는 일이다. 도대체 어찌…….'

'이, 이런 일이…….'

호열의 뒤를 따라 연무장에 도착해 있던 장로들은 철혈검문의 문인들 무공 수위에 놀란 입을 쉽게 다물지 못했다. 너무나 예상 밖의 상황이 전개되고 있었기 때문이다. 하지만 마냥 놀란 가슴을 쓸어 내리고 있을 수만은 없었기에 등을 돌리고 있는 호열을 향해 극한으로 공력을 돋우며 자신들의 최고 절학(絶學)을 쏟아냈다.

"받아라! 추환쌍검강(錐幻雙劍罡)!"

"혈리패천(血釐覇天)!"

"하압, 포형낙일(怖刑落日)!"

호열은 등 뒤에서 거대한 압력이 자신을 향해 움직이고 있음을 느꼈다. 그에 놀라며 뒤를 바라보니 자신의 손에 부상을 당한 한 명을 제외하고 다른 네 명이 동시에 공격을 하고 있었던 것이다.

쾌검과 환검이 완벽한 조화를 이루며 형성된 거대한 검강과 모든 것을 파괴시킬 것만 같은 거대한 검세(劍勢), 그리고 중천에 떠 있는 태양조차 땅바닥으로 떨어뜨릴 것만 같은 압력이 하나의 거대한 해일처럼 쏟아져 들어오는 모습에 호열은 깜짝 놀랄 수밖에 없었다.

"이, 이런! 어, 어의망(唹意網)……!"

쾅! 콰아아앙! 콰아앙……!

최절정고수 네 명에 의해 형성된 거대한 해일이 호열의 검에 의해 만들어진 그물망과 정면으로 충돌을 했다.

"크억!"

"크으으……."

"커억! 이, 이런 일이……."

"……."

충격의 여파는 생각보다 컸다. 호열이 서 있던 주변 땅들이 모두 파헤쳐졌으며, 그로 인해 순간이지만 강우가 호열의 주위에서 튕겨 나갔다.

네 명과 한 명의 충돌.

하지만 뒤로 물러선 것은 한 명이 아니라 네 명이었다.

"하하하, 조금 더 네 분과 손속을 겨루고 싶지만 상황이 허락하지 않는 것 같으니 잠시만 기다리시지요."

"크으흠……."

"제길!"

"으……."

피비린내 나는 전장으로 신형을 날리는 호열의 뒷모습을 바라보면서 네 명의 장로는 입가에 흘러내리는 선혈을 소매로 닦아 내려야만 했다. 전혀 생각해 보지 못한 상황. 장로들은 자신들이 직접 경험하고도 현실이 믿겨지지 않았다.

'우리들을 상대하고도 전혀 타격을 입지 않았다니…….'

'분명 우리의 합공에 놀라 순간적으로 방어를 한 것 같은데.'

'이것은 아니다. 육십 평생 오늘과 같은 치욕은 없었는데…….'

반부형과 예락승은 누가 먼저라고 할 것 없이 서로의 얼굴을 바라보았다. 도저히 믿을 수 없다는 표정이 두 사람의 얼굴에 역력히 드러나고 있었다.

쾅! 콰아아앙……!

"끄아아아~"

"커어억~"

"흐음……."

"이, 이런!"

호열의 손에 의해 발출된 검강이 전장을 헤집어놓고 있었다.

속수무책(束手無策).

상황은 점점 녹림도들에게 불리하게 진행되고 있었으며, 수하들의 상황을 살피던 반부형과 예락승은 누가 먼저라고 할 것 없이 다시 서로의 얼굴을 바라보며 놀란 가슴을 진정시키고자 했다. 하지만 쉽게 놀란 가슴은 진정되지 않았고, 상황이 잘못되었다는 것을 인정할 수밖에 없었다. 아무리 안력(眼力)을 돋우며 적들의 상황을 살펴보아도 수하들의 수급만 떨어질 뿐 몇몇을 제외하고는 대부분 검상(劍傷)조차 입지 않고 있었다. 더욱이 호열이 가세를 하자 그 기세는 하늘을 찌를 듯이 높아지고 있었다.

"크으흠… 더 이상 두고 볼 수 없을 것 같습니다. 예 장로, 어찌하시겠습니까?"

"그… 렇게 하십시오. 더 이상의 시간 낭비는 무의미한 희생만 초래할 것 같습니다. 더욱이… 문주의 무공은 우리들 상상을 훨씬 뛰어넘고 있습니다. 안타깝고 원통하지만, 우리들만으로는 힘들 것 같습… 니다."

"음… 나도 그렇게 생각합니다. 가히 그 경지를 가늠할 수 없을 정도라니…… 예 장로께서 어려운 결정을 내렸습니다. 두 발 전진을 위해서 오늘은 한 발 물러서지요."

"……."

"크흠, 그럼 철수를 명하시는 것이……."

반부형은 예락승이 무엇을 염려하는지 알 수 있었다. 현재 죽어가고 있는 자들 전부가 녹림도였다. 그만큼 시간이 지나면 지날수록 피해는 걷잡을 수 없을 정도로 불어날 것은 자명한 사실이었고, 그것은 녹림삼천을 비롯한 추환쌍검도 바라고 있지 않은 상황이었다. 하지만 철수를 권고한다는 것은 맹주의 명에 의한 총책임자라 하더라도 쉽게 말문을 열 수가 없는 것이었다.

예락승은 전면을 향해 시선을 거두지 못하면서도 애써 반부형의 말에 고개를 끄덕여 보였다. 다섯 명이 합세를 해도 문주 한 명을 상대하지 못하는 지금, 더 이상의 희생은 불필요할 따름이었다.

"옳으신 결정입니다."

예락승의 힘겨운 결정에 고개를 끄덕여 보인 반부형은 뒤에 서 있는 악남수를 향해 고개를 돌렸다. 이미 악남수는 반부형과 예락승의 대화 모두를 들었기에 따로 말할 필요가 없었다. 그저 한 번 눈짓으로 신호를 보내는 것이 전부였다.

"흐으음… 알겠습니다. 형님께서 결정하신 일이니 따르겠습니다. 지금 당장 수하들을 철수시키겠습니다."

예락승의 뜻을 이해한 악남수는 반부형의 눈짓에 포권으로 예를 취한 후 한창 전투가 벌어지고 있는 곳으로 신형을 날렸다.

"큭! 제길……! 혀, 형님, 오늘의 일은 송 군사가… 송 군사가 철혈 검문에 대한 철저한 조사도 없이 벌인 일 때문입니다. 그… 그래서 어처구니없는 피해가 생긴 것입니다. 오, 오늘 일에 대한 책임을 필… 히! 물어야 할 것입니다. 형님, 크억!"

가슴의 상처를 억지로 추스르며 악남수가 신형을 날리는 모습을 바라보고 있던 육지보는 뼈를 깎는 듯한 통증에 진저리를 치면서도 사전에 단 한 마디 언질도 없이 자신들을 죽음의 사지로 보낸 송 군사의 실수에 대해 질책을 하지 않을 수 없었다.

"어찌 송 군사만을 탓할 수 있겠나. 우리들의 무공이 낮은 것을 탓해야겠지……."

"크으흑……."

"무리하지 말고 쉬게. 그리고 가세나. 이곳에 더 머문다고 상황이 변하는 것도 아니니 우리들도 이만 자리를 뜨는 것이 좋겠구먼. 청산이 마르지 않으면 오늘의 일은 꼭 되돌려 줄 수 있을 것이네."

"으… 아, 알겠습니다, 형님……."

"아……."

예락승은 자신의 아우인 육지보를 부축하며 당당하게 들어왔었던 정문을 향해 신형을 날렸다.

들어왔을 때는 당당했으나, 다시 나갈 때는 자신과 아우의 안위를 걱정해야만 하는 처지.

강호에 발을 들여놓은 후 단 한 번도 오늘과 같은 수치를 당한 적이 없었다. 차라리 죽음을 택하고 싶었지만, 차마 그럴 수가 없었다. 육지보의 안위가 경각에 달려 있었기 때문이다.

옛날 유비(劉備)와 관우(關羽), 그리고 장비(張飛)가 결의형제지연(結義兄弟之緣)을 맺었던 것처럼 태어난 시기는 달라도 죽는 시간만큼은 자신들 스스로 선택하고자 다짐했기에 비굴함을 참으며 떨어지지 않는 다리를 힘겹게 옮겼다.

반부형을 비롯한 네 명의 장로가 신형을 날린 후 얼마 지나지 않아 썰물이 빠지듯 녹림도들이 앞을 다투며 연무장을 빠져나가기 시작했다.

연무장에 스스로 두 다리로 서 있는 녹림도들이 한 명도 보이지 않게 되기까지 불과 수유의 시간도 걸리지 않았다.

제 4 장

주위상지계(走爲上之計)

주위상지계(走爲上之計)

녹림십팔채의 치욕스러운 완패.

신생 문파 철혈검문의 완승.

몇 글자도 되지 않는 소문.

격동하는 무림.

강우가 내리던 날 무한에서 벌어졌던 믿지 못할 혈전의 결과로 인해 무림인들은 놀라고 흥분했다. 무림에 적을 두고 있는 무림인들은 자신들의 두 귀를 씻고 들어도 믿을 수 없어 다시 한 번 듣고자 했으며, 또한 듣는 것으로 만족하지 못해서 자신들의 눈으로 직접 소문의 진의를 파악하기 위해 너도나도 할 것 없이 장사진을 이루며 무한으로 몰려들었다.

철저히 파괴된 철혈검문.

혈전의 피해가 얼마나 극심했던지 복구를 위해 다녀갔던 많은 기술

자들이 고개를 흔들며 빠른 시일 안에는 완전한 복구를 할 수 없다는 말만 되풀이하며 돌아갔다. 또한 이러한 일들은 무성한 소문이 되어 중원 전역을 뒤흔들었다.

패혈맹의 중추적 역할을 담당하던 녹림십팔채와 갑자기 생겨난 신생 문파가 하루 십이 시진도 되지 않는 짧은 시간 동안 얼마나 엄청난 혈전을 치렀는지 짐작할 수 있는 대목이었기 때문이다. 또한 이러한 것은 철혈검문을 다녀갔던 무림인들이 한눈에 보아도 당시 얼마나 엄청난 혈전이 있었는지 능히 짐작할 수 있을 정도였다. 하지만 모든 정황을 따져 보고 자신들의 두 눈으로 확인을 했어도 쉽게 믿지 못하는 이들이 적지 않았다.

사천 명이 넘는 대부대를 이끌고 온 녹림. 더불어 녹림삼천이 직접 나섰으며 패혈맹의 장로 추환쌍검까지 가세를 했다고 하는데…….

살아서 돌아간 녹림도의 숫자는 불과 천 명도 되지 않았다. 하지만 녹림도들과 혈전을 벌였던 철혈검문의 피해는 전혀 외부에 알려지지 않아 무림인들이 눈으로 확인할 수 있었던 것은 건물들의 손상 여부에 국한될 뿐이었다. 그러나 그것만으로도 무림인들에게는 놀라울 따름이었다.

수구한 역사를 이어 내려오는 강호무림에서 단일 세력으로 가장 많은 문도들을 거느리고 있는 곳은 정도를 지향하는 구파일방 중 하나인 개방과 일반 백성들과 밀접한 관계를 유지하며 공생을 하고 있는 하오문(下午門), 그리고 언제나 관군과 대립 관계를 유지하며 세력을 키워 온 녹림이었다. 당연히 이들 문파들은 문도 수가 많은 만큼 중원 전역에 그들의 눈과 귀가 머물지 않은 곳이 없다고 할 정도로 거대했다. 또한 문파가 거대한 만큼 무림에 미치는 영향력도 만만치 않았으며, 신생 문파인 철혈검문이 녹림의 집약된 공격을 격퇴했다는 것은 무림인들에 겐 크나큰 충격이었고, 도저히 일어날 수 없는 기적이라 할 수 있었다.

때 아닌 충격에 어수선한 무림은 새로운 강자를 인정할 수밖에 없었으며, 이 일로 인해 철혈검문은 현판을 구파일방과 오대세가와 같은 수위에 당당히 올려놓게 되었다.

"전사자들의 시신은 금릉으로 무사히 옮겨졌는가?"

"예, 동창의 안가에서 무사히 도착했다는 전갈을 받았습니다. 국장을 치르지는 못하겠지만, 폐하께서 그들의 부모들에게 최대한 예우를 하라고 친히 말씀하셨다 합니다."

"당연히 그렇게 해야지. 그래도 명색이 고관대작(高官大爵)들의 자제들로 부귀영화를 누릴 수 있었는데도 불구하고, 무림평정이라는 말도 안 되는 명을 이행하겠다고 황제를 위해 목숨을 바쳤는데……."

"흐음……."

추 전주는 호열의 말에 가시가 있다는 것을 알고 있었다. 하지만 그 것을 가지고 불경하다 말할 수 없었다. 자신 역시 어느 정도는 그러한 감정을 가지고 있었기 때문이다. 다만 그것을 외부로 표출하지 않고 있을 뿐.

"부상자들의 상태는 어떠한가?"

"예, 중상을 입어 거동이 불편한 일곱 명을 제외하고는 큰 무리가 없습니다. 의원들의 말에 의하면 한 달 정도가 지나면 모두 완쾌될 수 있다고 합니다."

"그렇다면 천만다행이로군. 그렇다면……."

호열은 추 전주의 보고를 들은 후 의자에서 일어나 햇살이 들어오는 창문을 향해 천천히 걸음을 옮겼다.

"추 전주, 거동이 불편한 일곱 문인도 내일 당장 금릉으로 후송하도록 동창에 지시하게. 그들의 노고를 치하하는 장괘를 황제에게 올려 무사히 가문으로 복귀할 수 있도록 하고. 무슨 말인지 알겠는가?"

"잘 알겠습니다. 어차피 그들이 완쾌가 되려면 일이 년 가지고는 힘들다는 진단이 나왔습니다. 당연히 완쾌가 될 때까지 병상에 있어야 할 것인즉, 우리들에겐 큰 부담이 될 것입니다. 그래서 소인도 문주님께 그 문제에 관해 아뢰려고 했었습니다."

"그래? 그렇다면 그 문제는 추 전주가 잘 알아서 처리하도록 하게. 내가 따로 그들을 만나 위로를 하겠지만, 추 전주는 그들이 소외된다는 마음을 갖지 않도록 세심하게 신경을 쓰도록 하게."

"그렇게 하겠습니다."

"그럼 나는 후원에 들렀다가 갈 것이니 추 전주는 이만 나가보게. 참, 그리고… 문중의 복구 문제도 시급하지만 문인들에게도 스스로 재정비를 할 수 있도록 추 전주가 신경을 써야 할 것이네."

"그렇지 않아도 조 당주와 이 당주에게 따로 지시를 내렸습니다. 그 문제라면 문주님께서 신경을 쓰시지 않아도 될 것입니다. 그럼 이만……."

"음……."

호열은 추 전주가 문밖으로 나갈 때까지 묵묵히 바라본 후 그 모습이 완전히 사라지자 천천히 탁자로 가서 의자에 몸을 뉘었다.

'휴~ 벌써 한 달이 지났구나. 생각했던 것보다 인명 피해가 심하지는 않지만, 그래도 막상 지나고 나니 철저히 준비를 하지 못한 것이 후회가 되는구나. 조금만 더 철저하게 준비를 할 것을…….'

호열은 천천히 차를 입가에 가져갔다. 이미 열기가 식은 후였기에 쌉쌀한 맛이 나지만, 호열은 왠지 오늘따라 그것이 싫지만은 않았다.

철혈검문은 한 달 전에 있었던 패혈맹과의 혈전으로 열세 명의 문인이 전사를 했고, 스물다섯 명이 부상을 당하는 막대한 피해를 입었다. 삼천 명이 넘는 문도들이 죽은 녹림에 비해 극히 미비한 인명 피해였지만, 문인들의 인원이 고작 백 명에 불과한 철혈검문으로서는 엄청난 피해가 아닐 수 없었다. 또한 부상자들 중에는 목숨이 위태로울 정도로 부상 정도가 심각한 문인들도 일곱 명에 이르고 있었기에 실질적으로 황제의 명을 수행할 수 있는 문인의 수는 고작 여든 명에 지나지 않았다. 어느 정도 피해를 예상하고 있었지만, 막상 피해를 당하고 보니 앞으로의 일이 막막하기만 했던 것이다. 이에 호열은 고심을 하지 않을 수 없었다. 이 상태로는 도저히 가망성이 없었던 것이다.

'어쩔 수 없구나. 현 삼전(三殿)으로 나누어져 있던 체계를 내전(內殿)과 외전(外殿)으로 구분하고, 계획했던 것보다 일찍 문호를 개방할 수밖에……'

*   *   *

강호를 정처없이 떠돌던 낭인무사들과 하급무사들의 귀가 번쩍 떠질 소문이 강호를 진동시켰다.

갑작스럽게 공표가 된 철혈검문의 문호 개방!

하지만 철혈검문에 입문하기 위해선 몇 가지 제약과 규제가 공표되었는데, 그 대상은 다름 아닌 구파일방과 오대세가를 비롯해서 강호의 유구한 역사를 갖고 있는 문인이나 패혈맹과 관계가 있는 무인들이었다. 무림인들은 두세 명만 만나도 철혈검문의 일을 가지고 논쟁을 벌였다. 공표된 것만 보더라도 철혈검문에서 원하고 있는 무인들은 낭인무사들과 간신히 생계를 유지하는 하급무사들이었기 때문이다.

대부분의 낭인무사들은 특별한 사문 하나 없이 이곳저곳 떠돌면서 몇 수 배운 보잘것없는 무공으로 보표(保鏢)가 되는 것이 현실이었다. 또한 이러한 보표 자리도 능력이 딸리거나 명문대파의 제자들에게 밀려 구할 수조차 없는 것이 대부분이었다. 상황이 이렇다 보니 대부분의 낭인무사들은 갈 곳 없이 생계조차 근근히 연명하지도 못할 형편에 있으면서, 하루라도 빨리 무림맹과 패혈맹이 서로 상쟁을 벌이기만을 바라는 심정으로 하루하루를 보내고 있었다. 거대 문파끼리 혈전을 벌이면 낭인무사들이 고용될 수 있는 일자리가 늘어날 것은 자명한 일이었기 때문이다. 그런데 난데없이 패혈맹과 접전을 벌여 승리한 철혈검문에서 이들을 대상으로 문호를 개방한다고 강호에 공표를 한 것이니…….

하늘은 가을 경치가 물씬 풍기는 청명한 가운데 맑은 햇살을 뿌리고 있었으며, 무한의 백성들은 분주하면서도 얼굴 가득 생기가 넘치고 있었다. 두 달 전부터 모여들기 시작한 낭인무사로 인해 무한의 객점(客店)들은 인해성시(人海盛市)를 이루고 있어 외지에서 온 손님들이 방을 구할 수 없을 정도였다. 더구나 보름 후면 철혈검문에서 문호를 개방하고 문인들을 받아들이겠다 공표한 날짜였기에 하루가 멀다 하고 강호 전역에서 낭인무사들과 무공을 배우겠다는 신념 하나만으로 상경한 젊은이들이 적지 않았다.

그만큼 무한에서 장사를 하고 있는 상인들은 철혈검문의 덕을 톡톡히 보고 있는 셈이었다. 단 두 달 만에 이 년 장사를 해도 못 벌어들일 정도의 막대한 이득을 챙기고 있었고, 하루하루 늘어나는 금전을 세느라 정신없이 보내고 있었다. 피곤한 날들의 연속이었지만 무한 백성들은 때 아닌 호황에 지치는 줄을 몰랐다.

"문주님, 저번에 체제 개편에 관해서 지시하셨던 사항에 관한 것을 생각해 보았습니다. 지금 보고를 드리려고 하는데, 괜찮으시겠습니까?"

"그런가? 오랜 시간을 고민했는데, 어떤 방안이 나왔는지 궁금하구먼."

"특별히 다른 사항이 있는 것은 아닙니다. 다만 좀 더 구체적으로 생각을 해보았을 뿐입니다.

"구체적이라… 그럼 그동안 어떤 생각을 하고 있었는지 설명을 해보게."

추 전주의 말이 없었어도 오늘은 호열이 먼저 물어보고 싶은 내용이었다. 두 달 전에 추 전주에게 지시했었던 것인데 시일이 많이 지났는데도 추 전주가 그에 관해서 언급을 하지 않고 있었기에 궁금해하고 있었다.

"그동안 문주님께서 말씀하셨던 이전(二殿) 체제로 개편하는 것에 관해서 생각해 보았습니다. 처음엔 문주님이 생각하시는 것과는 달리 현 상태를 유지하며 좀 더 내실을 기하는 것이 좋을 것 같다는 생각을 했었습니다. 왜냐하면 첫째로 얼마 지나지 않은 상황에서 다시 문인들을 재편한다는 것이 좋지 않다는 판단이 들었으며, 둘째로는 문주님께서 낭인들을 대상으로 문호를 개방한다는 것이 이해가 가지 않았기 때문입니다."

"그래……?"

"예, 하지만 그 문제는 이미 세상에 공표가 되었고 문주님께서 따로 의중에 둔 것이 있다는 생각이 들었기에 따르기로 하고 다시 한 번 생각해 보았습니다. 그렇게 생각하고 구체적으로 검토를 해보니 현 상태로는 큰 문제가 있다는 판단이 들었습니다. 그것은 앞으로 낭인무사들을 문인으로 받게 된다면 큰 혼란이 올 수도 있겠다는 것입니다."

"혼란? 어떤……?"

호열은 추 전주가 하는 얘기를 묵묵히 들으면서 추 전주가 자신에게 하고자 하는 진의를 파악하고자 했으나 아직 본론이 나온 것이 아니었기에 섣부른 추측을 한다는 것은 좋지 않다는 것을 잘 알고 있어 추 전주의 입에서 최종적인 결론이 나오기를 기다렸다.

"현재의 체제를 바탕으로 아무런 준비 과정 없이 낭인무사들을 그 속에 편입시킨다면 소인의 생각으론 아마도 얼마 지나지 않아서 문인들과 낭인무사들 사이에 잦은 분쟁이 발생할 수도 있겠다는 판단이 들었습니다."

"……?"

"문제는 현재의 문인들입니다. 그들은 어릴 때부터 가훈에 따라 체계적이고 엄격한 교육과 수련을 받았습니다. 비록 그런 그들이 자의 반 타의 반 무인의 길을 걷게 되었지만, 뿌리 속에 그런 생활 습관이 고스란히 남아 있는 상태라 할 수 있습니다. 그런데 그런 그들이 자유분방한 낭인무사들과 접하게 되고 섞이게 된다면…… 비록 자신들은 인정하지 않겠지만, 그들은 이미 조금씩 강호인이 되어가고 있는 상태입니다. 아니, 어쩌면 벌써 황제 폐하의 명을 받드는 황군이라고 하기보다는 무인이 됐는지도 모릅니다. 그런데 강호의 기질이 고스란히 온몸에 배어 있는 낭인무사들과 어울리게 된다면, 화선지(畵宣紙)에 묵(墨)이 번지는 것보다 더 빨리 그들에게 동화될 것입니다. 그것은 필히 막아야 할 것입니다. 문인들에게 정신적 혼란만 발생시킬 수 있는 중대한 문제이기 때문입니다."

"흐음… 글쎄, 얘기를 들어보니 추 전주가 그동안 무엇을 고심했는지 알겠구먼. 나는 그리 중요하게 생각하고 지시한 것이 아니었는데, 추 전주가 그런 것까지 생각할 줄은 몰랐네. 흠… 그건 그렇고, 아직 얘기가 끝난 것 같지 않으니 계속해 보게."

"예, 그래서 최종적으론 문주님께서 말씀하셨던 이전 체제로 새롭게 개편을 하되 내전을 삼당(三堂)으로 재정비하고 외전은 낭인무사들을 위주로 하자는 결론이 나왔습니다."

"내전을 삼당으로 재정비를 하자? 그럼 추 전주의 생각은 내전을 기존의 문인들만으로 구성하자는 것인데, 그것이 결론인가?"

"그렇지는 않습니다. 현재의 패왕전과 군왕전은 하나로 통합해서 내전의 철혈당(鐵血堂)으로 개편한 후 당주를 현 패왕전의 조대호 당주로 하고 부당주는 군왕전의 이건호 당주로 했으면 합니다. 또한 이번에 의백당(醫白堂)을 새롭게 신설해서 이번에 황궁에서 보내준 의원들을 상주시켰으면 합니다."

"의백당이라……."

"예, 그리고 마지막으로 제가 전주(殿主)로 있던 철혈전은 문위당(門衛堂)으로 이번에 황궁에서 온다는 예부지부사(禮部知部事) 양부(楊溥)를 당주로 임명했으면 합니다."

"예부지부사 양부? 왜 병부에서 오지 않고 예부에서 온다는 말인가? 분명히 내가 병부의 출중한 인재를 보내달라고 했던 것으로 기억하는데……?"

호열은 추 전주의 설명을 들으면서 갑자기 생각난 것이 있어서 되물었다.

패혈맹과의 혈전 이후 호열은 철혈검문의 대승을 기뻐한 영락제로

부터 동창을 통해 도와줄 것이 있으면 고하라는 밀지를 받았었다. 그렇지 않아도 책사들을 보강해야겠다는 생각을 가지고 있었던 호열은 망설이지 않고 병부에 출중한 인재가 있으면 보내달라고 했었다. 아무리 생각을 해도 현재의 책사들이 출중하다고 하지만 앞으로 정보를 취급하고 분류하며 전략을 계획해야만 하는 막중한 임무를 수행함에 있어서 턱없이 부족한 인원이었기 때문이다.

호열은 추 전주의 설명을 듣기 전까지 당연히 병부에서 중책을 맡고 있는 인재가 올 것이라 생각하고 있었다. 그런데 군정(軍政)을 담당하던 병부가 아닌 황궁의 예의(禮儀)나 제향(祭享) 및 조회(朝會), 그리고 교빙(交聘)과 과거(科擧)를 담당하던 예부에서 올 줄이야…….

호열은 추 전주를 바라보며 어떻게 된 상황인지 설명하라는 눈빛을 보냈다.

"소인도 어제저녁에 동창으로부터 보고를 받았습니다. 원래는 문주님께서 올렸던 장쾌에 따라서 병부의 중책을 맡고 있던 병부지부사(兵部知部事) 양영(楊榮)이 왔어야 했는데, 황제 폐하께서 한 달 전에 따로 불러 중책을 맡기셨다고 합니다. 그래서 한림원(翰林院) 출신으로 양회(楊會) 대학사(大學士)의 뒤를 이어 차기 내각대학사(內閣大學士)의 수장(首長)으로 지목되고 있는 이부상서(吏部尙書)가 오는 것으로 되어 있었다고 합니다. 이부상서인 동리선생(東里先生) 양우(楊寓)는 황제 폐하께서 친히 협판대학사(協辦大學士)라는 칭호를 내릴 정도로 모든 방면에 뛰어난 성취를 보이며 만인이 인정하는 대학사라고 합니다."

"그런데……?"

추 전주의 긴 설명.

호열은 평소와 달리 하나의 물음에 답하는데 설명을 길게 늘려서 대답하고 있는 추 전주를 쳐다보았다. 분명 평소와는 다른 모습이었다. 또한 조금 전에 분명 온다고 한 사람은 예부상서 양부였는데, 지금까지 들은 내용에는 양부라는 이름은 일체 거론되지 않았던 것이다.

"예, 하지만 동리선생은 양회 대학사가 황제 폐하께 건의를 올려 문중으로 오려던 것을 취소시켰다고 합니다. 그래서…… 하지만 소인이 알기론 예부지부사 양부도 군정에 있어서 앞에서 언급했던 대학사들에 못지않은 뛰어난 인재입니다. 아마 문주님께서 실망하시지는 않을 것입니다."

양부(楊溥).

호북성(湖北省) 석수(石首) 출생으로 올해 서른다섯이었고, 자는 홍제(弘濟)였다. 육 년 전 진사에 급제하였으며, 태조 주원장에게 학문과 재질을 인정받아 한림원학사(翰林院學士)에 기용되었다. 또한 뒤에 내각에도 참여하였으며, 현재는 예부의 예부지부사 직책을 맡고 있었다. 조정에 출사를 한 후 육 년 동안 다른 학사들이 부러워할 정도로 빠른 진급을 한 셈이었다.

양부는 훗날 철혈검문에서 황궁으로 복귀를 한 후 예부상서(禮部尙書)에 오른다. 또한 철혈검문에서의 눈부신 활약이 크게 작용하여 소보무영전(少保武英殿) 대학사(大學士)로 진급하였고, 동료인 동리선생 양우, 즉 양사기(楊士奇) 및 양영(楊榮)과 함께 정무의 중책을 완수함으로써 삼양(三楊)의 현상(賢相)으로 불렸다. 그러나 양사기와 양영이 죽은 뒤에는 정계에서 고립되기 시작하였으며, 후에는 환관이 정치에 본격적으로 개입하기 시작하면서 정권에서 물러나기에 이른다.

"알았네. 그럼 추 전주의 말대로 내전은 삼당으로 개편을 하는 것으로 하고, 외전은 어떻게 할 것인가? 내가 처음 내전과 외전을 구분하고

자 했던 것은 추 전주의 생각과는 달리, 낭인무사들에게도 그들이 합당하다고 생각할 수 있도록 어느 정도의 정당한 절차를 통해 내전에 들어갈 수 있는 길을 열어주기 위함이었네. 만약 그렇지 않고 처음부터 내전과 외전을 구분한 후 신분을 제약한다는 것은 그들에게 좋지 않은 인상을 심어줄 수 있으며, 그것은 우리 철혈검문이 다른 문파들과 똑같은 길을 걷겠다는 말과 다를 것이 없지 않겠는가."

"문주님, 하지만 그렇게 되면 내전에도 낭인무사들이 편입될 수 있다는 것인데……."

"하하, 당연한 일이 아니겠는가! 그들도 실력과 문중에 대한 충성심이 있다면 당연히 받아들여야지. 그렇지 않으면 왜 우리가 그들에게 문호를 개방하겠는가!"

"하지만……!"

"추 전주가 무엇을 염려하는지 잘 알고 있네. 하지만 나는 오히려 그것을 바라고 있다네."

"옛? 그, 그것이 무슨……?"

추 전주는 자신이 염려하고 있는 것을 생각해 주지 않고 오히려 반대로 말하고 있는 호열을 향해 의구심을 드러냈다. 도저히 무슨 의도로 말하고 있는지 알 수 없었기 때문이다.

"추 전주, 자네도 알겠지만 문중의 실질적인 힘은 현재의 문인들이네. 그런데 그들이 지금처럼 우리들의 명에 의해 움직이고 수련하고, 그렇게 스스로 자기 개발을 하지 않는다면 어찌 되겠는가? 진정한 무인은 다른 사람이 만드는 것이 아니라 자유로운 사고방식을 바탕으로 스스로 만들어가는 것이네. 나는 그들이 진정한 무인으로 거듭나지 않고서는 도저히 승산이 없다고 생각하네. 이제 왜 내가 이 일을 추진하고자 하는지 알겠는가?"

"흐음……."

추 전주는 호열의 말을 곰곰이 생각해 보았다. 진정한 강호의 무인이 되지 않고서는 그들을 상대할 수 없다는 말, 어찌 보면 일리가 있는 말이기도 했다.

"그렇다면 외전에 대한 문주님의 생각은 무엇입니까?"

"나는 내전의 전주 직을 추 전주가 맡고 패왕전의 남대호(南吴豪) 전주가 부전주를 책임졌으면 하네. 그리고 외전의 전주로는 군왕전의 안형기(安亨基) 전주가 맡고 부전주로는 패왕전의 위마영(韋嘛泗) 부전주가 중임을 책임졌으면 하네. 또한 앞으로 외전의 수련을 총책임질 교두(敎頭)는 군왕전의 여창남(呂昌嵐) 부전주가 맡도록 하게."

"교두라 하심은……?"

"외전은 그들 나름대로 직접 수련을 시키도록 할 것이네. 추 전주를 비롯해서 그동안 살펴보니 나름대로 열심히 수련을 했더구면. 늦은 나이에 시작을 해서 그런지 체계적인 수련을 한 문인들에 비해 차이가 나지만, 황제가 내린 영약을 복용했었던 것이 크게 작용한 것 같네. 눈에 정기가 어리고 광채가 나는 것이 옛날보다 공력이 크게 심후해지고 실력도 크게 향상되어 있다는 것을 잘 알고 있네. 그 정도면 나름대로 절정고수로 불릴 정도의 실력은 되니 충분히 낭인무사들을 상대할 수 있을 것이네."

"문주님의 의도가 어디에 있는지 잘 알겠습니다. 그럼 그 문제는 문주님의 명에 따라서 처리하겠습니다."

"하하, 보름 전까지 마무리를 지어서 차질이 없도록 하게. 그건 그렇고… 보름 후에 문호 개방을 치른 후 바로 만리표국(萬里鏢局)의 국주(局

主)를 대면할 수 있도록 하게."

"만리표국으로 결정을 하셨습니까? 하지만 그곳은……."

"나도 알고 있지. 국주가 누구인지는 물론 어디에 있는지조차 아무도 모른다고 했으니 분명 우리들 힘으로는 안 될 것이고, 이번에 동창의 모든 인원을 동원해서라도 보름 안에 알아내라고 초 제독에게 장패를 보내도록 하게. 장패에는 이번 일을 해결하지 못할 경우 내가 직접 황제에게 부탁할 것이라 기록하고. 무슨 뜻인지 알겠는가?"

"예, 알겠습니다. 하지만 굳이 만리표국으로 정할 필요가 있는 것입니까? 소인의 생각으로는 장주와 안면이라도 익혀놓으신 만금산장(萬金山莊)이 어떠할지……."

"그것도 생각하지 않았던 것은 아니라네. 나 역시 만금산장의 황 장주에게 도움을 구하고 싶지만, 아무래도 그것보다는 표국을 통해서 정보를 얻는 것이 좋을 듯싶네. 상인들의 정보력이 표국에서 들어오는 정보보다 우리에게 유용하고 더욱 효율적일지 모르지만, 그들을 상대함에 있어서 우리가 조심해야 할 부분이 너무나 많다는 것이 문제지. 눈치가 여간해야 그나마 상대를 할 수 있는데, 황 장주는……."

"휴~ 알겠습니다. 그럼 조속한 시일 안에 보고를 올릴 수 있도록 하겠습니다. 그럼……."

"그래, 그럼 수고하게."

"옛, 최선을 다해보겠습니다."

호열은 추 전주가 나간 후 힘들었던 하루 일과를 정리하고 후원으로 천천히 걸음을 옮겼다. 소호 공주가 기거하는 전각으로 가기 위함이었다. 또한 그곳은 조 검주가 공주를 호위하며 조향(調香)과 규화(葵花)의 무공을 지도하고 있는 곳이기도 했다.

*　　　　*　　　　*

　바닥이 사방 한 자가 넘는 거대한 장석(長石)으로 깔려 있는 전각의
대전 안.

　오색이 넘는 화려한 색상으로 치장된 비단.

　여러 가지 색상으로 염색된 섬세하고 치밀한 경사(經絲)의 매 올마다
굵은 위사(緯絲)의 여러 올이 한꺼번에 교차됨으로써 경사만이 천의 표
면에 두둑처럼 나타나는 다채로운 무늬 효과를 내는 경금(經錦)이었다.

　창문을 가리고 있는 경금을 통해 들어온 햇빛은 가히 인간의 손으로
만들어낼 수 없는 신비한 빛을 뿌려대고 있었다. 하지만 대전 안은 화
사한 분위기와는 달리 무거운 공기가 짙게 깔려 있었다.

　몇백 년이 넘는 수명을 자랑했을 법한 자단목(紫檀木)으로 만들어진
긴 탁자를 가운데 두고 좌우로 각 십여 명의 사람이 자리하고 있었다.
총 서른다섯 명으로 자리하고 있는 사람들 모두 얼굴 가득 위엄이 넘
치지 않는 자들이 없었으나, 어찌 된 일인지 모두들 가지각색의 의복을
걸치고 있는 것이 특이할 정도였다. 그러나 한 가지 공통점이 있었는
데, 그것은 다름 아닌 온몸에서 뿜어져 나오는 패기(覇氣)였다.

　대전에 자리하고 있는 사람들의 시선을 한 몸에 받고 있는 사람.

　머리는 진한 연녹색의 두건을 하고 있었으며 그 중심엔 활짝 핀 국
화(菊花) 장식이 있었는데 금으로 만들어진 듯 보였다. 또한 온몸에 걸
치고 있는 의복은 묵보다 더욱 진한 흑색이었으며, 간간이 보이는 적룡
문양은 가만히 있어도 보는 이들의 마음을 압도하는 듯했다.

　숨 막히는 침묵이 흐르는 대전, 흑포의 중년인은 좌중을 쭉 둘러본

후 옆자리에 앉아 있는 문사건의 노인을 향해 고개를 돌렸다.

"크음… 모두 모였으니 송 군사는 회의를 진행하도록 하게."

"감사합니다, 맹주님."

송 군사라 불린 노인은 중년인을 향해 일어나서 읍을 해 보인 후 좌중을 향해 고개를 돌렸다.

"우선 바쁜 와중에 갑작스럽게 회의가 결정되고, 또한 참석하게 되신 것을 죄송스럽게 생각합니다. 하지만 회의가 이루어지지 않고는 지금 계획하고 있는 모든 일이 순탄한 진행을 이루기가 어렵다는 판단하에 이렇게 자리를 만들게 되었습니다. 이 점 양해를 부탁드립니다."

"양해는 무슨, 송 군사는 더 이상 쓸데없는 말로 시간을 허비하지 말고 본론을 말해 보게. 서로 모르는 사이도 아니고, 매일은 아니지만 얼굴을 마주하고 사는 사이에 굳이 예의를 따질 필요가 있겠는가?"

"우리도 같은 생각입니다. 그러니 송 군사께서는 원주님의 말에 따라주시지요."

"허허, 원주님뿐만 아니라 여러분도 그렇게 말씀하시니 따르겠습니다."

송 군사는 정면에 앉아 있는 적포의 중년인을 향해 너털웃음을 지어 보인 후 천천히 수중의 목간(木簡)을 탁자에 내려놓았다. 이미 어느 정도 예상하고 있었던 일이기에 회의를 주관하게 된 상황에서 상당히 기분이 나쁜 일이었지만 크게 신경 쓰지 않았다.

원주라 불린 적포의 중년인은 적혈마검(赤血魔劍) 독고성준(獨孤聖雋)으로 맹주인 검마왕(劍魔王) 독고후(獨孤珝)의 하나뿐인 친동생이었다. 현재 장로원(長老院)의 원주(院主)로서 패혈맹의 실질적인 이인자라 할 수 있었다.

"그럼 단도직입적으로 말하겠습니다. 여러 장로님도 알고 계시겠지만 이번 철혈검문의 일로 인해 우리 패혈맹은 심각한 타격을 받았습니다. 지금 제가 탁자에 올려놓은 목간은 이번에 입은 피해 상황을 기록해 놓은 것입니다. 원주께서도 한번 보시지요."

"그 얘기라면 이미 다 알고 있는 상황인데 새삼스럽게 무슨……."

"그렇습니다. 더 이상 거론한다는 것은 이곳에 계신 반 장로와 예 장로의 체면을 생각하지 않는 처사입니다."

"크으흠……."

"……."

반부형과 예락승은 평소 친하게 지내던 친우가 자신들의 심정을 대신 거론해 주자 적지 않은 안심이 되었지만, 그래도 불편한 심기를 감추지 못했다.

"그것은 저도 알고 있습니다. 하지만 오늘의 회의는 그 문제를 논의하기 위한 자리가 아닙니다. 그러니 원주께서는 한번 읽어 보시지요. 이미 맹주님께서도 읽어보셨습니다."

"흐음, 그렇다면 송 군사의 말에 따라야겠지. 어디……."

독고 원주는 송 군사에게서 받은 목간을 천천히 펼쳐 보았다.

빽빽하게 기록되어져 있는 글자들.

독고 원주는 목간에 기록되어져 있는 내용을 천천히 읽어 내려갔고, 반 각이 흐른 후 깊게 한숨을 내쉬면서 탁자에 목간을 올려놓고는 의자에 몸을 뉘었다.

"원주님, 무슨 내용입니까? 상황이 좋지 않은 것입니까?"

"……?"

독고 원주의 긴 한숨에 목책의 내용이 궁금한 장로들은 일제히 송 군사를 향해 고개를 돌렸다. 빨리 의구심을 해소시켜 주었으면 하는 눈빛들이었다.

"독고 원주께서는 목간을 읽어보신 후 어떤 생각을 하셨습니까?"

"솔직히 나는 상황이 그 정도로 복잡하게 돌아가고 있는 줄 몰랐네. 언제나 승리를 할 수 있는 것도 아니고, 또한 누구든 패배를 할 수 있는 것인데……."

"그렇습니다. 저 역시 같은 생각입니다. 그렇기 때문에 반 장로나 예 장로가 크게 잘못한 것도 아닙니다."

"흐음……."

"그럼?"

"……?"

무언가 복잡한 시선과 말들이 오고 가는 송 군사와 독고 원주를 바라보면서 장로들은 불쾌한 감정이 일어났지만, 상황이 좋지 않다는 생각이 들었는지 조용히 다음 말이 이어지기를 기다렸다.

"사실 상황이 이처럼 복잡하게 얽히게 된 것은 철혈검문 때문만은 아닙니다. 아니, 오히려 이번의 패배로 인해 우리들은 유용한 정보를 얻는 계기가 되었습니다. 자칫 섣부른 전략으로 인해 천추지한(千秋之恨)으로 남을 수도 있는 상황을 모면하게 된 것입니다."

"…그럴 수도 있겠군."

송 군사의 의미심장한 말에 독고 원주는 무엇인가를 고심하더니 고개를 끄덕이며 동조를 했다.

쾅!

"제길! 송 군사, 더 이상 알아들을 수 없는 말만 하지 말고 우리들에게도 속 시원히 말을 해주게. 도대체 무슨 상황이 벌어지고 있다는 말인가?"

　도저히 불같은 자신의 성격을 다스리지 못하겠던지, 지금까지 아무런 말 없이 상황을 지켜만 보던 패도마군(覇刀魔君) 진유정(秦柳霆)이 탁자를 손으로 내려치며 송 군사를 향해 언성을 높였다.

　"허허, 알겠습니다. 그렇지 않아도 진 장로의 말대로 하려고 했습니다."

　"흠흠, 미안하게 되었네. 하지만 궁금해서 참을 수가 있어야지."

　"무슨 말씀을. 그럼 목책의 내용을 설명드리겠습니다. 목책에는……."

　세 달 전, 승리를 장담하고 떠났던 추환쌍검과 녹림삼천이 대부분의 수하를 잃고 맹으로 귀환한 후 장로들은 놀라움에 입을 다물 수가 없었다. 도저히 믿어지지 않는 일이었기 때문이다. 그러나 그것은 명백한 사실이었고 현실이었기에 받아들이지 않을 수 없었다.

　또한 언제나 승리만 할 수 없다는 것을 잘 알고 있었기에 여러 장로는 막대한 희생을 치른 녹림삼천과 녹림십팔채를 위로해 주기까지 했다. 하지만 문제는 그것으로 그친 것이 아니었다.

　그 문제는 모두 네 가지였는데, 패혈맹의 기습적인 공격이 실패를 하기 전까지 그 누구도 생각하지 못했던 일들이 사방에서 터진 것이다. 마치 봇물이 물길을 만난 것처럼…….

　첫 번째 문제는 마교의 정착과 세력 확장이었다. 예전의 마교였다면 상상할 수 없는 일이었지만, 웬일인지 마교는 사천성을 비롯해서 청해성과 감숙성을 수중에 넣은 후 동진(東進)을 멈추고 내실을 쌓는 데 주력하고 있었다.

어찌 보면 동진을 멈춘 마교의 행보가 반가운 일이라고 할 수 있겠지만, 패혈성에서는 내심 마교가 무림맹과 결전을 벌이기를 바라고 있었다. 오백 년 전 마교를 멸문(滅門)까지 몰고 갔던 주 세력들이 현재 무림맹을 구성하고 있는 문파들이라 할 수 있었기에, 패혈맹의 생각은 틀린 것이 아니었다.

병법의 기본이라 할 수 있는 삼십육계(三十六計).

송 군사는 마교가 발호를 하자 차도살인지계(借刀殺人之計)와 격안관화지계(隔岸觀火之計), 그리고 진화타겁지계(盡火打劫之計)와 이일대로지계(以逸待勞之計)의 계책을 사용하고자 하였다. 그것은 연환계(連環計)에 따라 모든 계획을 준비하고 있었기 때문이다. 따라서 마교의 혈검이 멈춘 것은 패혈맹에게는 아쉬울 수밖에 없었다.

더구나 마교가 내실을 다지기 시작하면서 패혈맹으로서 가장 큰 문제는 맹의 뜻에 동조를 하던 수많은 문파가 어느 순간부터 등을 지게 되는 사태가 발생한 것이다.

두 번째 문제는 마교의 출현으로 인한 무림맹의 내부 결속력 강화에 있었다. 그동안 알게 모르게 서로를 견제하며 자신들의 입지를 키우기 위해 세력 다툼을 하던 문파들이 마교의 막강한 무력 앞에 이제는 서로를 챙기며 빠르게 세력을 재정비하고 있었다.

무림맹의 변화는 패혈맹으로선 마교의 세력 확장보다 더욱 심각한 문제가 아닐 수 없었다. 다름이 아니라 군건해진 무림맹의 결속력은 가히 단단한 돌과 같아서, 그동안 절치부심(切齒腐心)하며 어렵게 심어 놓은 간자(間者)와 간세(間勢)들이 모두 연락을 두절한 후 무림맹에 귀속이 된 것이다.

또한 상황이 이렇게 되다 보니 중원 삼대거상 중 하나이며 가장 큰 영향력을 행사하고 있는 여명산장(曬明山莊)이 무림맹을 전존적으로 지원하겠다는 의사를 만천하에 공표를 하였다. 비록 패혈맹이 천명회(天明會)라는 막강한 비밀 지회와 동맹을 맺게 되었지만, 앞으로의 대전에서 막대한 금력을 확보한 무림맹에 불리할 수밖에 없었다.

세 번째 문제는 예상하지 못했던 곳에서 우연히 알게 되었다. 바로 산서성(山西省) 태원(太原)에 위치한 천하제일검가(天下第一劍家) 현원세가(玄遠世家)의 활동 재개였다. 원나라의 간세였다는 것이 밝혀지면서 무림인들의 압력에 의해 봉문을 선언했었는데, 무슨 이유에서인지 현재는 모든 것을 드러내며 서서히 주변으로 세력을 확장하고 있었던 것이다.

무림맹의 배후에서 세력을 확장하고 있어 현재로서는 파혈맹에 위협이 되지 않고 있었지만, 만약에 상황이 좋지 않게 진행된다면 오히려 무림맹과 동맹을 맺을 수도 있는 최악의 결과가 될 수도 있었기에 송 군사로서는 전반적으로 모든 것을 검토하지 않을 수 없는 상황이었다. 비록 원나라의 간세였다고는 하지만, 현원세가 역시 무림의 한 축을 구성하고 있는 무림세가였기 때문이다.

네 번째 문제는 패혈맹과의 혈전을 승리로 이끌면서 새롭게 떠오르고 있는 신생 문파 철혈검문이었다.

무림맹과 팽팽한 신경전을 벌이기 이전까지 패배라는 것을 모르던 패혈맹.

철혈검문은 오랜만에 패혈맹에 패배라는 것을 안겨준 유일한 문파였다. 그러나 패혈맹에서는 그것을 크게 생각하지 않고 있었다. 한 번으로 안 되면 다시 보내면 되는 것이고, 그것은 철혈검문이 강호에서 완전히 사라질 때까지 계속해서 이어질 수 있었기 때문이다. 그러나 지금은 그렇게 할 수 없었다. 대외적인 상황도 좋지 않았지만, 무엇보다 예상외로 철혈검문이 급속한 세력 확장을 하고 있었기 때문이다.

얼마 전까지만 해도 문주와 문인들의 무공이 생각했던 것보다 고강하다는 것과 어디서 생기는지 모를 막대한 금력이 문제라 할 수 있었지만, 지지 기반이 없는 관계로 거대한 문파로 성장하기에는 많은 시간과 투자가 필요하다는 것이 송 군사를 비롯해서 장로들의 전반적인 의견이었다.

하지만 모두의 예상은 보기 좋게 빗나갔다. 철혈검문에서 문호를 개방한다고 공표를 한 후 강호 전역에 떠돌던 낭인무사들이 모여들기 시작한 것이다. 비록 혹독한 수련과 훈련 과정을 거친 패혈맹의 무사들에게는 비할 바가 아니지만, 그렇다고 해도 양적으로 팽창하고 있는 것만은 무시할 수 없는 상황이었다. 더구나 시간이 흐른다면 오합지졸(烏合之卒)들이 맹군(猛軍)으로 바뀔 것은 불을 보듯 뻔한 일이었기에, 패혈맹으로서는 아무리 황군의 이목(耳目)을 피하기 위한 조치였다고 하지만 첫 패전 이후 바로 출정을 하지 않았던 것이 뼈아픈 후회로 남을 수밖에 없었다.

송 군사는 한 시진이 경과하는 동안 탁자 앞에 놓여져 있던 찻잔에 입술 한 번 적시지 않고 신중한 목소리로 이어 나갔다.

"휴~ 정말 여러 장로께 뭐라고 할 말이 없습니다. 저희들로 인해 맹에 엄청난 피해를 준 것만 같아 고개를 들 수가 없습니다."

"아니네. 어찌 그것이 자네들의 탓이라고 할 수 있겠나. 사실 나 또한 당시와 같은 마음가짐으로 출전을 했다면 마찬가지였을 것이네. 그러니 너무 자책하지 말게."

"그것은 원주님 말씀이 맞습니다."

"흐으음……."

"그렇게 말씀을 해주셔서 감사할 뿐입니다. 흐음……."

반 장로와 예 장로는 더 이상 아무런 말을 할 수가 없었다. 그저 조용히 입을 다문 후 상황이 진행되는 것을 지켜볼 뿐이었다.

"송 군사, 회의를 하고자 모이게 했으니 그에 따른 복안이 있을 것 같은데?"

"허허, 역시 원주십니다. 하지만 복안이라고 할 수는 없습니다. 다만 지금으로서는 어디가 먼저 무림에 불씨를 당기는지 지켜보자는 것이 전부입니다."

"응? 그것이 무슨 말인가? 그냥 지켜보자니?"

"그러게? 아무런 전략도 없이 마냥 지켜보겠다는 것인가?"

"송 군사, 그것이 무슨 말도 안 되는 소리인가!"

"그렇습니다. 어서 말씀해 보십시오. 도대체 무슨 말입니까?"

쾅! 콰쾅!

"……?"

"응?"

"누……? 으음……."

장로들은 갑자기 대전 안에 큰 소리가 울려 퍼지자, 일제히 소리가 난 곳으로 고개를 돌려서는 진원지를 확인한 후 일제히 입을 다물었다.

"그만! 장로들은 그만 하도록 하게."

갑자기 대전 안에 장로들의 목소리가 커지자, 그동안 묵묵히 듣고만 있던 독고 맹주가 탁자를 손으로 친 후 주위가 잠잠해지자 조용하게 말문을 열었다. 목소리는 비록 조용했지만, 그 입에서 나오는 말들에는 감히 항거할 수 없는 엄청난 힘이 깃들어 있었다.

"송 군사는 앞으로의 계획을 말하도록 하게."

"예… 흠흠, 제가 말씀드리고자 하는 것은 이렇습니다. 현재 우리는 앞에서 제가 언급했던 네 곳 모두 상대할 수 없는 상황입니다. 또한 쉽게 움직일 수 없는 처지이기도 합니다. 자칫 섣불리 움직였다가는 철혈검문의 조호이산지계(調虎離山之計)에 당했던 것보다 큰 피해를 입을 수 있습니다."

"흐음……."

"……."

장로원주 독고성준은 송 군사의 말에 고개를 끄덕였다. 철혈검문이 철저한 준비를 한 후 패혈맹의 공격을 기다리고 있었다는 것은 이미 모두 알고 있는 상황이었기 때문이다.

"그럼……?"

패도마군 진유정의 물음을 뒤로하며, 송 군사는 정광이 반짝이는 눈으로 자신을 바라보고 있는 장로들을 한차례 바라본 후 소매 속에서 하나의 장괘를 꺼내 들었다.

"……?"

모든 장로의 시선이 송 군사의 손에 들린 장괘로 집중되었다. 송 군사는 장로들의 시선을 아는지 모르는지 묵묵히 장괘를 묶고 있던 실을 풀어 탁자에 놓은 후 장괘의 한쪽을 밀쳐 냈다.

드드드드드…….

장괘는 생각보다 요란한 소리를 내면서 펼쳐졌다.

"응……?"

주위상지계(走爲上之計).

관문착적지계(關門捉賊之計).

원교근공지계(遠交近攻之計).

혼수모어지계(混水摸魚之計).

이일대로지계(以逸待勞之計).

"좋군, 좋아."

"정말로 적절한 계책이라 할 수 있습니다."

"호~"

"……?"

탁자 위에 활짝 펴진 장괘에는 많은 글자가 적혀 있지 않았다. 적색 비단 위에 붙여진 흰 한지에 단 다섯 문장만이 큼지막하게 자리하고 있을 뿐이었다. 그러나 장괘에 적혀 있는 내용을 읽은 장로들은 한마디씩 하며 크게 고개를 끄덕인 후 흡족한 미소를 지어 보였다.

"장로들의 표정을 보니 결정은 난 듯하구먼. 그럼 송 군사는 추후에 구체적인 세부 사항을 보고할 수 있도록 준비를 하게."

"그렇게 하겠습니다."

"좋네. 그럼 오늘의 회의는 이것으로 파하도록 하고, 다음 회의 일정은 송 군사가 구체적인 전략이 수립된 후 일정을 잡도록 하게. 그럼 이만."

독고 맹주는 상황이 정리된 듯하자 간단명료하게 회의를 일단락 지은 후 자리에서 일어났다.

"알겠습니다. 조속한 시일 안에 보고드렸던 내용보다 좀 더 구체적으로 잡아보겠습니다."

"그렇게 하게. 흠⋯⋯."

언제나 그렇듯이 독고 맹주는 회의가 시작되기 전에 송 군사로부터 모든 상황을 보고받은 후에 회의에 들어왔던 것이다.

독고 맹주가 대전을 나간 후 장로들도 한두 명씩 짝을 이루며 대전을 빠져나가기 시작했다. 한 시진 반에 이르는 회의의 결과, 앞으로 자신들이 해야 할 일이 많아졌다는 것을 잘 알고 있었기 때문이다.

송 군사는 장로들이 모두 빠져나가자 자신의 자리에 앉은 후 창문을 통해 해가 지기 시작하는 하늘을 바라보았다.

'휴~ 실로 평탄하지 않은 인생이로다. 나이 육십이 넘은 지 두 해가 지났건만, 아직도 꿈을 이루기는 요원하단 말인가⋯⋯.'

송 군사는 한동안 자리에서 일어날 줄 모르고 자신만의 상념에 빠져들었다. 그러나 마냥 상념에 빠져 있을 수만은 없었기에 탁자에 올려져 있던 장패들을 정리한 후 대전 밖으로 천천히 걸어나갔다.

회의는 여느 때와 마찬가지로 송 군사가 생각했던 것을 모두 만족한 결과로 끝났다. 하지만 송 군사의 얼굴에서는 즐거움이란 감정을 찾을 수 없었다. 그저 세월의 풍상에 지친 노안에 주름이 하나 더 늘어났을 뿐이었다.

피를 말리는 인고의 세월.

송 군사는 그만 쉬고 싶다는 생각을 하면서도 이내 고개를 절로 흔들며 자신의 집무실로 힘겹게 발걸음을 옮겼다.

제 5 장

조항은 그렇다고 치고, 문제는 규화인데……

◆ 제5장 **조향은 그렇다고 치고, 문제는 규화인데……**

선선한 바람이 대로(大路) 가장자리에 피어 있는 만개한 꽃잎을 훑고 지나가면서 꽃은 제대로 서 있지 못하고 한들한들 이리저리 흔들렸다. 하지만 흔들리는 꽃들과 바람에 날리는 꽃잎으로 인해 대로를 분주하게 움직이고 있는 사람들의 마음은 한결 가볍게 느껴지고 있었다.

흉년이 들면 젊은 사람은 포악해지고 풍년이 들면 사람들이 선해진다는 맹자의 말처럼, 무한의 상인들과 백성들은 험악한 무인들을 상대하면서도 연신 웃음이 입가에 떠나지 않고 있었다.

"이보게, 바로 오늘이 그날이지?"

"그날? 무… 아! 맞네, 오늘이 바로 철혈검문이 문호를 활짝 개방한다고 했던 날이지."

무한 시내에서 철혈검문으로 이어지는 대로는 이른 아침부터 장사진을 형성하고 있었다. 이제 겨우 검을 들기 시작했을 법한 소년검객에서부터 황혼을 바라보고 있는 노검수까지, 대로를 걸어가고 있는 사람들의 행색은 가지각색이었다.

"왜? 자네도 가보려고 그러는가?"

"왜? 나는 가면 안 되는가?"

"얘끼! 못하는 소리가 없구먼. 어디, 죽고 싶으면 가도록 하게. 난 말리지 않겠네."

"하하하. 내가 미쳤는가? 자네도 가질 않으려고 하는데 내가 미쳤다고 가겠는가?"

"하하, 하긴… 그나저나 우리는 갑자기 몰려든 무사들 덕에 돈을 벌게 되어서 좋기는 한데, 저들은 무엇을 얻기 위해 가려고 하는지 모르겠구먼. 지금 철혈검문에 들어가면 칼 맞아 죽으러 가는 것과 같다고 떠들어대면서 말이야."

"나도 그런 말을 들은 기억이 있네. 이미 강남의 패권을 장악하고 있는 패혈맹하고 결전을 벌인다고 공표를 한 마당이니 철혈검문에 들어가게 되면 그들과 싸워야만 하는 것은 당연한 것 아니겠나."

"그렇지. 한마디로 전장(戰場)에 발을 들여놓는 것이지. 그런데도 저렇게 몰려가고 있으니, 정말 무림인들은 무슨 생각으로 사는지 알다가도 모르겠다는 말이야."

시장에서 각각 포목점(布木店)을 운영하던 두 사람은 서로의 얼굴을 바라보며 고개를 끄덕였다. 아무리 이해를 해보고자 했으나 이치에 맞지 않는 것이 너무나 많아서 도저히 이해한다는 것 자체가 불가능했다.

삼 개월 전 철혈검문.

복구를 하는 데 천문학적인 비용이 들어가야 한다는 것은 문제도 되지 않았었다. 어디서부터 어떻게 복구를 시작해야 할지 엄두도 나지 않았던 것이다.

또한 조속한 시일 안에 완전한 복구를 원하는 호열의 독촉도 여간한 것이 아니었기에 문중의 모든 대소사를 관장하던 추 전주의 하루하루 는 힘든 고역의 연속이었다.

그러나 철혈검문은 복구를 시작한 후 삼 개월 동안 많은 것이 변했 다. 예전의 건물들이 완전한 모습으로 복구가 된 것은 물론이며, 사방 백 장 정도가 확장이 되면서 새로운 건물들이 신축된 것이다.

처음으로 철혈검문을 찾은 사람들은 웅장한 위용을 한껏 뽐내고 있 는 전각들에서 시선을 뗄 수가 없었다. 단아한 것 같으면서도 화사한 것이 보는 이의 시선을 잡아끌고 있었기 때문이다.

"와~ 이 정도면 금릉의 황궁이 부럽지 않겠구먼. 안 그런가?"

"그렇겠군. 공사 중일 때 한 번 와보기는 했었는데, 이건 도대 체……."

낭인무사들은 철혈검문이란 휘황찬란한 현판이 위엄스럽게 걸려 있 는 정문 앞 넓은 공지까지 두세 명씩 짝을 이루면서 걸어갔다. 이미 오 래전부터 서로 안면이 있는 사람들도 있었지만, 두 달 가까운 시간 동 안 한곳에 같은 부류가 모이면서 자연스럽게 친해진 사람들이 대부분 이었다.

"자네는 어찌할 것인가? 정말 들어갈 것인가?"

"받아만 준다면… 자네는?"

"글쎄… 사실 난 아직 모르겠네. 요행히 패혈맹의 공격에서 승리를 취하긴 했지만, 그래도……."

낭인무사가 한 말은 많은 의미가 함축되어 있었다. 또한 철혈검문을 찾은 낭인무사 대부분의 생각이기도 했다.

철혈검문을 찾은 낭인무사들은 크게 네 부류로 나누어지고 있었다. 문호를 개방한다고 공표를 해서 혹시나 하는 마음으로 온 것이 대부분이었지만, 막상 패혈맹과 결전을 해야 한다는 것을 알고는 쉽게 결정을 내리지 못하고 있는 것이다.

첫 번째 부류는 어떻게 해서든 철혈검문에 입문을 하고자 하는 부류였다. 대부분 어리거나 청년들이었으며, 명문대파들의 문을 한 번쯤 두드렸던 자들이었다.

두 번째 부류는 돌아가는 상황을 지켜보면서 결정하자는 부류였다. 어느 정도 강호 생활을 경험한 자들이었으며, 떠돌이 생활을 하고 있지만 한곳에 정착해 가정을 꾸렸으면 하는 바람을 가슴 한곳에 간직하고 있는 자들이었다.

세 번째 부류는 입문은 하고 싶은데 패혈맹과의 결전을 염려해서 결정을 못하고 있는 부류였다. 이것은 실로 낭인무사들에게 단순한 문제가 아니었으며 대부분의 생각이기도 했다. 낭인들은 고심을 하지 않을 수가 없었다. 객점에 두세 명만 모여도 이 문제를 화두로 밤새는 줄 모를 정도였다. 하다못해 돈 몇 푼 있다고 유세를 떠는 졸부들의 보표 자리도 구하기 힘든 판에, 문호를 개방하면서 다달이 금전도 주겠다는 곳은 강호 어디를 가서도 구할 수 없는 자리였기 때문이다.

무슨 일이든 쉽게 결론을 지을 수 없는 일이다. 더구나 담보로 잡히는 것이 자신의 하나밖에 없는 목숨이라면, 그것은 더 이상 말할 것도 없는 것이라 할 수 있다. 비록 지금까지 언제 죽을지 모를 강호에서 험하게 구르면서 생활했다고 하지만, 누구나 목숨이 중요하듯 낭인들에게도 그것은 마찬가지였다.

네 번째 부류는 입문을 원하거나 관심도 없으면서 강호의 큰 행사에 관심을 보이는 자들이었다. 다름 아닌, 강호에 그 유례를 찾아볼 수 없는 철혈검문의 행사와 패혈맹의 장로들을 물리쳤다는 문주의 얼굴을 구경하기 위한 관람객들인 것이다. 이 부류에는 낭인들도 상당수 포함되어 있었지만, 대부분 일반 백성이거나 다른 문파에서 파견된 무림인들이었다. 또한 예전에 은거를 했다가 유람을 목적으로 구경을 하기 위해 온 노고수들도 몇몇 포함되어 있었다.

정문 앞에 만들어진 공지는 상당히 넓었다. 단기간에 만들어졌다는 것을 믿을 수 없을 정도였다.

이른 아침 진시초(辰時初)부터 모여들기 시작한 낭인들의 수는 오시(午時)가 되면서 기하급수적으로 늘어나기 시작했다. 약 천 평의 넓은 공지가 모여든 낭인들로 북새통을 이룰 정도였다. 하지만 아직 사람들의 발길이 끝난 것이 아니었다. 철혈검문으로 이어지고 있는 대로에서 낭인들의 모습을 어렵지 않게 발견할 수 있었기 때문이다.

미시(未時).

밖에선 모여든 사람들로 인해 어수선하거나 말거나 철혈검문의 문인들은 신경도 쓰지 않고 정문을 굳게 걸어 잠그고 있었다. 그런데 미시가 되자 언제 닫혀 있었냐는 듯이 정문이 활짝 열리면서 일단의 무리가 미리 만들어놓은 듯한 단상 뒤에 그 모습을 드러냈다.

총 열다섯 명이었는데, 다섯 명의 중년인과 열 명의 젊은 문인이었다. 다섯 명의 중년인 뒤에 시립한 후 공손하게 예의를 다하는 젊은 문인들의 모습에서 엄한 수련과 교육을 받았다는 것을 알 수 있었다.

"맨 앞에 있는 자가 문주인가?"

"글쎄? 나도 본 일이 있어야지."

"응? 하하, 누군 보았는가?"

맨 앞에 서 있는 중년인의 모습에서 중후한 인상이 풍기자, 대부분의 낭인무사들은 긴가민가하면서도 오늘의 행사를 주관하기 위해 나온 문주일 것이라 생각했다.

모두의 시선을 한 몸에 받고 있던 중년인이 한 자 높이로 만들어진 단상 위로 올라가기 시작하자 시끌벅적하던 군웅은 일순간에 조용해졌다.

"험… 반갑습니다. 또한 이렇게 본 철혈검문의 문호 개방을 앞두고 문주님을 대신해서 여러분 앞에 서게 된 것을 진심으로 영광스럽게 생각합니다."

"응? 문주가 아닌가 보네?"

"그러게?"

"이봐! 좀 조용히 하게."

"알았네, 알았어!"

"오늘 이 자리는 저희 문주님께서 직접 참관을 하시는 것으로 예정되어 있었는데, 일정이 변경되어 이렇게 제가 이 자리에 서게 되었습니다. 저는 철혈검문의 내전을 책임지고 있는 추진엽(秋晉燁)이라고 합니다."

추 전주는 공지에 촘촘히 모여 있는 군웅을 향해 자신에 대한 소개를 간략하게 했다.

"흠흠! 추 대협, 그럼 철혈검문의 문주… 문주께서는 오늘 이 자리에 안 나오시는 것입니까?"

"하하, 아쉽지만 현재로서는 그렇습니다. 그러나 오늘부터 오 일간 시행될 문호 개방이 모두 끝난 후엔 몇몇 분은 보실 수 있을 것입니다. 몇몇 분이란, 바로 우리 철혈검문의 문인으로 들어오신 분들이겠지만 말입니다."

"아… 그럼 문인이 되어야만 볼 수 있다는 말씀입니까?"

"그렇습니다. 문주님께서는 외부로 모습을 드러내시는 것을 좋게 생각하고 계시지 않으십니다. 그러니 그 점은 여러 동도 분께서 양해를 해주시기 바랍니다."

"양해는 무슨, 어차피 문인이 된다면 볼 수 있다는데 양해를 구할 필요가 있겠습니까."

"그렇지. 맞는 말이네."

"하하, 그럼 문주의 얼굴을 보기 위해서라도 철혈검문에 들어가야겠구먼. 안 그런가?"

"하하하."

소문만 무성하게 떠돌고 있는 철혈검문의 문주 얼굴을 보기 위해 한껏 기대를 하고 왔던 군웅은 문인이 되지 않으면 볼 수 없다는 추 전주의 말에 아쉽게도 생각을 접어야만 했다.

"문호를 개방함에 있어서 나이나 출신 방파는 상관하지 않겠습니다. 다만 일전에 공표를 했었던 것만 다시 한 번 주의를 해주셨으면 합니다. 이미 다른 문파에 적을 두고 계신 분이 특별한 사정도 없이 들어온다는 것은 불순한 목적을 갖고 있다 판단할 수밖에 없기 때문입니다. 저희들로서도 다른 문파와 이 문제로 인해 충돌이 발생하는 것을 원치 않습니다. 그럼 지금부터 저희 문주님을 대신해서 철혈검문은 문호를 활짝 개방하도록 하겠습니다. 여러분의 많은 참여를 부탁드리겠습니다."

"응?"

"뭐야? 어떻게 받겠다는 거야?"

"추 대협, 어떤 심사 과정을 받아야 하는 것입니까? 아직 설명을……."

추 전주의 연설이 끝나자 군웅 이곳저곳에서 웅성거림이 나타났다. 아직 추 전주의 입에서 심사 과정에 대한 언급이 없었기 때문이다.

"하하, 저희 철혈검문에서는 문호를 개방함에 있어서 따로 심사를 하지 않습니다."

"응? 저, 정말입니까?"

"그냥 받겠다는 거야?"

"그러게? 어릴 때부터 자체적으로 수련시키지 않았으면서도 비무를 통한 선별 과정 하나 없이 문인들을 받겠단 말인가?"

"추, 추 대협. 정말 아무런 심사 과정 없이 문인으로 받겠다는 것입니까?"

군웅 모두의 예상을 깨는 일이 발생했다. 대부분 문호를 개방하고 외부에서 문인들을 받아들일 때는 일정한 심사 과정을 거쳐 선별을 한 후 문인으로 받아들이는 것이 상례였고, 관례라 할 수 있었다. 또한 지금까지 한 번도 이러한 관례가 깨진 적이 없었다. 그런데 아무런 심사 과정 없이 문인으로 받아들이겠다는 추 전주의 연설은 군웅에게 큰 충격을 주었다.

"저희는 문인들을 받기 전에 심사를 하는 것이 아니라, 받은 후 문인들의 자질과 무공 정도를 파악하고 합당한 직책을 부여할 것입니다. 이것은 저희 문주님께서 내리신 결정이니, 여러분께서는 이 점을 감안하시고 결정을 해주시길 바랍니다. 나머지 궁금한 것이 있으면 뒤쪽에 있는 담당자들에게 물어보시길 바랍니다. 그럼 저는 이만."

"와~"

"괜찮은데! 나는 심사를 통과하지 못하면 어쩌나 했는데, 이렇게 되면……."

"이거 정말……."

문인으로 들어가기 위한 심사 과정이 없다는 말에 군웅은 환호를 했다. 대부분 떠돌이 생활로 하루하루를 연명했기에 다른 사람에게 보여줄 수 있는 변변한 무공을 가지고 있는 자들이 없었다. 그렇기에 대부분 걱정을 하고 있었는데, 그런 걱정거리가 일거에 해소가 될 것이다.

"자, 제게 오셔서 이곳에 서명을 하시면 입문이 됩니다. 서명을 하신 후에는 제 뒤에 있는 문인들의 안내를 받으며 정문으로 들어가시게 되는데, 문인들은 여러분이 당분간 머물 수 있는 지객당(知客堂)으로 안내를 할 것입니다. 앞으로 오 일, 정확히 오 일 후 신시(申時)까지만 접수를 받겠습니다. 그 후에는 앞에서 언급했듯이 문주님께서 직접 심사를 하실 것입니다. 그럼 입문을 원하시는 분들은 이곳으로 오십시오."

언제 가지고 나왔는지 정문의 중앙엔 넓은 사각 탁자가 마련되어 있었다. 탁자에는 이번에 외전의 부전주로 임명을 받은 위마영과 교두 여창남이 함께 자리를 했다. 그러나 조금 전 추 전주와 함께 군웅의 앞에 모습을 드러냈던 내전의 부전주 남대호와 외전의 전주 안형기는 정문에 탁자가 마련되는 것을 본 후 조용히 정문 안으로 그 모습을 감추었다.

"여기요. 여기 갑니다."

"저도 있습니다."

"이보게, 나도 함께 가세나."

특별한 심사 과정이 없다는 것을 알게 된 군웅은 편안한 마음으로 하나둘씩 위마영과 여창남이 앉아 있는 탁자를 향해 움직였다. 그러나 처음부터 목적이 다른 부류가 함께 섞여 있어서 그런지, 탁자를 향해 움직이는 군웅과 뒤섞이면서 부산스러운 소음도 발생했다. 하지만 모든 것은 순조롭게 진행되어 갔다.

*   *   *

"오늘이 마지막 날인가?"

"예, 오늘 신시까지만 받겠다고 공표를 했습니다."

"그럼 늦더라도 오늘 중으로 모든 상황을 보고하도록 하게. 그래야 내일부터 본격적으로 시작할 수 있을 테니까. 알겠는가?"

"예, 그렇게 하겠습니다."

"좋네, 그럼 나는 이곳에서 아이들을 보고 있을 테니까 무슨 일이 생기면 연락하게."

"알겠습니다, 문주님. 그럼 소인은 이만."

화려하면서도 품위를 잃지 않은 단아함이 물씬 풍겨나는 아담한 전각, 연꽃이 화사한 꽃망울을 선보이고 있는 작은 연못과 함께 정자가 있어 더욱 안락한 느낌을 주고 있었다.

호열은 추 전주가 후원 밖으로 나간 후 소호 공주가 기다리고 있는 정자로 천천히 걸음을 옮겼다.

"너희들은 본격적으로 수련을 함에 있어서 먼저는 알아야 한다. 안다는 것은 모르는 것에 비하여 훨씬 유익한 것이다."

"예, 명심하겠습니다. 사부님."

"알겠습니다, 사부님."

앳된 목소리, 조향과 규화였다.

이 주 전, 조향과 규화는 호열의 권고로 철혈검주 조재현의 제자로 들어가게 되었다.

처음 호열의 권유를 접한 조 검주는 완고하게 고개를 저었다. 지금과 같은 위기의 상황에서 제자를 받아들인다면, 주군인 호열의 안위는 물론이요 제대로 보필할 수 없다는 이유에서였다. 그러나 결국에는 호열의 권유에 따를 수밖에 없었다. 주군인 호열이 가장 염려하는 것이 바로 소호 공주의 안위였다. 소호 공주의 측근인 그들을 자신이 제자로 받아들여서 훌륭하게 키워내는 것이 최선의 보호 방안이었다.

조 검주는 정식으로 조향과 규화를 제자로 받아들인 후 다른 사람들이 고개를 절로 흔들 정도로 혹독하게 수련을 시켰다. 그전까지 조 검주는 호열의 명을 받들어 소호 공주의 호법을 서면서 틈틈이 수련을 지도하는 것이 전부였는데, 제자로 받아들인 후로는 가장 빠른 시일 안에 스스로 자신의 안위를 책임질 수 있음은 물론 고귀한 생명까지 지킬 수 있어야 했기 때문이다.

호열은 정자로 향하면서 조 검주가 조향과 규화에게 하는 말에 귀를 기울였다.

"그러나 안다는 것만으로는 아직 참된 지식이라고 할 수 없다. 참된 지식이란 바로 너희들이 모든 것을 이해하고 몸으로 깨우친 지식을 말함이다. 그래서 너희들은 배워서 알기를 소중하게 생각해야 한다. 지금처럼 나로 인해서 억지로 배우는 것이 아니라, 너희들 스스로 배우는 것에 애착심을 가져야 한다는 것이다."

"……."

"그러나 그것보다 더 높은 단계는 배우고 깨친 것에 무한한 즐거움을 느낀다는 것에 있다. 깨치어가는 진리의 즐거움을 너희들이 나중에라도 발견할 수 있다면 너희들은 인생에 있어서 그보다 더 소중한 것이 없을 것이다."

"명심하겠습니다, 사부님."

"예……."

조향과 규화는 사부인 조 검주의 말에 크게 고개를 끄덕였다. 또한 언제나 들을 수 없는 소중한 무엇인가가 담겨져 있는 말이었기에 더욱 머리 속 깊은 곳에 기억하려고 했다.

"흠흠… 조 검주, 내가 잠시만 아이들의 시간을 빼앗아도 괜찮겠는가?"

"옛? 물론입니다, 주군."

"고맙네. 너희들은 나를 따라 정자로 올라오너라. 오늘은 너희들에게 해줄 말이 있다."

"예, 알겠습니다."

조용히 정자로 향하면서 조 검주의 말에 귀를 기울였던 호열은 갑자기 조향과 규화에게 해줄 말이 생각났다. 그에 조 검주의 양해를 받은 후 열심히 수련을 하고 있던 조향과 규화에게 자신을 따라 정자로 오를 것을 명했다.

조향과 규화를 데리고 정자에 오른 호열은 자신의 옆에 조 검주를 앉도록 한 후 천천히 소호 공주가 따라주는 찻잔을 입에 가져갔다.

"차 맛이 좋군요. 언제나 느끼는 것이지만, 주 매가 이렇게 다려주는 차 맛은 세상에서 가장 훌륭합니다."

"호호, 상공께서는 또 제게 아부를 하시는군요. 하지만 상공께서 원하시는 것은 오늘도 이루실 수 없을 거예요. 그러니 소녀와 정식으로 혼례를 치르는 이 주 후까지는 참으세… 요……."

"흠흠, 나는 아무런 말도 하지 않았는데 도통 무엇을 참으라고 하는 것인지. 그건 그렇고……."

"호호, 알았어요. 그럼 말씀 나누세요."

소호 공주는 호열이 상황을 대충 얼버무리려고 하자 손으로 입을 가리면서 억지로 웃음을 참았다. 붉게 달아오른 호열의 얼굴에 참기가 힘들었기 때문이다. 하지만 더 이상 장난을 계속할 수는 없었다. 옆에 조 검주를 비롯해서 조향과 규화가 함께 있었기 때문이다.

"흠흠, 이제 얘기를 할 수 있겠구나. 내가 너희 둘을 이리로 올라오라고 한 것은 조 검주의 얘기를 들으면서 한 가지 생각난 것이 있어서였다. 무슨 책에서 보았는지 잘 기억은 나지 않지만, 당시 내 마음을 사로잡았던 구절이 있었다."

호열은 소호 공주로 인해 어수선했던 분위기를 헛기침 한 번으로 쇄신했다고 생각했는지, 어깨에 한번 힘을 준 후 조용하게 서두를 꺼냈다.

"……?"

"우리 몸의 다섯 가지 감각 기관은 항상 무엇인가를 갈구하고 있다고 한다. 눈은 색욕(色慾)을, 귀는 성욕(聲慾)을, 코는 향욕(香慾)을, 그리고 혀는 미욕(味慾)을, 몸은 촉욕(觸慾)을 언제까지나 원하고 있다는 것이다."

"아……."

"색욕이라는 것은 항상 이성의 상대를 그리워하는 욕망이다. 참으로 사람들은 언제나 이성을 그리워한다는 점이다. 남자는 여자를, 그리고 여자는 남자를. 겉으로는 무표정한 것 같지만 내면적으로는 자신도 모르는 사이에 언뜻언뜻 그런 생각을 하는 경우가 비일비재(非一非再)하다고 하는데, 이것이 바로 색욕이라 할 수 있다. 성욕은 아름다운 소리를 듣고 싶어하는 욕망이다. 아름다운 소리는 심신까지 편안하게 작용하여 그 영혼을 맑게 한다. 그만큼 소리는 귀를 즐겁게 하는 것만이 아니라 심신을 편안하게 녹여내므로, 결국은 그로 인해 다른 사람들에게까지 편안함을 전달하는 등의 영향력을 행사한다."

"……."

"향욕이란 향기로운 냄새를 맡고 싶은 욕망이다. 흐드러지게 피어 있는 꽃밭이나 들꽃의 질박하고 수수한 향기를 맡을 때면 기분이 상쾌해지는데, 사람은 누구나 그러한 향기를 맡고 싶어하는 공통된 생각을 가지고 있다. 또한 미욕이라는 것은 맛있는 음식을 먹고 싶은 욕망이다. 일반적으로 말하는 식욕(食慾)에 해당하는 말이다. 그리고 마지막으로 촉욕이란 상대와 몸을 부딪치고 싶어하는 욕망이다. 이것은 다른 말로… 흠흠, 목욕을 비롯하여 잠을, 잠을 즐기고 싶다는 등으로 해석할 수 있는 말이다."

"아……."

호열의 긴 설명을 듣던 조향과 규화는 조 검주의 얼굴과 서로의 얼굴을 한 차례 바라본 다음 호열을 향해 크게 고개를 끄덕여 보였다. 호열의 설명을 완전하게 이해한 것은 아니지만, 어느 정도는 자신들도 수긍할 수 있었기에 힘차게 고개를 끄덕여 보인 것이다.

"그러나 말이다. 이러한 다섯 가지의 욕망… 이미 너희들도 대강은 짐작하고 있겠지만 사람들은 누구나 그런 것을 가지고 싶어한다. 아마 너희들도 그렇겠지?"

"예……."

조향과 규화의 기어가는 듯한 목소리. 힘차게 고개를 끄덕였던 것과는 사뭇 다른 모습이었다. 하지만 호열은 그런 모습에 웃음을 지어 보였다.

"조향, 그리고 규화야. 일단 진리의 길로 접어들면 이러한 다섯 가지의 욕망은 봄 안개처럼 사라져 버린단다. 하늘의 도리가 무한하다면 인간의 욕망은 그저 방 안에 들어 있는 것처럼 답답하다고 할 수 있지. 진리를 탐구하는 것은 새가 하늘 높이 치달아 오르는 것이며, 인간이 욕망에 빠지는 것은 새장에 갇힌 새와 별반 차이가 없는 일이란다. 그러니 너희들은 과연 너희들 스스로 오관의 노예가 될 것인지, 아니면 무궁한 진리의 세계에 빠져들어 갈 것인지를 생각해 보도록 하거라."

"옛! 문주님. 열심히 하겠습니다."

"열심히 할게요, 문주님."

"하하하… 그래, 그렇게 해야지. 흠… 조 검주, 내가 너무 많은 시간을 빼앗은 것 같구먼."

호열은 조향과 규화가 자신의 이야기를 듣고 무궁한 진리의 탐구에 한 발 들여놓는 것 같아 기분이 좋았다. 기분이 좋은 정도가 아니라 상쾌해지기까지 했다. 그러나 조 검주가 바로 옆에서 보고 있었기에 기쁨을 애써 감추며 찻잔으로 손을 가져갔다.

"아닙니다. 정말 아이들에게는 뼈가 되고 살이 되는 말씀이었습니다. 주군께서 좋은 말씀을 하셨으니 하는 말이지만, 나도 너희들에게 마지막으로 한마디만 더 해주고 싶구나. 너희가 당장 고생을 마음 아파하고 힘들어하는 것은 옳지 않다는 말이다. 부단한 노력 끝에 원하는 것을 얻게 되면 지난간 괴로움은 오히려 너희들에게 한 방울의 감로주처럼 스스로의 인생에 생명수 역할을 할 것이 분명하기 때문이다.

너희들은 앞으로 살아가면서 많은 실패와 패배를 경험하게 될 것이다. 그것이 꼭 비무나 전투가 아니라도 말이다. 하지만 실패와 패배를 알아야 성공과 승리의 참된 맛을 알게 되는 법이다. 그러니 너희들은 절대로 패배를 두려워하지 말고 실패를 했다고 좌절을 하지 말거라. 두려움이나 좌절이라는 것은 우리들과 같은 무인들에게는 독약보다 더한 극약이라고 할 수 있다. 이 사부가 지금까지 무슨 말을 한 것인지 영리한 너희들이니 잘 알아들었으리라 믿는다."

"옛! 사부님. 명심하겠습니다."

"가슴속 깊이 새기도록 하겠습니다."

조향과 규화가 조 검주의 말에 자리에서 일어난 후 정중하게 포권을 하며 깊숙이 예를 취했다. 구배지례(九拜之禮)를 올린 후 항상 엄한 모습을 보였던 조 검주의 따뜻한 애정이 느껴졌기에 마음에서 우러나는 감사의 예를 올린 것이다.

"하하, 보기가 좋구먼. 너희들은 이만 물러가서 수련을 하도록 하거라. 나는 잠시 너희들 사부와 긴히 할 말이 있구나."

"예, 문주님. 그럼 저희들은 물러가겠습니다."

"그럼 말씀 나누세요."

호열은 조향과 규화가 물러가자 흐뭇한 듯 미소를 지으며 조 검주의 얼굴로 시선을 돌렸다.

"흠… 조 검주, 아이들의 성취는 어느 정도 되는가?"

"아직은 기본 골격을 갖추기 시작하는 단계라 할 수 있습니다. 이번에 황궁에서 온 의원들의 도움으로 영약을 복용시킬 수 있었는데, 아이들의 수련에 상당한 도움이 되고 있습니다."

"정말 잘되었구먼."

호열은 조 검주의 얼굴에 미소가 어리는 것을 보면서 흡족한 듯 고개를 끄덕였다. 또한 호열은 뛰어난 실력을 겸비한 의원들을 문중에 머물도록 조치한 추 전주의 노고를 다시 한 번 생각하게 되었다. 현재 내전의 세 축 중 한 곳을 당당히 담당하고 있는 의백당은 철혈검문에 없어서는 안 될 정도의 보배로 자리하고 있었다.

"그럼 언제쯤 아이들에게 본격적으로 무공을 가르칠 생각인가?"

"흐으음… 주군, 솔직히 말씀드린다면… 조향은 크게 문제가 될 것이 없습니다. 문제는 규화인데, 양기를 잃은 규화에게 가르칠 수 있는 것이……."

"그렇구먼, 역시 그랬어. 그렇지 않아도 내가 조 검주에게 굴어본 이유가 거기에 있었네."

이미 조 검주가 어떤 말을 할 것인지 짐작하고 있었던 호열은 천천히 고개를 끄덕여 보인 후 소매에서 한 권의 서책을 꺼냈다.

"……?"

"조향에게는 예전에 말했듯이 화산파와 아미파의 무공을 기본으로 가르치도록 하게."

"그렇지 않아도 요즘 아미파의 무상금광신공(無想金光神功)과 화산파의 옥녀심공(玉女心功)을 가르치고 있습니다."

"오~ 그런가? 벌써 그것을 가르칠 정도가 되는가?"

"예, 조향은 어릴 때부터 권모술수가 난무하는 황궁에 있어서 그런지 머리가 비상하고 재기가 넘치는 아이입니다. 또한 보기보다 성격이 발랄하고 쾌활해서 쾌검보다는 변화가 많은 환검이 어울린다 생각하고 있는 중입니다."

"그렇다면 쾌검인 옥녀금침십삼검(玉女金針十三劍)보다는 옥녀소심

검법(玉女素心劍法)이나 매화삼십육신검형(梅花三十六神劍形)을 가르치는 것이 좋겠구먼."

"소인도 그렇게 생각하고 있습니다. 그래서 소인도 먼저 화산파의 검법을 가르친 후 아미파의 옥허삼십육검(玉虛三十六劍)과 무상검식(無想劍式)을 가르칠 생각입니다."

조 검주는 호열에게 앞으로 자신이 조향에게 가르치려고 하는 무공을 이야기했다. 비록 사부는 자신이지만, 자신에게 제자들을 받을 수 있도록 한 사람이 주군인 호열이었기 때문이다.

"잘 생각했네. 그럼 조향은 전적으로 조 검주에게 일임하겠네. 아니지. 하하하… 내가 자네에게 큰 결례를 하고 있구먼. 그 아이의 사부는 내가 아니라 자네인 것을……."

"아닙니다. 어찌 그것이 결례라고 할 수 있겠습니까. 당치도 않으신 말씀입니다."

"하하, 알았네. 조향은 그렇다고 치고, 문제는 규화인데…… 규화에 관해서 따로 생각해 본 것이 있는가?"

"사실 소인도 규화와 같은 상황의 아이를 가르치는 것은 처음 있는 일인지라……."

조 검주는 호열에게 자신의 생각을 거짓없이 모두 말했다. 양근을 잃은 환관을 가르쳐 본 일이 없기에 조 검주로서는 규화를 가르친다는 것이 큰 난관이 아닐 수 없었던 것이다.

"하긴, 그래서 나도 그 아이에 관해서 시간이 날 때마다 고민을 많이 했었네. 그래서 나름대로 방향을 결정할 수 있었지."

"……?"

"우선 생각해 본 것은 무당파의 양의무극신공(兩儀無極神功)과 공동파의 음양마공(陰陽磨功)이네. 규화는 올해 열여덟 살로 양근을 잃은 것은 일 년밖에 안 되네. 당연히 사내로서 가지고 태어나는 양기는 충만한 상태라 할 수 있지. 하지만 그것은 더 이상 성장하지 못하고 서서히 소멸이 되는 것이라서, 내 생각에는 공동파의 소양신공(小陽神功)으로 더 이상 양기가 소멸되지 않도록 유지를 하면서 앞에서 언급했던 두 가지 무공 중에 하나를 가르쳤으면 하네. 그리고 난 후 종남파의 태을신공(太乙神功)으로 급속하게 생성되기 시작하는 음기를 다스리는 것이지."

"음…… 좋으신 생각입니다. 지금으로서는 음기를 택하는 쪽으로 생각하고 있었는데, 그렇게 되면 양기와 음기 모두를 취할 수 있는 방법이라 할 수 있습니다. 비록 성공할 수 있는 확률은 낮으나 만약 성공을 거두게 된다면 규화의 무공은 앞으로 큰 진전을 보게 될 것입니다."

호열의 설명을 들으면서 나름대로 생각을 정리한 조 검주.

이론적으로는 이치에 맞지만 성공하기 힘든 길임을 알 수 있었다. 그러나 지금으로서는 호열이 내놓은 제안이 가장 실효성이 있다는 것을 잘 알고 있었기에, 조 검주는 희박한 확률이라 하더라도 그 길을 택하기로 했다.

"그렇다면 우선 규화에게 우리가 결정한 방법대로 수련을 시키도록 하게. 추후의 일은 다음에 상황을 보아가면서 결정하도록 하지."

"그렇게 하겠습니다."

"좋아, 그럼 부탁하네."

호열은 모든 것이 시원하게 결정나자 목이 타는 듯 찻잔을 들어서는 마치 냉수를 마시듯 시원하게 들이켰다.

호열에게 있어서 패혈맹과의 혈전 후 생긴 시간적 여유는 실로 큰 이득이 아닐 수 없었다. 그래서 어떻게 하든 그 시간을 최대한 활용할 필요성이 있었고, 꼭 그렇게 해야만 했다.

시간의 활용.

자신의 부족한 수련을 하기 위해 투자를 하는 것보다 앞으로 문중의 기둥이 될 인재들의 실력을 최대한 끌어올리는 것이라 할 수 있었다. 바로 철혈당의 문인들과 조향과 규화였다.

앞으로 이 주 후면 호열의 아내이자 철혈검문의 안주인이 될 소호 공주, 조향과 규화는 몇 년 지나지 않아서 소호 공주의 호법을 맞게 될 것이다.

호열의 생각 같아서는 지금이라도 당장 아우인 운영에게 했었던 것처럼 조향과 규화 및 문인들에게 도움을 주고 싶었지만, 차마 그렇게 할 수가 없었다. 지금 당장은 속이 편할지 모르지만, 추후 자신이 짐작도 할 수 없는 어마어마한 사태가 발생할 수 있다는 것을 잘 알고 있었기 때문이다. 예전에도 그랬지만 완전한 강호인이 된 지금으로서는 호열의 그런 생각은 머리 속 깊은 곳에 각인이 된 상태였다.

제
6
장

학무랑도 그렇고, 나도 그렇고……

◆ 제6장 **혁무량도 그렇고, 나도 그렇고…….**

새로운 식구를 맞이하게 된 철혈검문.

비록 낭인들로 구성된 오합지졸이었지만, 문중의 인원이 늘어난 만큼 하인들도 그에 맞게 충당을 하는 바람에 생각보다 많은 사람들이 이른 아침부터 부산하게 움직이고 있었다.

"총 삼천칠백오십 명이 입문(入門)을 신청했다고 했나?"

"예, 안 전주에게 아침 식사를 한 후 사시정(巳時正)까지 내전의 중앙 연무장으로 집합시키도록 지시를 했습니다."

"사시정? 얼마 남지 않았군."

"예, 어제 문주님께서 일정을 일찍 잡으라고 지시를 하셨기에 그렇게 잡았습니다."

"잘했네. 그럼 총 얼마의 인원이 늘어나게 된 것인가?"

"하인들 천오백 명까지 합하면 오천이백오십 명입니다. 그러나 기존에 있던 하인들까지 합한다면 총 오천팔백오십 명입니다."

"내전의 인원은 뺀 것이겠지?"

"예, 그렇습니다."

"하하, 정말 많구먼. 불과 오 일 만에 대문파로 거듭났어."

호열은 추 전주의 보고를 들으며 얼굴 가득 만족함과 함께 활짝 웃어 보였다.

"그럼 오늘부터는 정문 밖에 사람들이 진을 치고 있지 않겠구먼."

"아마도 그럴 것입니다."

"그렇겠지. 어제로 모든 일정이 끝났기 때문에 구경거리가 사라졌으니 당연한 일이겠지. 그래도 혹시 모르니 정문에 보초를 서고 있는 문인들에게 특별히 신경을 쓰도록 하게. 그래도 큰 행사를 치른 것이니 늦게 온 자들도 있을 것이고, 또한 아직까지 결정도 내리지 못했으면서 미련이 남은 자들이 있을 거야. 그러니 혹시 작은 소동이 일어나더라도 소문이 좋지 않게 나지 않도록 신경을 좀 쓰라고 하게."

"이미 조치를 취했습니다."

"좋아! 역시 추 전주로군. 하하하. 그럼 우리도 슬슬 밖으로 나가볼까? 조속한 시간 안에 오합지졸들을 제대로 훈련시키려면 이런 시간도 아깝구먼."

"그렇게 하시지요. 그렇지 않아도 모두들 문주님을 뵙고 싶어하고 있습니다."

"나를? 하하, 좋구먼."

호열은 추 전주의 말에 기분 좋게 웃었다.

"참, 만리표국의 국주가 누구인지 알아보았는가?"

"사실 아침에 동창에서 장패가 올라왔었습니다."

"그래?"

"예, 만리표국의 본국이 있는 곳이 절강성(浙江省) 금화(金華)라는 것은 파악할 수 있었다고 합니다. 하지만 안타깝게도 국주가 누구인지는 물론 어디에 있는지조차 파악을 할 수 없다는 내용이었습니다. 이번엔 동창에서 최대의 인원을 동원해서 수색했다고 하는데, 생각 외로 쉽지 않았던 모양입니다."

"그것참…… 강호는 왜 그렇게 비밀이 많은지 모르겠구먼. 자신을 드러내지 않으려면 왜 표국과 같은 곳을 운영하는 것인지……."

추 전주의 보고를 받은 호열은 강호라는 곳의 생리를 이해할 수 없다는 표정을 지어 보였다. 하지만 그렇게 큰 걱정을 하는 것 같지는 않았다.

"그리고 한 가지 더 말씀드릴 것이 있는데, 이번에 황제 폐하께서 친히 안남(安南)으로 원정을 하신다고 합니다. 이미 출병 준비는 마친 상태이고, 후군도독부(後軍都督府)의 삼십만 병력을 대동하는 큰 전투라 합니다."

"정말? 황제가 친히?"

"예……."

'이거 참, 내게는 무림을 맡기고 자신은 대외적으로 세력을 넓히겠다는 것인가? 정말 야망이 커도 너무 크구나.'

호열은 추 전주의 보고를 들으면서 황제인 영락제의 야망에 다시 한번 놀랄 수밖에 없었다. 지금의 성세에 만족하지 않고 더욱더 넓은 영토를 소유하고자 하는 영락제의 야망은 그 끝이 보이지 않는 것 같았다.

"소인의 생각이기는 하지만, 동창이 총력을 기울였다고는 하지만 아마도 안남 원정의 일 때문에 이번 일에 많은 신경을 쓰지 못한 듯합니다. 또한 문주님께서 군사로 기용하기 위해 한림원에서 뛰어난 학사들을 보내달라고 했었지 않습니까.”

“그랬었지.”

“아마도 그때 병부에서 올 것이란 예상을 깨고 예부에서 오게 된 것도 그 때문이 아닐까 합니다.”

“그럴 수도 있겠지…….”

호열은 추 전주의 말에 공감을 하면서 고개를 끄덕였다. 황궁에서 원정을 계획하고 있었다면 가능한 일이란 생각이 들었다.

“하지만 그래도 동창은 동창이지 않는가! 아무리 동창이 총력을 기울이지 못했다고 해도 찾을 수 없었다는 것은 그만큼 힘들었다는 것이겠지.”

“어떻게 하시겠습니까? 다시 동창에 장패를 넣으시겠습니까?”

“아니, 숨어서 살고자 하는 사람을 어떻게 찾겠는가. 그리고 그런 사람을 찾아봐야 무슨 소용이 있고.”

“……?”

“아마 어렵게 찾는다고 해도 도움을 구할 수는 없을 것이네. 그렇다면 차라리 다른 곳을 물색해 보는 것이 좋겠지.”

“그렇지 않아도 동창에서 한 곳을 추천했습니다. 절강성(折江省) 항주(杭州)에 있는 태평산장(太平山莊)인데, 황제 폐하께서 즉위를 하시는데 큰 도움을 준 곳이라고 합니다.”

“태평산장?”

“예, 동창의 보고에 의하면 이번에 중원 삼대거상 중의 한 곳인 여명산장이 무림맹에 지지를 표한 후 동맹 관계를 맺었다고 합니다. 또한 황 장주의 만금산장도 곧 무림맹과 동맹을 맺을 것 같습니다. 만리표국의 일이 실패를 한 지금, 우리가 손을 내밀 곳은 그곳밖에 없는 듯합니다."

"흐음……."

호열은 추 전주의 설명에 고심을 하지 않을 수 없었다. 이미 물망에 올랐던 곳들 중 남은 곳은 단 한 곳, 바로 동창이 추천한 태평산장뿐이었기 때문이다.

"태평산장이라… 추 전주, 자네는 숙명과 운명 중 어느 것을 믿는가?"

"옛? 그 무슨……?"

추 전주는 갑작스러운 호열의 질문에 무슨 의도를 가지고 묻는지 알 수가 없어 반문을 했다.

오래전…….

옛날부터 그랬지만, 몸에 병이 생기면 하늘에 기원하여 목숨을 연장하고자 하는 방법을 사용했다. 나이가 연로하여 죽는 것이 서러워 만금의 재물을 부처님께 보시하여 가름이 다 된 호롱불의 불꽃 같은 삶을 되살려 보고 싶은 인간의 욕심 때문이다. 또한 자신의 힘으로 감당할 수 없는 태산과 같은 벽에 가로막히면 초자연적인 누군가에게 의지하고 싶은 마음이 생기는데, 이것 또한 인간의 욕심이라고 할 수 있는 것이다.

사람이 태어날 때부터 갖고 있는 명운을 숙명이라 부른다면, 운명은 타고난 자신의 명운을 개척해 나갈 수 있는 것이다. 숙명은 그 자신도 어찌할 수 없는 것이지만, 운명은 스스로 개척해 나갈 수 있다는 데에 큰 의의가 있다. 바로 이것이 숙명과 운명의 큰 차이점이라 할 수 있다.

수유의 시간도 흐르기 전에 추 전주는 호열이 무엇을 말하고자 하는지 짐작할 수 있었다. 호열이 숙명보다는 운명을 선택하고자 한다는 것을.

"음……."

"추 전주, 그 문제는 추후 다시 한 번 생각해 보는 것이 좋을 것 같군."

"알겠습니다. 그렇게 하겠습니다."

"자, 이제 대충 시간이 된 것 같으니 나가세."

호열은 오랜만에 추 전주의 뒤를 따라 나섰다. 평소답지 않게 긴 소매를 휘휘 저으며 집무실을 나갔는데, 무인의 차림이라고 하기보다는 학식이 높은 문사 차림이었다.

따스한 햇빛이 내리쬐는 연무장.

삼천 명이 넘는 일단의 무리가 한 곳으로 이동을 하고 있었는데, 바로 오 일간의 입문 신청을 통해 들어온 낭인무사들이었다.

낭인무사들은 추 전주의 명을 받은 허춘남과 왕전유의 안내를 받으며 내전 중앙 연무장으로 향하고 있는 중이었는데, 마치 시장통을 연상시킬 정도로 가지각색의 의복을 걸치고 있었다.

입문을 하겠다고 들어온 후 처음으로 내전 안으로 들어온 낭인무사들은 연신 좌우를 두리번거리며 입을 다물 줄 몰랐다. 비록 금릉에 있는 황궁에 들어가 보지는 못했지만, 지금 자신들이 서 있는 곳이 황궁처럼 느껴질 정도로 화려함의 극치를 보여주고 있었다.

"정말 대단하구나. 내 평생 이런 곳은 처음이네. 저 전각들 좀 보게나."

"나도 마찬가지네. 아마 황궁이라고 해도 믿었을 거야."

"황궁은 좀 그렇고, 여하튼 가히 황궁이라고 우겨도 될 정도인 것은 맞네. 내가 저번에 만리표국의 보표(保鏢)를 하기 위해 간 적이 있었는데, 그곳도 이곳 못지않게 으리으리했었네."

"전웅(全雄), 자네가 만리표국에? 그것도 보표로?"

삼 일 전에 지객당에서 전웅을 처음 만난 후 같은 방에서 함께 지냈던 목기일(睦紀一)은 믿어지지 않는다는 표정을 지으며 전웅을 쳐다보았다.

"뭐, 만리표국이 대수인가? 내가 하겠다고 하고, 그쪽에서 받아주면 하는 것이지."

"응? 그야 그렇…… 하하, 그럼 그렇지. 이제야 알겠구먼."

"뭘?"

"자네가 왜 이곳에 있는지 말이네. 만리표국에서 쫓겨났으니 나와 함께 이곳에 있는 것 아니겠나. 하하하."

"이런, 왜 웃나? 웃지 말게!"

전웅은 목기일이 큰 소리를 내며 웃기 시작하자 사방을 두리번거리며 주변 사람들의 표정을 살폈다. 혹시나 하는 생각에서 둘러본 것이지만 역시나였다. 얼굴 가득 웃음을 머금고 있었던 것이다. 이에 전웅은 자신도 모르게 얼굴이 붉어지며 어찌할 줄 몰랐다.

"하하, 알았네. 얼굴 좀 그만 붉히게."

"끄응……."

"자자, 그나저나 오늘은 문주의 얼굴을 볼 수 있다고 그랬지?"

"……."

"내가 잘못했네. 그러니 그만 화를 풀게."

"제길! 알았네. 다음부터는 그렇게 웃지 말게. 알았나?"

"하하, 내 명심하겠네. 그런데 정말 오늘은 문주의 얼굴을 볼 수 있을까?"

"아마도. 그렇게 될 거라고 했으니까 그렇게 되겠지. 그런데 우린 용병으로 온 것인가, 아니면 정말 문인으로 받아들여진 것인가?"

"글쎄……."

"흐으으음……."

모두들 직접적으로 물어보지 않고 있지만, 오 일 동안 지객당에 기거를 하면서 가졌던 의구심이었다. 철혈검문처럼 입문을 허락하는 곳은 단 한 곳도 없었기 때문이다.

낭인무사들은 겉으로 자신들의 속마음을 크게 드러내지 않으려고 했다. 철혈검문에서 자신들을 일정한 대가를 받고 싸움을 하는 용병으로 생각할 것이라 짐작하고 있었으며, 또한 그것이 대부분의 생각이기도 했기 때문이다.

"여 교두님, 모두 데리고 왔습니다."

"알았다. 너희들도 다른 문인들과 함께 각자의 자리로 가서 정렬하도록 하거라."

"옛!"

허춘남과 왕전유는 여 교두의 말에 고개를 깊숙이 숙인 다음, 이미 단상 한쪽에 정렬해 있는 철혈당으로 빠르게 신형을 움직였다.

여 교두는 제각각 따로따로 모여 있는 낭인무사들의 면면을 돌아본 후 단상 위로 올라갔다.

"흠! 모두 주목하도록!"

"……?"

"이미 내 얼굴은 기억하고 있을 것이라 짐작한다. 나에 대한 것은 오늘 입문식이 끝나면 차차 알게 될 것이다."

"응?"

"입문식이라니……."

"글쎄?"

"아직 문주님을 뵙지 못했기에 너희들의 입문이 정식으로 허락된 것은 아니다. 즉 문주님께서 직접 너희들의 면면을 살펴보고 나신 후에 허락을 할 경우 입문이 가능하다는 말이다."

"그게 무슨?"

"그럼 아직 우리들의 입문이 허락된 것이 아닙니까?"

생각지도 못한 여 교두의 말에 낭인무사들은 서로의 얼굴을 쳐다보며 의구심을 드러냈다.

"그렇다."

"저기… 그럼 오 일 전에 아무런 심사 과정 없이 문인으로 받겠다는 말은 무엇입니까?"

"심사 과정은 없다. 다만, 내가 말했던 것은 혹시라도 너희들 중에 불순한 의도를 가지고 온 자가 있는지 확인하는 절차일 뿐이다."

"아~"

낭인무사들은 여 교두의 설명을 들은 후에야 공감한다는 듯이 모두들 고개를 끄덕였다. 어느 문파나 그렇겠지만 내부의 적은 반갑지 않은 손님이었기 때문이다.

"그리고! 문주님께서 너희들의 입문을 정식으로 허락한 후 각자의 능력을 시험할 것이다. 이것은 너희들의 실력에 합당한 직책을 정하기 위한 것으로, 각자 자신의 능력을 최대한 발휘한다면 좋은 결과가 있을 것이다. 이상! 더 이상 질문이 없다면 모두 오십 명씩 줄을 이루어 정렬하도록 하라!"

"이쪽으로 서면 되나?"

"여기 서면 되겠군. 그나저나 우리가 관군도 아닌데 꼭 이렇게 정렬을 해야 하나?"

"그냥 하라면 하게. 무슨 말이 그렇게 많은가?"

"제길! 알았네."

낭인무사들이 여 교두의 명대로 일정한 간격을 두고 정렬을 하는 데 걸린 시간은 일각을 넘어섰다. 정식으로 훈련을 받은 관병들이었다면 수유의 시간도 걸리지 않았겠지만, 워낙 자유분방하게 살아왔기에 다른 사람의 통제에 따라서 움직인다는 것이 쉽지 않았다.

"모두 주목! 지금 문주님께서 오신다. 그러니 일체 움직임을 멈추고 단상만을 주목하도록!"

"……."

"문주님을 뵙습니다."

"문주님을 뵙습니다!"

호열의 모습이 보이자 여 교두는 어수선한 낭인무사들에게 주의를 준 후, 뒤로 돌아서는 단상 위에 올라와 있는 호열을 향해 큰 소리로 예를 올렸다. 그에 단상 옆에 정렬해 있던 철혈당 문인들도 깊숙이 고개를 숙였다.

"다 됐는가?"

"예, 모두 문주님께서 오시기를 기다리고 있었습니다."

"좋아! 그럼 시작해도 되겠군."

호열은 자신을 향해 깊숙이 고개를 숙이고 있는 여 교두와 문인들을 향해 한차례 고개를 끄덕인 후 단상 앞으로 걸어나갔다. 자신을 향한 시선들을 의식했지만, 그런 것은 큰 문제가 아니었다. 자신은 저들의 문주고, 저들은 자신의 명을 충실히 수행할 수하들인 것이 중요할 뿐이었다.

연무장에 정렬해 있던 낭인무사들의 두 눈은 단상 앞으로 모습을 나타낸 호열을 향해 집중되었다.

"이렇게 보니 꽤 많군. 흐음…… 과연 지금 너희들에게 축하를 해야 할지 의문이 들지만, 여하튼 이렇게 입문하게 된 것을 축하한다. 단도직입적으로 말하겠다. 본좌(本座)가 앞으로 너희들이 살아서 숨 쉬는 동안 목숨을 걸어야만 하는 철혈검문의 문주다."

"……"

"흔히 근본을 얘기할 사람들 대부분은 타고난 것만을 말하지만, 본좌는 그것이 옳지 않다고 생각한다. 부유한 사람은 부유한 대로, 가난한 사람은 가난한 대로 살아가기 마련이다. 그러나 인생은 자신의 부족한 부분을 하나씩 쌓아가면서 살아가기 마련이다. 이것은 지금 이 단상에 올라와 있는 본좌도 그렇고 너희들도 마찬가지일 것이다. 그렇기 때문에 본좌는 입문식을 열어 다른 문파들과의 수적인 열세를 만회하려고 한 것이고, 너희들은 본좌와 철혈검문을 통해서 보다 나은 미래를 보장받기 위해 온 것이다. 그렇지 않은가? 그렇지 않은가?"

"그… 그렇습니다."

"맞습니다."

"문주님의 말씀이 맞습니다."

호열이 재차 물어보자 삼천 명이 넘는 낭인무사들은 서로의 얼굴을 힐끔 쳐다보기만 할 따름이었다. 그러나 한 명이 용기를 내서 목청을 높이자 마치 봇물이 터지듯 이곳저곳에서 자신의 목소리를 내는 사람들이 생겼다.

"본좌는 너희들이 지객당에 있던 오 일 동안 무슨 생각을 하고 있었는지 잘 알고 있다. 용병으로 온 것인가? 아니면 정말 문인으로 받아들여진 것인가? 그러나 본좌는 추호도 너희들을 용병으로 고용한 것이 아니며, 앞으로도 그런 생각을 가지지 않을 것이다. 오늘은 이미 만천하에 공표한 것과 같이 너희들이 철혈검문에 입문을 하는 날이다. 본좌는 정식으로 너희들의 입문을 허락한다. 또한 본좌는 지금부터 단상 옆에 서 있는 내전의 문인들과 똑같이 대할 것을 하늘에 천명한다."

'그럼 정말로 우릴 문인으로 받아들이겠다는 말인가?'

"와~"

"문주님, 만세!"

"만… 세……!"

호열의 연설이 아직 끝나지도 않았는데 낭인무사들은 두 손을 번쩍 치켜들며 호열을 향해 열렬한 환호성을 질렀다. 그리 호쾌한 연설은 아니었지만 자신들이 우려했던 것들을 한순간에 날려 버렸다고 생각했기 때문이다.

"그… 대신……!"

"……?"

"……."

"너희들은 앞으로 철혈검문의 이름에 먹칠을 해서는 안 된다. 만약 이를 어길 경우 문중의 법도에 의해 다스릴 것이다. 이 말이 무슨 말이냐 하면! 본좌는 너희들이 철혈검문에 발을 들여놓은 이상 아무리 큰 잘못을 해도 문밖으로 추출하지 않는다는 것이다. 오직! 문중의 법도, 이것에 의해 처단을 할 뿐이다. 그러니 앞으로 너희들은 행동을 하는 데 주의를 할 것이며, 특히 당분간은 여기 있는 여 교두의 가르침에 충실해야 할 것이다. 알겠는가!"

"알겠습니다!"

"명심하도록 하겠습니다."

"좋다. 이제 너희들은 외전을 책임지고 있는 안 전주와 위 부전주가 일정한 선별 과정을 통해 배치시킨 후 통제를 할 것이며, 앞으로 철혈검문의 자랑스러운 문인들로 거듭나기 위한 수련은 여 교두가 맡을 것이다. 이상 마치겠다."

'아~'

'이렇게 쉽게 철혈검문에 입문을 하다니……'

'내 평생 구파일방과 오대세가 등 명문세가에 입문을 하기 위해 노력을 했음에도 쫓겨나기 일수였는데, 이런 일이 생기다니……'

그리 길지도 않고 사나이들의 심금을 울릴 정도의 장대한 연설이 아니었는데, 호열의 연설이 끝나자 눈시울이 붉게 물들기 시작하는 문인들이 쉽게 눈에 띄었다. 중년의 나이를 먹는 동안 강호의 풍진과 함께 살아오면서 온갖 설움을 받던 것들이 생각나서 눈시울에 맑은 이슬이 맺히고, 아무런 것도 모르던 철없는 나이에 무인이 되겠다고 집을 뛰쳐나온 후 고생했던 것이 생각나서 그러는지 모르겠지만 연무장의 분위기는 왠지 숙연해 보이기까지 했다.

"참, 그리고!"

"……?"

"……."

호열은 연설을 끝낸 후 무슨 할 말이 더 남았는지 좌측부터 우측으로 시선을 옮기면서 자신을 바라보고 있는 낭인무사들을 둘러보았다. 이각이 넘을 정도로 꽤 오랜 시간이 소요되었다. 처음엔 호열의 행동에 의문을 가졌지만, 시간이 흐르면서 낭인무사들은 호열이 다시 입을 열기를 조용히 기다렸다.

"정말 좋군. 마음에 들어."

"……?"

"지금부터 본좌의 호명을 들은 당사자는 주저하지 말고 단상 앞으로 나오도록 하라. 왼쪽에서 일곱 번째 줄에서 뒤로 다섯 번째, 왼쪽에서 열다섯 번째 줄에서 뒤로 세 번째, 그리고…… 오른쪽에서 스무 번째 줄에서 뒤로 서른다섯 번째, 오른쪽에서 두 번째 줄에서 뒤로 사십이 번째……!"

모두 여덟 명.

호열의 호명을 들으면서도 문인들은 자신이 지목되었는지조차 알 수 없는지라 서로를 두리번거리기만 할 뿐 한 명도 나오지 않고 있었다. 그러자 이러한 모습을 바라보고 있던 추 전주는 옆에 서 있던 철혈당의 조 당주에게 호열이 지목했던 문인들을 데리고 단상 앞으로 나오라는 명을 내렸다. 그러자 조 당주는 수하들에게 호열이 지목했던 문인들을 설명한 후 데리고 오도록 지시를 내렸다.

수유의 시간도 흐르기 전에 조 당주의 명을 받은 문인들에 의해 호열이 지목했던 여덟 명은 단상 앞으로 이끌려 나왔다.

"……."

"……?"

연무장에 정렬해 있던 문인들은 아무런 말도 할 수가 없었다. 혹시나 문주의 지목을 받은 자들이 패혈맹이나 다른 문파에서 들여보낸 간자(間者)일지도 모른다고 생각한 것이다. 지객당에 기거하던 오 일 동안 철혈검문에서 충분히 감시를 할 수도 있었다는 생각이 들자, 호명을 당하지 않은 모든 문인은 남모르게 가슴을 쓸어 내리면서 앞으로 전개될 상황을 예의 주시했다.

단상 앞으로 이끌려 나온 여덟 명은 무슨 영문인지 모르겠다는 표정이 얼굴 전체에 역력히 나타났다. 여덟 명 역시 대부분의 다른 문인들이 생각하고 있는 것과 같은 생각을 할 수밖에 없었다. 하지만 모두의 얼굴에는 의문스럽다는 표정만이 있을 뿐 두려움에 떠는 얼굴은 아니었다.

"모두들 잘 들어라! 이곳에 나온 여덟 명, 본좌는 이들을 사당(四堂)의 당주와 부당주로 임명하고자 이렇게 앞으로 나오도록 했다."

'응? 사당?'

'당주와 부당주로……?'

'그럼 간자를 가려낸 것이 아니란 말이네.'

문인들은 호열의 말에 자신들도 모르게 단상 앞에 불려 나간 여덟 명을 주목하게 되었다.

'헉! 저, 저 사람들은……?'

'어떻게 저들이 이런 곳에……?'

단상 앞에 서 있는 여덟 얼굴의 얼굴을 쉽게 확인할 수 없었지만, 비록 뒷모습이라 하더라도 자세히 보니 언젠가 본 적이 있는 얼굴들이었다. 그중 몇 명은 확실하게 기억나 여기저기서 놀란 얼굴을 하는 문인들도 있었다.

"그럼 지금부터 본좌가 너희들 중에서 외전의 사당인 패진당(覇震

堂)과 비전당(飛電堂), 그리고 수문당(守門堂)과 지객당(知客堂)의 당주
와 부당주를 직접 선임하겠다. 먼저 자신에 대해서 간략하게 설명을
해보도록 하라."

"흠… 아무래도 소인이 먼저 해야 할 것 같군요. 소인은 강호에서
소상우사(蕭爽羽士)로 불리고 있는 남대린(藍檯遴)이라고 합니다."

"흐음, 소상우사라……."

호열의 시선이 여덟 명 중 가장 나이가 많은 자신을 바라보고 있자
남대린은 어쩔 수 없다는 듯 어깨를 으쓱해 보인 후 단상 앞으로 한 걸
음 나서며 자신에 대한 소개를 간략하게 했다.

왠지 자신의 별호를 소개할 때 머쓱한 표정을 지어 보이는 것 같았
지만 호열은 깊게 생각하지 않고 남대린의 별호를 몇 번 입 안에서 되
뇌었다.

소상우사 남대린.

하남성(河南省) 출신으로 별호에서처럼 대쪽같이 맑은 성정을 가진
것으로 정평이 나 있었다. 평소 사람들과 사귀기를 좋아하고 새의 깃
털처럼 강호를 유람하는 것을 평생의 낙으로 삼고자 하는 무림의 기인
이었다. 비록 무공은 절정에 이르지 못하고 있었으나 대대로 계승되어
내려오는 가전검법(家傳劍法)인 순풍검법(順風劍法)이 일절이라 할 수
있었다.

"소인은 섬전도(閃電刀) 마상진(麻湘溱)이라 합니다."

"소인은 도형곡(韜洞嚳)이라 하며, 강호에선 귀도사인(鬼刀死印)이라
불리고 있습니다."

"헉! 귀, 귀도사인……?"

"녹림삼천의 셋째인 포형도천 악남수와 대등하게 겨루었다는 그 귀

도사인?"

"저, 정말 귀도사인도 입문을 했다는 말인가?"

'녹림삼천? 악남수? 그럼 세 달 전에 반부형과 함께 왔었던……?'

"귀도사인이라, 좋은 별호로군. 그런데 자네를 알고 있는 문인들이 많은 것 같은데, 정말 포형도천 악남수와 대등하게 겨루었는가?"

호열은 귀도사인 도형곡이 자신을 소개하자마자 이곳저곳에서 문인들이 놀라며 말하는 것을 들은 후 사뭇 다른 눈으로 도형곡의 얼굴을 쳐다보았다.

"대등하게 겨룬 것은 아니고, 그저 운이 좋아 간신히 살아남았을 뿐입니다."

"운이라고 해도 살아남았다는 것은 좋은 일이지. 그런데 악남수와 겨룰 정도면 강호에서 어느 정도 입지가 있을 것이고, 지금에 와서 타 문파에 입문을 한다는 것도 쉽지 않았을 텐데? 본좌의 생각으론 굳이 입문을 할 필요가 없었을 것 같은데? 특별히 입문을 하게 된 동기라도 있는가?"

"다른 것은 필요치 않습니다. 다만 철혈검문이 녹림의 파상적인 공격을 격퇴시켰다는 소문을 듣게 되었고, 또한 앞으로 패혈맹과 결전을 벌인다는 소문이 있어 오게 되었습니다. 추후 녹림과 결전을 벌일 때 소인을 대동해 주시길 바랄 뿐입니다."

"녹림과 원한이 있는 것 같구먼. 좋아! 유념하도록 하지. 그러나 앞으로 악남수를 만나게 되거든 살아남기 위해 싸우지 말고 죽이기 위해 싸워야 할 것이다. 본좌가 충분히 싸워서 이길 수 있도록 해주겠다."

"흐음……."

도형곡은 호열의 마지막 말에 순간 두 눈이 붉게 변하며 호열의 눈을 직시했다.

 무엇인가를 확인하고자 하는 것 같았지만, 호열은 도형곡의 시선을 입가의 미소를 지우지 않으며 받아주었다.

 도형곡은 호열의 시선에서 무언가 알 수 없는 미묘한 감정을 느낄 수 있었다. 하지만 정확히 그것이 무엇인지 단정할 수 없었다. 하지만 기분이 그리 나쁘지 않았다. 왠지 모르게 호열이 지어 보이고 있는 미소가 가슴 깊이 파고들 뿐이었다.

 "크흠, 소인은 두전중(杜箋重)이라 합니다. 강소성(江蘇省) 출신으로, 아직 강호에 이름을 올리지 못한 초출이라 소개드릴 별호는 없습니다."

 "알았네. 아마 조만간 좋은 별호를 얻을 수 있게 되겠지. 그리고……."

 "소인은 안휘성(安徽省)에서 온 숭양검객(崇良劍客) 순현보(荀炫媄)라 합니다. 앞으로 잘 부탁드리겠습니다."

 "하하, 숭양이란 별호를 얻을 정도면 강호에 친우들이 많겠구먼."

 "그저 몇 명의 친우와 알고 지낼 뿐입니다."

 "알겠네. 그럼 이번엔 누가 자신을 소개할 것인가?"

 "소인이 하겠습니다. 소인은 장일권(障一拳) 조일영(趙日影)이라 합니다. 친우인 섬전도 마상진을 따라 생각지 못한 입문을 하게 되었는데, 그리 나쁜 것 같지 않습니다. 아직 철혈검문이 어떠한 곳인지 잘 모르겠지만, 천 년이 지나서도 강호에 명성을 날릴 수 있는 명문이 될 수 있었으면 합니다."

 삼 년 전 군웅대회 때 섬전도 마상진과 겨루어 아깝게 패한 조일영은 술자리를 함께 한 후 절친한 친구 사이가 되었다. 또한 그날 이후 서로에 대한 생각을 존중하게 되었으며 삼 년이 지난 지금까지 함께 강호를 유람하면서 동행을 했다. 그러던 중 무슨 생각을 한 것인지 마상진이 철혈검문에 입문하겠다고 하면서 무한으로 오자 따라오게 된 것이며, 무한에 와서도 마상진을 설득하는 데 온갖 노력을 아끼지 않았으나 뜻을 꺾을 수 없게 되자 함께 입문을 하게 된 것이었다. 조일영으로서는 정말로 쉽지 않은 결정이었으나 절친한 친우인 마상진을 놓치고 싶지 않은 마음에 어쩔 수 없이 자신의 뜻을 꺾은 것이다.

"하하. 친우를 따라 강남에 간다는 말은 들어보았어도, 자네처럼 친우를 따라 입문을 했다는 사람은 처음 들어보는구면."

"지금 듣고 계시지 않습니까. 앞으로 잘 부탁드리겠습니다."

"알았네. 앞으로도 친우를 생각하는 마음이 변치 않았으면 좋겠구면."

"소인은 산서성(山西省)에서 온 마충(麻玩)이라 하며, 강호에선 당호검객(撞虎劍客)이라 불리고 있습니다."

"크흠, 광풍섬도(狂風纖刀) 호대령(琥大鈴)이라 합니다."

"광풍섬도 호대령까지 왔다는 말인가?"

"삼 년 전 군웅대회에서 장백검파(長白劍派)의 유운검선(流雲劍仙) 정운영(鄭雲嶺) 대협과 겨루었던?"

"그러게. 이거 정말 놀람의 연속이구면."

'응? 장백검파라면?'

호열은 자신의 귀를 의심할 정도로 깜짝 놀랄 소리에 두 귀가 솔깃했다. 그동안 잊고 있었던 한 사람이 생각난 것이다.

정운영.

그동안 많이 생각했고 그리워했던 이름인데, 생각지도 못한 곳에서 그 이름을 듣게 되자 처음엔 실감이 나지 않았다. 하지만 막상 운영이 강호에 이름을 날리고 있다 생각하자 대견스럽기 그지없었다.

'흐음… 그나저나 장백검파의 유운검선이라… 혹시라도 무림맹이나 패혈맹과 연관이 있다면 곤란할지 모르니 동창을 통해 좀 더 알아봐야겠구나.'

"자네도 강호에서 명성을 날리고 있는 것 같구먼. 자네와 같은 사람이 문중에 입문을 한 것도 본좌에겐 좋은 일이라 할 수 있겠지. 하지만 그것은 어디까지나 강호에서일 뿐이네. 문중에서는 통하지 않는다는 말이지. 아마 그것은 자네가 차차 깨닫게 되겠지. 좋다! 이제 너희들에 대해서 어느 정도 파악이 되었으니 그에 합당한 직위와 책임을 부여하겠다."

"……?"

"……."

"우선 귀도사인 도형곡과 당호검객 마충은 패진당의 당주와 부당주로 임명한다. 또한 방금 소개를 한 광풍섬도 호대령과 섬전도 마상진은 비전당의 당주와 부당주로 임명하고, 장일권 조일영과 강소성에서 왔다는 두전중은 수문당의 당주와 부당주로 임명하겠다. 마지막으로 본 문의 얼굴이라 할 수 있는 지객당엔 소상우사 남대린과 숭양검객 순현보를 당주와 부당주로 임명하겠다. 추후의 일은 내전의 추 전주가 설명을 할 것이다. 이상이다!"

호열은 빠르게 외전의 당주와 부당주를 임명한 후 뒤도 돌아보지 않고 단상을 내려온 후 집무실로 향했다. 더 이상 연무장에 있을 필요가 없기 때문이며, 군이 자신이 없더라도 추 전주가 모든 일을 척척 알아서 할 것이란 믿음이 있었기 때문이다.

추 전주는 빠르게 사라지는 호열의 뒷모습을 바라보며 깊숙이 허리를 숙여 보인 후 천천히 단상 위로 향했다. 호열이 아무런 말 없이 사라졌지만, 추 전주는 자신이 해야 할 일을 잘 알고 있었다.

가을이 지나가고 채 겨울이 되기도 전에 중원의 온 백성은 황제가 친히 나선 안남 원정의 승전보에 들썩거렸다. 출정을 한 지 불과 석 달도 되지 않아서 들려온 쾌보(快報)였기에 가히 낭보(朗報)라 하지 않을 수 없었다.

영락제는 큰 힘을 들이지 않고 안남 원정을 마친 후에 회군을 하면서 안남에 문지포정사사(文趾布政使司)를 두고 앞으로도 계속 자신의 손길이 닿을 수 있도록 조치를 했다. 하지만 본목적은 따로 있었다. 비록 세간엔 알려지지 않았지만 영락제가 원나라의 잔당들이 진을 치고 있는 북벌(北伐)이 아닌 안남의 소국을 정벌하기 위해 친정을 한 것은, 혹시라도 살아서 도망친 건문제의 행방을 직접 알아보기 위함이었다. 그러나 영락제는 아무런 성과도 얻지 못하고 금릉으로 돌아가야만 했다. 그 어디에도 조카인 건문제의 행방을 찾을 수 없었기 때문이다.

험한 산악 지역을 넘어온 삼십만이 넘는 대군과 해상을 통해 진격해 들어온 삼보태감(三保太監) 정화의 서양취보전(西洋取寶殿).

육지와 해상에서 동시에 쳐들어온 영락제의 군대를 막을 수 없었던 안남의 백성들로서는 어쩔 수 없는 항복이었지만 자신들의 영토에 침략군의 관청을 둔다는 것은 그리 기분 좋은 일은 아니었다. 하지만 어쩔 수 없었다. 힘이 없어 당하는 것이었기에 두 눈에서 피보다 더 진한 혈루(血淚)가 쏟아져 내렸지만 참아야만 했던 것이다. 참아야만 살아남을 수 있고, 살아남아야만 후일을 도모할 수 있었기에.

안남의 뜻있는 열혈남아(熱血男兒)들은 안남의 미래를 도모하기 위해 깊은 숲 속에 몸을 숨긴 후 자신들의 지도자를 찾아 모여들기 시작했다. 당장은 수모를 당하겠지만, 그것이 십 년이 흐른 후거나 백 년이 흐른 후에도 같아서는 안 된다는 생각에서였다. 비록 시작은 초라하게 출발했지만, 안남은 그렇게 서서히 변화하고 있었다.

안남의 깊은 곳에서 일어나는 변화.

하지만 이 변화는 장차 중원무림의 큰 화근으로 자리 잡게 된다. 서서히…….

*   *   *

늘씬한 소나무가 울창한 숲을 이루고 있는 사이사이마다 봄 햇살이 따스하게 미소 짓는 소림사의 일주문(一柱門).

한겨울에도 푸른 잎 드리웠던 소나무에선 마치 천 년 세월을 버텨온 강건함이 느껴질 듯하고, 솔향 자욱한 청정한 기운에선 소림사를 찾는 사람들의 온몸을 감겨들게 만드는 향내가 진동을 하고 있었다. 마치 한 걸음이라도 발걸음을 옮기면 사바(娑婆) 세계에서 찌든 심신(心身)을 깨끗이 씻겨내고 평온함을 안겨줄 것만 같은 편안함이 느껴지고 있었다.

솔밭 아래 앙증맞게 피어난 보랏빛 제비꽃을 보며 걷다 보면 신록으로 물들기 시작한 낙엽송 사이로 전우(殿宇)들이 보이는데, 나지막한 돌담에 그늘 드리운 아름드리 벚나무에선 얼마 안 남은 연분홍 이파리가 봄바람에 휘날리고 있었다.

코끝을 찡하게 파고드는 향내.

소림사를 비롯해서 부처님을 모시는 모든 사찰에서는 의식을 행할 때 반드시 향불을 피워서는 불상 앞에 탁자를 놓고 그 위에 반드시 향로를 놓는다.

향에는 일반적으로 향목(香木)과 연향(練香)의 두 가지로 나눈다. 향목이란 나무를 잘게 깎아서 쓰는 것이고, 연향은 향목을 가루로 만들어 사향이나 용연향 따위를 섞어 꿀 같은 것으로 반죽하여 여러 가지 형태로 만든 것이다.

향내는 부정(不淨)을 제거하고 정신을 맑게 함으로써 신명(神明)과 통한다 하여 예로부터 사찰을 비롯해 모든 제사 의식에 사용을 하는데, 바로 이것을 분향(焚香)이라고 한다. 또한 심신 수양의 한 방법으로 거처하던 방 안에 향불을 피우기도 하여 분향묵좌(焚香默坐)라는 말이 생겨나기도 했다.

소림사의 전경이 한눈에 들어올 정도로 숭산의 한 자락 높은 봉우리 중턱에 자리 잡고 있는 참선동(參禪洞), 그 앞에는 얼마 떨어지지 않아서 선대 고승들의 유골과 유품을 모아놓은 조사전(祖師殿)이 자리하고 있었다.

조사전 앞에 조용히 무릎을 꿇고 있는 회색 승복의 괴인.

허리까지 내려온 머리가 백발이란 것으로 노승이라 짐작만이 가능할 뿐, 뒷모습에서 뿜어져 나오는 기운만으로도 쉽게 접근할 수 없는 위엄이 서려 있었다.

그러나 무슨 이유 때문인지 차마 조사전으로 발걸음을 옮길 수 없었는지 일주일이 지나도록 앉은자리에서 움직일 줄 모르고 있었다.

"휴… 아미타불……."

'무슨 이유 때문인지 몰라도 상황이 이상한 방향으로 흘러가고 있구

나. 도대체 내가 중원에 없던 일 년 반 동안 무슨 일이라도 생겼다는 말인가? 그렇지 않고서야 어찌 금릉에서 보았던 마기가 깨끗하게 사라졌다는 말인가?

무림의 살아 있는 전설.

삼성이마(三聖二魔)의 일인으로 강호의 모든 무인의 숭상을 한 몸에 받던 성불(聖佛) 혜정 대사(慧精大師)였다. 삼 년 전 호열과의 혈전에서 평생의 지기였던 삼풍진인(三豊眞人) 장삼봉(張三峰)을 잃은 후 슬픔과 고뇌로 인해 번뇌로 가득한 삶을 살았었다. 그러나 삼풍진인의 마지막 유지가 가슴속 한곳에 자리하고 있었기에, 세외를 전전하면서 자신을 믿고 도울 수 있는 동지들을 찾기 위해 부단한 노력을 아끼지 않았었다.

혜정 대사는 생각했었다. 과연 자신과 함께 악마의 화신과 같은 호열을 상대할 수 있는 고수는 누가 있을까? 그러나 깊게 생각해 보지 않아도 답은 나와 있는 것이나 진배없었다. 자신과 비슷하거나 더욱 뛰어난 무공을 지니지 않고는 도저히 감당하지 못한다는 것을 잘 알고 있었기 때문이다. 따라서 삼성이마 중 적어도 세 명은 있어야 한다는 결론이 나왔다.

그러나 삼풍진인은 이미 우화등선한 것을 자신의 두 눈으로 목격했고, 현원세가의 천승검(天乘劍) 현원덕호(玄遠德虎)도 오래전에 스스로 자진을 한 상황이었기에 남은 사람은 자신을 포함해서 세 명이 전부였다. 무림인들은 아직 모르고 있겠지만, 예전의 삼성이마는 이제 일성이마(一聖二魔)로 바뀐 상태였던 것이다. 비록 삼성이마라는 별호조차 아직까지 기억하고 있는 사람들이 있을지 모르겠지만…….

혜정 대사는 삼풍진인이 우화등선을 한 후 일 년 동안 소림사의 참회동에서 거동을 하지 않고 번뇌에 쌓여 있던 심신을 다스리는 데 온 정신을 쏟았다. 어느 정도 안정을 되찾은 일 년 후 혜정 대사가 가장 먼저 찾아간 곳은 강서성 남창에 있는 패왕성이었다. 이마 중 한 사람인 혈마(血魔) 독고신검(獨孤神劍)을 만나기 위함이었다.

그러나 패왕성은 몰라보게 달라져 있었다. 흑도무림의 연합 세력으로 거듭나 있었던 것이다. 바로 패왕혈맹(覇王血盟), 패혈맹이란 이름으로.

하지만 패왕성이 패혈맹으로 바뀐 것은 혜정 대사에게 큰 문제가 되지 않았다. 단지 만나야 할 사람만 찾으면 되었기 때문이다. 그러나 반 년을 허비하고서도 어디에 있는지 찾을 수가 없었다. 하다못해 패왕성의 뒷간까지 뒤졌건만, 분명히 살아 있다고 확신할 수 있는 혈마 독고신검의 행방은 오리무중이었던 것이다.

그에 혜정 대사는 어쩔 수 없이 청해성에 있다는 마교를 찾아갈 수밖에 없었다. 일 년 반 전의 일이었다. 마교의 교주(敎主) 천마황(天魔皇) 혁무량(赫武亮)을 찾아가기 위함이었다. 비록 오래전 있었던 껄끄러운 감정 때문에 결정을 내리기가 힘들었지만 그래도 자신이 도움의 손길을 뻗을 사람은 혁무량밖에 없다는 생각에 연신 불호를 외우며 힘든 발걸음을 재촉했었다.

장장 일 년이 넘는 시간 동안 청해성의 전역을 비롯해서 중원을 벗어난 서장까지 혜정 대사의 발길이 닫지 않은 곳이 없었다. 그것이 결실을 맺는 것일까? 아니면 세상을 구원하고자 하는 혜정 대사의 불심이 하늘에 닿아 부처님을 감복시켜서 혜정 대사에게 길을 안내하는 보살핌이 있었을까?

혜정 대사는 삼 개월 전 모든 것을 포기하고 마지막으로 감숙성(甘肅

省) 서쪽의 돈황(敦煌)에 있는 천불동(千佛洞)을 찾아갔었다. 장장 이 년 반 동안 아무런 소득도 없이 시간만 허비했다는 생각에 고뇌를 하며 부처님의 보살핌을 부탁해 보고자 예불(禮佛)을 드리러 간 것이었다. 하지만 혜정 대사는 천불동의 한 동굴에서 낯이 익은 중년인이 성심을 다해 예불을 드리는 것을 볼 수가 있었다.

세월의 흐름이 빗겨간 듯 예전의 모습 그대로의 혁무량.

혜정 대사는 모든 만물의 본질을 꿰뚫고 있는 것처럼 잔잔한 눈빛으로 자신을 바라보고 있는 혁무량을 대하면서 자신도 모르게 불호를 외울 수밖에 없었다. 너무나도 맑고 투명한 눈빛에 그동안 자신을 괴롭혔던 모든 고뇌와 번뇌에서 해탈되는 것을 느낄 수 있었던 것이다.

혜정 대사는 혁무량에게 호열에 관한 얘기를 일각도 되지 않는 시간 동안 간략하게 해주었다. 악마적인 무공과 자신을 철저히 숨기는 심성 등 당시 자신이 느꼈던 그대로를 전한 것이다.

다만 그것뿐, 혜정 대사는 혁무량에게 도움의 손길을 부탁하지 않았다. 왜 그랬는지 모르겠지만, 이미 해탈을 경험한 듯 보이는 혁무량의 눈빛에 더 이상 다른 말은 필요치 않다고 생각한 것이다.

그렇게……

혜정 대사는 혁무량과의 짧은 만남을 뒤로하고 다시 조사전 앞에 그 모습을 드러낸 것이었다.

'상황은 내가 생각했던 것보다 더 복잡하게 돌아가고 있는 것 같구나. 너무나도 많은 것이 변했어. 나 혼자만의 힘으로 어찌해 볼 수 없을 정도로… 혁무량도 그렇고, 나도 그렇고…….'

"아… 미… 타불……."

이미 굳어져 움직일 수 없을 것 같은 두 무릎을 힘겹게 편 후 혜정 대사는 천천히 불호를 외우며 조사전 앞에 크게 허리를 숙여 보였다.

한 번, 두 번… 세 번…….

장장 한 시진 동안 이루어진 배례(拜禮), 도대체 몇 번을 했는지 셀 수도 없었다. 다만 한 시진의 배례가 끝난 후 혜정 대사가 조사전을 벗어나 이 년 반 전과 같이 다시 참회동으로 들어갔다는 것만이 침묵으로 일관하고 있는 나무와 풀잎들이 보았을 뿐이다.

제 7 장

정보……! 제가 원하는 것은 정보뿐입니다

◆ 제7장 정보……! 제가 원하는 것은 정보력입니다

아무리 바람이 불어도 선선하기만 한 봄.

피부에 부딪치는 따스한 봄 햇살이 모든 시름과 고통을 한순간에 사라지게 만들기에 충분했다.

하늘의 조화는 무궁무진(無窮無盡)하여 감히 인간의 몸으로는 헤아리기가 어렵다. 군자는 운수가 역으로 와도 순리를 받아들이고 편안한 때도 위태로울 때를 생각하므로 하늘이 그 사람의 운수를 징치(懲治)하지 않는 것이다. 그렇기 때문에 우리들은 아무리 역경에 처한다 하더라도 그것을 순리적으로 풀어가는 지혜가 필요하고 또한 요구되는 것이다.

혈미서생 송심진.

패혈맹에 있어야 할 송심진은 두 달 전부터 추환쌍검과 맹주의 직속 근위단(近衛團) 중 하나인 혈리호천단(血影護天團)의 삼백 명을 대동하며 위험한 나들이를 하고 있었다. 목적지는 바로 산서성 태원에 있는 현원세가였다.

무림맹의 영역을 소리 소문 없이 지나가야 했기에 많은 병력을 대동할 수 없는 것이 문제였지만, 반 장로 형제와 맹 내에서 혁혁한 무위를 인정받고 있는 흑마검군(黑魔劍君) 독고린(獨孤璘)이 함께 있어 든든함을 느끼고 있는 송심진이었다.

흑마검군 독고린은 천오백 명에 이르는 혈리호천단의 단주(團主)였다. 그러나 그것은 그리 중요한 사실이라 할 수 없었다. 바로 패혈맹의 맹주인 검마왕 독고후의 차남이었기 때문이다.

현재 패혈맹을 실질적으로 움직이고 있는 두뇌인 송심진과 맹주의 차남인 독고린.

아무리 위급한 상황이라고 해도 위험을 무릅쓰고 적진을 돌파해야만 하는 일은 발생하지 않을 것 같은데, 송심진과 독고린은 모두의 예상을 깨고 태연하게 산서성의 경치를 만끽하면서 태원에 도착해 있었다.

"독고 단주, 저기 보이는 곳이 바로 한때 천하제일검가라 불렸던 현원세가입니다. 이렇게 직접 태원에 오셔서 보시니까 어떻습니까?"

"글쎄요. 저는 아직도 송 군사와 아버님의 결정을 마땅치 않게 생각하고 있습니다. 아버님의 명에 어쩔 수 없이 동행을 하게 되었지만, 그것은 어디까지나 명에 의한 것일 뿐 자의에 의해서 따라온 것은 아닙니다."

"……."

"요즘 들어 저는 형님의 생각에 동의를 하고 있습니다. 예전에는 형님의 방식이 피를 많이 흘린다고 생각해서 좋지 않게 생각했는데 어쩌면 그런 방법도 유용하다는 것을 알게 되었습니다. 우리들 스스로의 힘만으로도 충분하다고 생각하는데, 원나라의 간세까지 끌어들인다는 것은……."

독고린은 송심진의 물음에 대답하기도 귀찮다는 표정을 지어 보이며 인상을 찡그렸다. 하지만 송 군사의 물음에 대답하지 않을 수 없기에 평소대로 솔직한 심정을 털어놓았다. 한때는 어렸을 적 자신의 글선생이기도 했기에 쉽게 대할 수 없었던 것이다.

"허허, 독고 단주의 성격이야 늙은이도 이미 잘 알고 있지요. 하지만 장차 무림을 영도하기 위해선 크게 볼 줄도 아서야 합니다. 아무리 현 원세가가 원나라의 간세였다고 하지만, 그렇다고 그들을 멀리할 필요는 없는 일입니다."

"흐음… 하지만 우린 이미 천명회(天明會)와 동맹을 맺지 않았습니까. 천명회의 회주가 누구인지 송 군사께서 누구보다 잘 아시지 않습니까."

"잘 알고말고요. 어찌 제가 모르겠습니까."

"그런데 어찌……."

"허허, 무슨 일을 하던지 언제나 뚜렷한 주관이 있어야 합니다. 물에 술 탄 듯 술에 물 탄 듯 흐리멍텅한 생활을 할 것이 아니라, 개사에 있어서 옳고 그름의 선을 정확히 그을 수 있는 나름대로의 주관과 신념이 필요합니다. 그것은 제가 직접 가르쳤으니 독고 단주도 잘 아시리라 생각합니다. 그러나!"

"……?"

"아무리 주관과 신념이 명확하다 해도 그것이 다른 이들을 이롭게 하지 못한다면 흐리멍텅한 것보다 못한 것입니다. 지금의 단주가 그렇습니다. 자신의 신념을 고집하고 지키는 것도 중요하겠지만, 보다 먼저 맹을 생각하고 부친을 생각하셔야 하는 것입니다. 한 손이 열 손을 막을 수 없듯이, 아무리 우리들의 힘이 크다고 해도 수많은 적을 혼자 상대할 수는 없는 일입니다."

"……."

"비록 우리가 천명회와 동맹을 맺었지만, 천명회는 무림에 뜻을 두고 있는 곳이 아닙니다. 다만 무림에서 활동을 함에 있어 공생을 하자는 취지에서 손을 잡았을 뿐입니다. 더구나 무림맹이 이미 황제에게 고개를 숙였다는 것을 잘 알고 있는 천명회주가 손을 벌릴 곳은 우리 패혈맹뿐이었지요. 그러니 그들은 우리가 무림에서 어떠한 위기 상황이 닥친다고 해도 진심으로 전력을 다해 우리들을 도와주지는 않을 것입니다. 그들이 원하는 것은 오직 잃어버린 황제의 제위와 황궁 수복일 테니까요. 따라서 우리가 손을 벌릴 수 있는 곳은 세외의 몇몇 문파와 현원세가뿐입니다. 비록 현원세가가 원나라의 잔당들과 손이 닿아 있다고 해도 그것은 충분히 극복할 수 있습니다. 하지만 마교와 무서운 결집력을 보이고 있는 무림맹을 상대할 수는 없다는 것을 유념하시기 바랍니다."

"흐음… 송 군사의 말에도 일리가 있다는 것은 인정합니다. 또한 제가 크게 보지 못했다는 것도 인정합니다. 단지 저는 이 모든 것이 조부께서 힘들게 이룩하셨던 대명(大名)에 먹칠을 하는 것이 아닌가 하는 우려가 앞섰던 때문입니다."

독고린은 송 군사를 향해 깊숙이 허리를 숙여서 스승에 대한 예를 보였다. 오랜만에 올리는 예였지만, 그리 나쁜 느낌을 받지는 않았다. 오히려 언제나 자신을 위해 충언을 아끼지 않는 송 군사의 마음이 좋게 받아들여질 뿐이었다.

"허허, 그것은 잘 알고 있습니다. 어찌 제가 그것을 모르겠습니까. 자, 이제 연통이 당도했을 것이니 출발하시지요."

송 군사는 말들이 묶여 있는 곳으로 걸음을 옮기더니, 육십이 넘은 노구의 나이에도 불구하고 훌쩍 뛰어서는 말안장에 몸을 실었다.

"어서 오십시오. 그렇지 않아도 오신다는 연통을 받고서는 무척 놀랐습니다. 자, 이쪽으로……."

송 군사와 독고린이 수하들을 이끌고 정문에 채 이르기도 전에 군게 닫혀 있던 현원세가의 정문이 활짝 열리며 일단의 무사들이 모습을 드러냈다. 젊고 패기가 넘치는 모습이 석년(昔年)의 현원세가를 보는 듯한 착각이 들 정도로 기상의 날개를 활짝 펴는 듯한 허상이 보일 정도였다.

예사롭게 보이지 않는 중년인, 그러나 송 군사와 독고린은 중년인이 누구인지 굳이 물어보지 않았다. 그저 힐끔 쳐다본 후 현원세가의 젊은 인재들을 향해 시선을 줄 뿐이었다.

송 군사와 독고린은 현원세가에서 나온 안내인을 정문 안쪽으로 말을 타고 천천히 뒤따랐다. 천하제일검문의 명성을 생각한다면 방문자의 예의로 마땅히 말에서 내린 후 따라가는 것이 옳은 일이지만, 아직 서로를 믿을 수 없는 상황이기에 송 군사는 수하들에게 말에서 내리지 말 것을 지시한 것이다.

안내를 맡은 중년인도 송 군사의 생각을 읽었는지 아무런 제지도 하지 않고 묵묵히 앞장서서 안내를 할 뿐이었다.

"부총관(副總管)입니다. 패혈맹에서 오신 손님을 모시고 왔습니다."

"알았네. 모시고 들어오게."

"예. 저를 따라 안으로 드시지요."

"그럽시다. 그럼 단주와 장로들께서도 함께 드시지요."

"그렇게 하지요. 흐음."

추환쌍검은 송 군사의 말에 흔쾌히 승낙을 하며 전각 안으로 주저하는 모습 없이 걸음을 옮겼다. 그러나 독고린은 바로 따라서 들어가지 않고 수하들에게 무엇인가를 전음으로 지시를 한 후 아직 들어가지 않고 기다리고 있던 부총관의 안내를 받으며 안으로 들어갔다.

"죄송합니다. 오신다는 연통을 받아 가주님께 보고를 해야 되고, 밖에서 기다리게 할 수도 없겠기에 부득이하게 부총관을 보냈습니다. 저는 현원세가의 총관으로 있는 곽성율(郭星燏)이라 합니다."

"허허, 어찌 총관의 배려를 모르겠습니까. 그나저나 이렇게 대명이 쟁쟁한 추월검(追月劍) 곽 대협을 만나뵙게 되어 영광입니다. 저는 패혈맹의 군사로 있는 송심진이라 합니다. 그리고 이쪽은 저의 안전을 위해 동행한 혈리호천단의 단주고……."

송 군사와 총관인 곽성율이 먼저 간단하게 인사를 한 후 송 군사가 독고린과 추환쌍검을 소개하고자 했다. 하지만 독고린은 송 군사에게 자신의 성을 알리지 말라는 전음을 날렸다. 이에 송 군사는 독고린의 성명을 말하지 않는 대신 패혈맹의 감추어진 신비 세력 중 한 곳인 혈리호천단의 단주라 소개를 했다.

곽성율은 송 군사의 짤막한 소개에 순간적으로 눈빛이 변했다가 본래의 모습으로 돌아왔다. 대충 독고린의 신분을 짐작할 수 있었던 것이다. 하지만 짐작은 짐작으로 그칠 뿐 그것을 밖으로 표출하는 어리석음을 저지르지는 않았다.

"오~ 혈리호천단이라면 익히 들어 알고 있습니다. 하지만 이렇게 젊으신 분이 단주로 계실 줄은 몰랐습니다."

"……."

독고린은 곽성율의 눈빛이 순간적으로 빛을 발했다가 사라지는 것을 놓치지 않고 볼 수 있었다. 그러나 아무런 표정 변화도 보이지 않고 곽성율의 환대에 묵묵히 두 손을 살짝 들어 포권하면서 답례했을 뿐이었다.

"흐흠, 그리고 이쪽에 계신 두 분은……."

"하하하, 어찌 대명이 쟁쟁한 추환쌍검 두 분을 모르겠습니까. 이렇게 뵙게 되어 영광입니다."

"무슨 말씀을, 저희도 익히 곽 대협의 명성을 듣고 있었는데, 이렇게 보게 되니 정말 반갑기 그지없습니다."

"하하, 자! 이리로 앉으시지요."

"예, 그럼……."

곽성율, 곽 총관은 송 군사와 함께 동행한 일행에게 한 자리씩 권하며 자리에 앉도록 했다.

"송 군사께선 평소 어떤 차를 즐겨 드십니까? 아이들에게 일러 금방 올리도록 하겠습니다."

"허허, 감사합니다. 그럼 따뜻한 녹다를 한잔 부탁드리겠습니다."

"하하, 별말씀을. 그럼 다른 분들께서는?"

"그럼 저는 카베 한잔 부탁드리겠습니다."

곽 총관의 시선을 받은 반부형은 일전에 철혈검문에서 마셔보았던 카베가 생각났다. 그에 다시 한 번 마셔볼까 하는 생각에 자신을 향해 시선을 던지는 곽 총관에게 부탁을 했다.

"카베요? 카베라… 이거 참, 죄송합니다. 카베라는 차가 있다는 소문은 들어보았으나 사실 저도 지금까지 입에 대보지 못했습니다. 황제도 먹기 힘들 정도로 구하기가 쉽지 않고 워낙 비싼 것이기에……."

"이런, 그럼 저도 녹다로 하겠습니다."

'천하제일검가라는 현원세가의 총관도 아직 입에 대보지도 못했다니, 정말 철혈검문의 재력은 상상을 초월할 정도로구나…….'

반부형은 다시 한 번 철혈검문의 놀라운 재력에 놀랄 수밖에 없었다.

"저희들도 같은 것으로 하겠습니다."

"하하, 죄송합니다. 워낙 살림이 변변치 않아서 여러분이 원하시는 것을 모두 드리지 못하는군요. 그럼 잠시만 기다리시지요. 금방 올리도록 하겠습니다."

반부형과 독고린에게 손님을 맞은 주인으로서 정중하게 예의를 차린 곽 총관은 문밖에 대기하고 있던 하인에게 전음으로 상황을 일러주었다. 그러자 마치 기다리고 있었다는 듯이 수유의 시간이 흐르기도 전에 따끈한 김이 모락모락 나는 녹다가 하인들의 손에 들려져 왔다.

녹다가 들어온 후 서로 간의 간단한 안부 인사가 이어졌다. 대부분 통상적으로 오고 가는 인사로, 날씨라던가 상대방의 화술에 대한 극찬이 전부였다. 거의 이야기의 중심은 곽 총관과 송 군사였으며, 추환쌍검과 독고린은 옆에서 두 사람의 대화를 들으며 찻잔을 쥐었다가 놓는 일을 되풀이하고 있었다.

"흐음… 그런데 송 군사께서는 어쩐 일로 남창에서 태원까지 먼 길을 힘들게 오셨습니까? 무림맹의 눈을 피하기가 힘들었을 텐데요."

"허허, 무림맹의 눈치를 살피며 살다간 언제 강북의 좋은 경치를 구경할 수 있겠습니까. 머리도 식힐 겸 해서 강북을 둘러보다가 태원에 친우라도 사귀면 좋겠다는 생각이 들어 이렇게 찾아오게 되었습니다."

"하하, 친우를 사귀시러 이렇게 먼 길을 오셨습니까? 굳이 이곳까지 오시지 않아도 친우를 사귀고자 하신다면 주변에 널려 있을 텐데요."

"주변에 아무리 많은 사람들이 있다고 해도, 그것이 어디 태원만 하겠습니까?"

"하하하. 태원 사람들이 다른 곳과는 달리 인심이 후하고 예의가 바르기는 하지만, 그것도 상대가 진심으로 대할 때에만 성의를 다한답니다."

"성의를 다하고자 이미 마음먹고 이렇게 왔으니, 오늘은 필히 친우를 사귀고 돌아가겠군요. 허허허."

"흐음… 송 군사의 의중은 잘 알았습니다. 그 일은 제 소관이 아니니 우선은 잠시만 이곳에 계시기 바랍니다. 제가 가주님께 보고를 올린 후 결과를 말씀드리겠습니다."

"허허, 그렇게 하시지요. 그럼 우린 곽 총관이 좋은 소식을 들고 올 때까지 이곳에서 기다리고 있겠습니다."

"예, 그럼……."

*   *   *

사람은 제각기 역량이라는 것이 있다. 정신이 건전한 사람은 자기에게 어떤 결점이나 부족한 점이 있다고 해도 다른 능력을 발휘하여 그것을 충분히 덮을 만한 것을 찾는다. 즉 단점을 장점으로 전환시키는 있는 것이 인생의 묘미라 할 수 있을 것이다.

맹자(盲者)는 보지 못하는 대신 귀로 사물의 소리를 판단하는 청각이 발달되어 있다. 또한 왼손이 오른손에 비하여 자유롭지 못한 것은, 왼손도 자주 사용하면 오른손과 같이 자유롭게 쓸 수가 있는데 오른손만 쓰고 왼손은 사용하지 않았기 때문이다.

호열은 자신의 부족한 점을 잘 알고 있었다. 예전에 비해 현저히 떨어진 실력이 그것을 증명하고 있었기 때문이다. 자신의 최고 무공이라 할 수 있는 어의공령검(唹意空靈劍)의 어의파(唹意破)와 어의멸(唹意滅). 처음엔 삼 년이면 완전한 회복이 가능하다고 생각했지만, 시간이 흐르면서 그것이 불가능하다는 것을 깨닫게 되었다. 그만큼 호열로서는 자신이 가지고 있는 가장 큰 것을 잃어버렸다고 해도 과언이 아니었다. 하지만 호열은 좌절하거나 낙담하면서 시간을 허비할 수가 없었다. 자신의 좌절은 곧 내자가 된 소호 공주의 목숨과 직결된다는 것을 너무나도 잘 알고 있었기 때문이다.

호열은 네 달 전 소호 공주와 기다리고 기다리던 혼례를 올리면서 한 가지 꿈이 생겼다. 비록 단순하고 조촐하다 할 수 있는 것이지만, 호열에게는 그것이 무엇보다 어려운 난제라 할 수 있었다. 바로 아무런 걱정 없이 소호 공주와 평생토록 함께 살면서 노년을 같이 맞이하는 것이었다. 그렇기에 호열은 현실을 직시할 필요가 있었고, 난관을 딛고 일어설 필요가 있었다.

호열은 오른손만을 사용하던 것을 왼손으로도 완벽하게 시전할 수 있도록 온 정성을 다하며 수련에 열중을 했다. 사십 년 동안 잘 사용하지 않았던 왼손, 비록 오른손에 비해 현저하게 떨어지기는 하지만 석

달이란 길지 않은 시간이 흐르면서 예전에 비해 월등히 좋아진 감각을 느낄 수 있었다.

호열은 자신의 성과를 직시한 후 철혈당의 문인들을 비롯해서 조 검주와 조향 및 규화 등에게도 자신과 똑같은 수련을 하도록 지시를 내렸다. 당장 큰 진보를 얻을 수 없을지 모르지만, 왼손을 자유자재로 사용할 수 있게 되면서 몸에 균형이 잡혀간다는 것을 온몸으로 느낄 수 있었기 때문이다.

"하앗! 하아아아… 앗……!"

파핫! 파파파핫……!

아무것도 없는 허공을 가르고 있는데도 마치 철혈검이 움직일 때마다 공기가 찢어지는 듯한 소음이 후원을 가득 메우고 있었다.

"휴~ 역시 힘들군."

"상공, 오늘도 왼손으로 수련을 하세요?"

"응? 하하, 당신도 나와 있었구려."

"아까부터 보고 있었어요."

"그리 보기 좋은 것도 없었는데, 심심하지 않았소? 왔으면 기척이라도 낼 것이지 왜 조용히 있었오?"

호열은 철혈검을 검집에 집어넣으면서 소호 공주가 건네준 냉수를 한 번에 들이마셨다.

"캬~ 역시 당신이 건네준 냉수 맛은 일품이구려."

"호호, 언제나 똑같은 말이네요. 이젠 다른 말도 좀 해볼 수 없나요?"

"하하, 그리고 싶은데 다른 말은 도통 생각이 나질 않으니 원."

"호호, 알았어요. 그런데 제가 몇 번이나 큰 소리로 불렀는데 못 들으셨나요? 꽤 컸었는데?"

"아니, 나는 전혀 못 들었는데……?"

"그래요? 당신 귀머거리는 아니겠지요? 아니면 일부러 못 들은 척했던가?"

"하하, 내가 그럴 리가 있겠소. 그런데 무슨 일로 날 불렀소?"

"예, 다른 일 때문이 아니라 추 전주가 당신께 보고드릴 것이 있다고 하면서 수련이 끝나는 즉시 알려달라고 해서요. 그래서 당신이 수련을 마치면 알려 드릴까 했는데, 추 전주의 표정이 좋지 않은 것 같아서 중간에 불렀던 거예요. 아마도 지금 당장 가보시는 것이 좋을 것 같아서요."

"응? 그럼 가봐야겠군. 알았소. 그럼 나는 집무실로 갈 것이니 당신은 조 검주와 함께 조향과 규화가 수련하고 있는 곳으로 가구려. 내 일이 끝나는 즉시 가리다."

"알겠어요. 그럼 수고하세요."

쪽!

"응……?"

소호 공주는 누가 볼세라 호열의 볼에 가볍게 입맞춤을 한 후 홍시보다 더 붉게 변한 얼굴을 감추며 정자가 있는 곳으로 빠르게 뛰어갔다. 호열의 열정적인 사랑에 보답한다고 용기를 내서 한 행동이었지만 대낮에 입맞춤을 한다는 것은 아직 익숙하지 않은 관계로 부끄러웠던 것이다.

호열은 생각지 못한 기습적인 입맞춤에 얼떨떨한 표정을 짓다가, 소호 공주가 멀리 사라지자 제정신이 들어왔는지 자신의 볼에 손을 가져가 댔다. 소호 공주의 부드러운 입술의 온기가 아직까지 남아 있는 것 같았다.

"하하, 오늘은 왠지 좋은 일이 생길 것 같구나."

호열은 크게 웃어 보인 후 천천히 집무실이 있는 곳으로 걸음을 옮겼다. 한결 가볍게 느껴지는 발걸음이었다.

"어서 오십시오."

"양 군사도 왔구먼."

"예."

"수련은 잘되셨습니까?"

"잘되긴, 매일 그 자리지. 그런데 무슨 일이라도 있었는가?"

"예, 만금산장에서 황 장주가 찾아왔습니다."

"황 장주가? 무슨 일로?"

호열은 추 전주의 보고를 들으면서 생각지도 않았던 황 장주가 찾아왔다는 말에 의외라는 표정을 지었다.

"소인이 먼저 얘기를 해본 결과, 황 장주는 이번에 무림맹과 동맹 관계를 맺은 것 같습니다."

"그래? 아무래도 우리보다는 무림맹이 더 든든해 보였겠지. 그런데?"

"예, 다름이 아니라 이번에 만금산장이 무림맹과 동맹을 맺으면서 우리와 만금산장과의 관계를 무림맹이 알게 된 것 같습니다. 비록 황 장주와 친하다고 할 수 없지만, 아무래도 무림맹이 황 장주를 통해 우리와 접촉을 시도하고자 하는 것 같습니다."

"접촉이라면?"

"아무래도 동맹이 아닐는지… 이미 저희가 패혈맹과 등을 돌린 상태고 하니 이참에 자신들 쪽으로 끌어들이고자 하는 것 같습니다."

무림맹은 남쪽의 패혈맹과 북쪽의 현원세가에 둘러싸여 있는 불리한 형국에 처해 있었다. 하지만 시간이 흐르면서 높아져만 가는 젊은 무인들의 사기는 하늘 높은 줄 모르고 치솟고 있었다. 그도 그러한 것이 한 번도 제대로 된 단합을 이루지 못했던 구파일방과 오대세가들, 그리고 중원의 수많은 문파가 혈맹을 맺으면서 유례를 찾아볼 수 없을 정도로 단단하게 뭉쳤기 때문이다. 비록 그것이 마교와 패혈맹을 상대하기 위함이었지만, 무림맹은 서로 간에 이해득실을 크게 따지지 않고 서로 양보를 하면서 단합을 이룩하게 된 것에 흡족해하고 있었다.

하지만 단 백 명의 문인만으로 사천 명이 넘는 패혈맹의 무인들을 격퇴시킨 철혈검문의 저력을 무시할 수 없었다. 더구나 현재는 문인들의 수가 사천에 육박할 정도로 거대한 문파가 되었기에 적으로 삼기보다는 친구로 남아 있었으면 하는 바람이 무림맹 수뇌부들의 공통된 생각이었다. 하나의 적도 상대하게 벅찬 판에, 세 곳도 아닌 네 곳의 적을 만들 수는 없었기 때문이다.

"동맹이라…… 참, 양 군사는 그동안 추 전주와 문위당의 개연소 당주와 책사들을 통해 상황을 파악했는가?"

호열은 일전에 양부가 오면 새롭게 창설된 문위당의 당주로 임명하려고 했다. 그러나 기존에 철혈검문을 위해 많은 일을 해주었던 개연소의 공로를 크게 생각해서, 개연소를 문위당의 당주로 임명하고 새로 온 양부를 군사로 임명한 것이다. 비록 양부가 문위당의 총책임자로 소임을 다하는 것은 마찬가지였지만, 호열은 그동안 함께한 책사들을 배려하는 것이 더 좋겠다고 판단한 것이었다.

"예, 소인이 이곳에 온 지 며칠밖에 지나지 않은 관계로 완전하게 파악하지는 못했지만, 문주님의 염려 덕분으로 어느 정도는 정리가 끝나가고 있습니다."

"그래? 그럼 잘됐구먼. 그럼 어디 양 군사의 생각을 말해 보게. 자네는 이 문제를 어떻게 생각하는가?"

"소인에게 의견을 물어주셔서 감사합니다. 흐음… 어찌 보면 이번의 일은 철혈검문에 청량제의 역할을 할 수 있을 것입니다. 단, 문주님께서 무림맹과 동맹을 맺는다는 전제가 수반되어야 하겠지만 말입니다."

"동맹을 맺는다면 청량제라……."

"예, 철혈당 문인들의 사기를 올리는 데는 별 소용이 없겠지만, 외전사당의 문인들 사기를 올리는 데는 크게 작용할 것입니다. 외전의 문인들은 무림에 이름 석 자도 제대로 올리지 못했던 낭인무사들이었습니다. 따라서 거대문파는 물론 지방의 유지들에게도 많은 설움을 받았을 것입니다. 그들이 스스로의 힘으로 명성을 날릴 수 있는 무공을 소유했다면 입문을 하지 않았을 테니까요. 그런데 입문한 지 얼마 되지도 않아서 무림맹에서 동맹을 맺자는 제의가 들어올 정도로 철혈검문의 명성이 높아진다면 그들의 사기 또한 동반 상승하는 것은 명약관화(明若觀火)일 것입니다."

"하하, 문인들의 사기가 높아진다면 좋은 일이라 할 수 있겠구면. 그럼 자네는 지금 즉시 황 장주를 이곳으로 데리고 오도록 하게. 내가 직접 황 장주와 얘기를 해보겠네."

호열은 양부의 말에 기분 좋게 고개를 끄덕이며 추 전주에게 황 장주를 데리고 오라 명했다.

"알겠습니다. 그런데… 정말로 무림맹에서 동맹을 맺기를 원한다면 그렇게 하시겠습니까?"

"맺어줘야겠지. 어차피 서쪽의 마교나 강남의 패혈맹을 상대하기 위해서는 우리도 무림맹의 도움이 있어야 하니까. 또한 무림맹과 동맹을 맺게 된다면 우리에게도 내부의 결속력을 다질 시간을 벌 수 있지 않겠나."

"……."

"더구나 태원에선 현원세가가 이미 확고하게 자리를 잡았다고 하더구먼. 그렇지! 현원세가의 얘기가 나왔으니 하는 말인데, 아무리 생각을 해도 오랜 시간 동안 잠잠하던 그들이 움직이기 시작했다는 것이 왠지 꺼림칙하네. 꼭 누군가가 뒤에서 힘을 보태주고 있는 것 같단 말이야……."

"옛? 그게 무슨?"

"현원세가라 하심은……."

호열의 입에서 현원세가라는 말이 나오자 양부는 어디에선가 들었거나 본 듯한 느낌을 받았다. 그에 현원세가에 대한 기억을 더듬어보았다.

"헉! 혹, 옛날 원나라의 간세였다는 그 현원세가를 말씀하시는 것입니까?"

"그렇지. 하하하… 양 군사가 현원세가에 관심을 가지다니, 이제 보니 양 군사가 무림에 관심이 많았던 모양이구먼."

"아닙니다. 다만 예전에 황궁서고에서 현원세가에 대해 기록된 서책을 접했던 기억이 있기에 여쭈어본 것입니다."

"그래? 하하, 그렇다고 그렇게 놀란 표정을 짓는가?"

"예. 사실 현원세가는 일반 백성들이 쉽게 근접할 수 없는 무림세가인지라 그곳에 대한 정보나 자료들은 희박합니다. 오죽하면 동창이나 한림원, 그리고 내숭운고에서도 단 한 권만 비치되어 있을 뿐이겠습니까. 누가 만들었는지 정확하지 않으나 원나라가 북쪽으로 퇴각을 할 당시 황궁에 있었던 학자가 기록해 놓은 것이랍니다. 그런데 그곳에 의문이 섞인 문구가 있었는데……."

"있었는데?"

"……?"

"어쩌면 현원세가는 원나라의 억압에 고개를 숙이고 동조를 한 것이 아닐지도 모른다고 쓰여 있었습니다."

"그럼 자발적으로 도왔다는 말이군. 한족이 자발적으로 말이야……."

"그럼 호, 혹시!"

"응? 추 전주는 짚히는 것이라도 있는가?"

"예? 아니, 소인은 다만 그들이 자발적으로 도왔다면 처음부터 한족이 아닐 수도 있지 않나 하는……."

"음……."

호열은 추 전주의 추측에 공감이 간다는 듯 크게 고개를 끄덕이면서 무엇인가 골똘히 생각하고 있는 양 군사를 향해 고개를 돌렸다.

"양 군사는 뭐라도 짚히는 것이 있는가?"

"소인도 추측이긴 하지만, 만약 추 전주께서 하신 말씀대로라면 그들을 도와주는 것이 원나라의 잔당들일지 모른다고 생각했습니다. 하지만……."

"아니네. 문주님, 그들은 예전에도 황궁은 물론 무림까지 정복하려

정보……! 제가 원하는 것은 정보력입니다 195

했었기 때문에 충분한 가능성이 있습니다."

추 전주는 양부의 설명을 들으면서 예전 원나라가 무림을 탄압했다는 것을 어렵지 않게 상기할 수 있었다.

"하하, 하지만 그들이 무엇 때문에 황궁을 먼저 택하지 않고 무림에 손을 뻗치겠는가? 무림과 황궁이 다르다는 것은 자네는 물론 이곳에 있는 철혈당 문인들 모두 알고 있지 않은가?"

"그것은 그렇습니다. 하지만……."

"하지만?"

"문주님도 아시겠지만 역대 황조를 계승하며 대대로 내승운고(內承運庫)에 전해지던 수많은 영약과 무공비급을 원나라에 모두 수탈(收奪) 당하지 않았습니까? 만약 그들이 그것을 가지고 무림을 정복하고자 한다면… 그렇다면 가망성이 없는 것도 아닙니다."

"허, 정말 별생각을 다 하는구먼."

호열은 추 전주의 설명을 들으면서도 어이없단 생각에 고개를 휘휘 저었다. 한 나라뿐만 아니라 전 세계를 지배했었던 대왕조가 수복을 꿈꾸지 않고 무림에 뜻을 둔다는 것은 있을 수 없는 일이라 생각했기 때문이다.

"아닙니다. 만약 그들의 야욕이 무림을 정복한 후, 그 여세를 몰아 황궁으로 손을 뻗친다면? 만약 그렇게 된다면 정말 큰일이 아닐 수 없습니다. 아무래도 동창에 조사를 해보도록 하는 것이 좋을 듯합니다."

"흐음… 자네가 그렇게 생각하고 있다면 그 문제는 알아서 하게. 비록 지금이 난세라고는 할 수 없지만 환란(患亂)이라 할 수 있으니 돌다리도 두드려 건너는 것이 좋겠지. 안 그런가?"

"알겠습니다. 생각지도 못한 곳에서 복병을 만나는 것보다 미리 준비를 하는 것이 좋을 듯합니다."

"알았네. 그럼 어쩔 수 없이 무림맹과 동맹을 맺어야 할 것 같구먼. 그리고… 이참에 현원세가가 원나라 잔당들의 지원을 받고 있다고 하는 것도 좋겠군. 자네가 생각하고 있는 것들 중 황궁에 관한 뒷얘기는 그만두고, 무림 정복을 위해 황궁에서 약탈했던 무공들을 사용할 것이라고 말이야."

"하지만 그것은 아직 추측일 뿐 검증되지 않은 것이 아닙니까? 혹시 소인의 추측이 틀렸을 수도 있는데 너무 앞질러 가심이 아닐는지……."

추 전주는 호열이 무슨 의도를 가지고 무림맹에 현원세가에 관한 악소문을 퍼뜨리려 하는지 감을 잡을 수 없었다. 또한 만약 자신의 추측이 허황된 것이라면, 자칫 자신의 잘못된 추측으로 억울한 목숨들이 생겨날 수도 있는 중대한 일이었기 때문이다.

"아닙니다. 어차피 군웅이 할거를 하는 이때에 잠자던 현원세가가 움직였다는 것은 그들 스스로 무림을 평정하고자 하는 야망이 있다는 것을 보여준 거나 진배없습니다. 따라서 우리들과도 어차피 검을 겨루어야 하는 상대라 할 수 있습니다."

"흐음… 계속해 보게."

"예, 그러니 현원세가가 원나라의 잔당들과 연관이 있든 없든 우리들은 크게 상관할 필요가 없습니다. 문주님께선 그냥 그런 일이 있을지 모른다고 얘기만 하실 뿐, 그 이후의 일은 모두 무림맹이 알아서 하도록 조용히 있으시면 될 것입니다. 모든 일은 무림맹에서 알아서 할 것이기 때문입니다."

"옛? 그, 그럼……?"

추 전주는 양부의 설명을 통해 앞으로 어떠한 일이 벌어질 것인지 충분히 짐작할 수 있었다. 호열을 통해 자신이 생각해 낸 추측들 중 일부가 황 장주에게 넌지시 흘러들어 갈 것이고, 그것은 여과 과정을 거치지 않고 오히려 부풀려서 무림맹의 귀에 들어갈 것이 뻔했기 때문이다.

말이란 이 사람에게서 저 사람에게 전해지면 대개는 그 뜻과 말이 분명히 전해지지 않고 조금씩 살점이 붙어간다. 이를테면 까만 것이 하얀 것이 되고, 아프다는 것이 이미 죽었다고 소문이 나는 것처럼 말이다.

"좋군, 역시 군사다운 계책이네. 하하하. 자, 그렇게 있지 말고 추 전주는 어서 황 장주를 이곳으로 데리고 오게. 너무 오랫동안 기다리게 하는 것도 예의가 아니라네. 참, 그리고 나가는 김에 하인들에게 카베를 준비하게끔 하고."

"그렇게 하겠습니다."

'휴~ 괜한 말 한마디에 엄한 목숨들이 죽어 나가는 것은 아닐는지…….'

호열과 양부의 의도를 읽은 추 전주는 자신이 괜한 소리를 한 것이 아닌가 하는 생각이 들었다. 그러나 이미 물은 엎질러진 후였기에 다시 주워 담고자 해도 담을 수 없는 상태라는 것을 잘 알고 있었다.

"황 장주께서 이렇게 찾아주실 줄은 몰랐습니다."

"허허, 찾아와야지요. 목마른 사람이 우물을 찾는 것은 당연한 것 아니겠습니까."

"우물이라… 뭐, 이유가 있으니 찾아오셨다는 것이겠지요. 그렇게 계시지 말고 이쪽으로 앉으시지요. 그렇지 않아도 황수영 낭자의 안위도 궁금했었는데 잘 오셨습니다."

"우리 영아를 생각해 주시니 감사할 뿐입니다."

"무슨 말씀을. 당연한 일이 아니겠습니까."

"허허허."

황 장주는 호열에게 큰 도움을 받았으면서도 적절한 보답을 하지 못했던 것을 염려하고 있었는데, 호열의 표정을 보니 크게 생각하지 않고 있다는 것을 알 수 있었다. 이에 황 장주는 호열의 대인과 같은 대범함에 크게 고개를 끄덕이며 편안한 마음으로 권하는 자리에 앉을 수 있었다.

"황 장주, 어차피 목적이 있어서 오신 것 같으니 서로 간의 인사치레는 그만 하고 본론으로 들어가시는 것이 어떻겠습니까?"

"허허, 문주께서 그렇게까지 말씀하시니 따르지요. 흐음… 문주께서 아시고 계시는지 모르겠지만, 우리 만금산장은 무림맹에 적극적인 지원을 아끼지 않을 것입니다. 사실 마음 같아서는 큰 도움을 준 철혈검문과 손을 잡고 싶으나 상황이 그리 좋지 않은 관계로 장로들과 회의를 통해 그리 결론이 났습니다."

"아닙니다. 황 장주께서 그렇게 생각해 주시는 것만으로도 감사할 따름입니다. 그러니 너무 괘념치 마십시오."

"아닙니다. 어찌 제가 문주의 은공을 모른 척할 수 있겠습니까. 그래서 말인데… 임 문주, 이참에 철혈검문도 무림맹과 동맹을 맺는 것이 어떻겠습니까? 어차피 무림은 독불장군처럼 홀로 우뚝 설 수 있는 곳이 아닙니다. 서로 간의 이득을 챙길 수 있다면 그렇게 하는 것이 좋은 것이 아니겠습니까?"

"흐음……."

'역시 무림맹과의 동맹에 관한 것이었군. 어차피 하기로 했으니 하긴 해야겠지…….'

호열은 예상했던 방향으로 이야기가 진행되자 무엇을 전제로 해야 이득을 챙길 수 있을지 생각해 보았다. 그러나 아무리 생각을 해 보아도 요구할 만한 것은 정보력밖에 없었다. 금전적인 문제는 황궁에서 전폭적인 지원을 해주고 있었기 때문에 굳이 필요가 없었던 것이다.

"어떻습니까? 철혈검문에 손해가 되지는 않을 것 같은데……?"

"글쎄요. 손해가 될지 이득이 될지는 두고 봐야 알겠지요. 흐음… 황 장주께서 무림맹을 대신해서 오신 것 같은데, 만약 무림맹과 동맹을 맺게 되면 무림맹에선 제게 무엇을 주시겠습니까? 또한 만금산장에서는?"

"문주께선 무엇을 원하십니까? 어차피 제 스스로 중간에 다리 역할을 하기로 했으니 당연히 요구 사항을 들어드려야지요. 만약 금전에 관한 것이라면 무림맹에도 지원을 약속했으니 철혈검문에서 일정량을 지원해 달라고 하면 할 수 있습니다. 어떻습니까?"

"금전적인 도움은 필요하지 않습니다. 우리도 재정은 충분하니까요."

"그렇다면?"

"만약 정말로 동맹을 맺고 싶다면 제 요구 사항은 한 가지입니다. 정보! 제가 원하는 것은 정보력입니다. 그러니 우리가 원하는 정보를 얻을 수 있게 해준다면 동맹 관계가 성립될 수 있습니다. 신생 문파이다 보니 워낙 무림에 기반이 없어서 어떻게 무림이 돌아가고 있는지 파악할 수가 없는 것이 항상 답답했었는데 이참에 무림맹과 만금산장에서 그것을 해결해 준다면 기꺼이 수락을 하겠습니다."

호열은 자신이 원하는 것을 명확하게 황 장주에게 주지시켰다. 철혈검문을 운영함에 있어서 가장 골머리를 썩게 만들었던 것을 일거에 해결할 수 있는 기회라 생각했기 때문이다.

"정보라… 정보에도 많은 종류가 있습니다. 구체적으로 어떤 정보를 말씀하시는 것인지……?"

황 장주는 예상 밖의 요구 사항이 나오자 적지 않게 당황했지만, 그것을 겉으로 표출할 정도로 어리석지 않았다. 육십 년이 넘는 세월 동안 다방면의 무수한 사람들과 상대를 하면서 가업을 이어온 상인의 기질이 그대로 위력을 발휘한 것이다.

"하하, 정보가 따로 있겠습니까. 우리가 알고자 하는 것들, 몰랐거나 모르고 있었던 것들이 모두 정보라 할 수 있겠지요."

"…좋습니다. 정보를 원하신다면 드려야지요. 무림맹엔 강호 전역에 무수히 많은 분타와 제자들을 거느리고 있는 개방과 하오문(下午門)이 있습니다. 그들이라면 문주께서 원하시는 정보를 드릴 수 있을 것입니다. 만약 그들이 거절을 한다면 제가 문주의 요구 사항을 들어드리도록 하지요. 어떻습니까? 이 황 모를 보아서라도 무림맹과 동맹을 맺으시겠습니까?"

"하하, 황 장주께서 그렇게 말씀을 하시는데 어떻게 들어드리지 않을 수 있겠습니까. 더구나 제가 원하는 것까지 직접 들어주시겠다고 하시는데 말입니다. 알겠습니다. 그럼 오늘 이후로 무림맹과 철혈검문이 정식으로 동맹 관계를 맺었다는 것을 무림에 공표하겠습니다."

"임 문주가 시원시원한 성격인 줄은 진작에 알고 있었지만, 이렇게 호방할 줄은 미처 몰랐습니다. 허허허."

황 장주는 의자에서 일어나며 호열을 향해 연신 포권을 해 보이며 크게 웃었다. 쉽지 않을 것이라 생각했던 일이 너무도 쉽게 끝나게 되자 가슴을 짓누르고 있던 돌덩어리가 깨끗이 사라진 것 같았기 때문이다.

제8장

철철검문이 마교를……?

◆ 제8장 **철혈검문이 마교를……?**

무더운 여름이 다가온 것을 온몸으로 실감할 수 있는 유월.

진실인지 아닌지 모를 소문들에 의해 강호는 연일 시끌벅적했다. 마치 유비(劉備)와 조조(曹操)가 살았던 삼국시대를 연상시키듯, 밤하늘의 별보다 많은 문파가 산재한 강호의 힘이 세 곳으로 뭉친 것이다.

마교와 패왕성, 그리고 무림맹…….

단일 세력으로 가장 강력한 힘을 갖추고 있는 마교는 누가 뭐라고 해도 최강의 세력이었다. 하지만 패왕성을 중심으로 한 강남의 패혈맹은 북쪽의 현원세가와 동맹 관계를 맺으면서 마교와 대등한 세력으로 성장을 했고, 전통적으로 강호에 지지 기반이 넓게 포진한 무림맹은 중원 삼대거상 중 하남성의 여명산장과 안휘성의 만금산장을 비롯해서 철혈검문까지 동맹을 맺으면서 내실을 다지고 있었다. 가히 아무도 승패를 예측할 수 없는 팽팽한 접전 구도를 형성한 상태라 할 수 있었다.

그러나 말 많은 세인들은 팽팽한 신경전을 벌이고 있는 현실을 보면서 옛날의 일을 떠올리곤 했다. 오백 년 전 마교의 무림 정복 야욕을 분쇄하기 위해 힘을 뭉쳤던 당시를 상기하고자 했던 것이다. 혹시라도 무림맹과 패혈맹이 마교의 공세를 한마음으로 막았으면 하는 마음이 깊이 배어 있는 것이다. 하지만 현실은 냉혹하게도 세인들의 바람을 여지없이 빗겨가고 있었다. 너무나 어이없는 곳에서……

유월의 하늘은 너무나도 청명했다. 구름 한 점 없는 하늘은 마치 가을의 하늘을 보는 것처럼 사람들의 마음을 시원하게 해주었으며, 여름의 길목에 있는 것 같지 않게 시원한 바람마저 불어주고 있었다.

무림맹과 동맹을 맺은 후 대외적인 것은 물론 내적으로도 몰라보게 달라진 철혈검문.

외전의 문인들은 자신들이 철혈검문을 선택하게 된 것을 조상의 은덕으로 여기며 사기가 하늘을 찌를 정도로 가파른 상승세를 타고 있었다.

구 개월 전 입문을 한 외전의 문인들은 처음 생각지도 못한 여 교두의 수련 방식에 불만을 토하며 문을 빠져나가고자 했다. 하지만 문인들에게 호열이 처음 했었던 말처럼, 들어오기는 쉬웠지만 나가는 것은 죽지 않으면 할 수가 없다는 것을 절실하게 인식한 후로는 불만이 있어도 여 교두의 명령에 따를 수밖에 없었다.

처음 수련을 시작한다는 말을 듣고 문인들은 들뜬 마음에 연무장으로 향했다. 그러나 그곳에서 기다리고 있었던 것은 서른 명의 의백당 의원이었다. 삼천칠백오십 명 전원의 몸 상태를 한 명 한 명씩 세심하게 살피더니, 문인들의 의사와는 하등 상관없이 패진당이나 비전당 등

사당에 배치를 한 것이다.

그러나 어차피 사당 중 한 곳에 배치될 것을 알고 있었기에 대부분의 문인들은 그것을 크게 신경 쓰지 않았다. 다만 지객당에 배치된 문인들이 약간의 불만을 표시했을 뿐이었다. 하지만 그것은 어디까지나 소수의 의견이었기에 아무런 문제 없이 무마될 수 있었다.

그렇지만 문제는 그 후부터 시작되었다. 여 교두는 문인들에게 수련을 받는 중에는 내공을 절대 사용하지 말 것을 명했다. 만약 자신의 명을 어길 시에는 철혈당의 부당주나 문인들과 직접 대련을 시킨다고 한 것이다. 하지만 대부분 여 교두의 말을 믿지 않았다. 자신들을 겁주기 위한 허풍일 것이라 여긴 것이다.

패진당의 전웅과 수문당에 배치된 김명근(金明根).

처음으로 철혈당의 무서움을 온몸으로 경험한 인물들이다. 여 교두의 명을 받고 철혈당에서 외전으로 온 것은 궁길검(弓桔劍)과 강소기(姜笑驥)였다. 여 교두는 일부러 군왕전 출신이 아닌 패왕전 출신의 문인들을 보내달라고 조 당주에게 언질을 넣은 것이다.

궁길검과 강소기는 여 교두의 마음이 흡족하다 못해 너무나 만족하여 뒤로 나자빠질 정도로 훌륭한 매 타작 솜씨를 발휘했다. 뼈에는 아무런 이상 없이 온몸에 제대로 된 피부가 보이지 않을 정도로 온통 시커먼 멍 자국으로 도배를 해놓은 것이다.

이에 여 교두의 명에 반항했던 두 문인은 온몸이 멍투성이 상태가 된 후에도 아무런 치료도 받지 못한 상태에서 다른 문인들과 함께 수련에 동참을 해야만 했다. 바로 하루 종일 연무장을 돌고 또 도는, 지루하기 그지없는 수련을.

여 교두는 삼 개월 동안 문인들에게 연무장을 돌도록 했다. 그런 연후에 각 당의 당주들과 부당주들에게 문인들을 통솔하도록 하여 지금의 철혈검문을 있게 한 철혈삼공(鐵血三功)을 수련시켰다. 철혈무극심법(鐵血無極心法)과 철혈제왕검(鐵血帝王劍), 그리고 철혈무상보(鐵血無上步)였다.

처음 문인들은 여 교두의 철혈삼공을 바로 수련시킨다는 말에 깜짝 놀랐다. 어느 문파든 가장 심오하면서도 강력한 비공은 꼭꼭 숨겨놓는 법인데, 어찌 된 일인지 철혈검문은 그렇지 않았기 때문이다. 그에 문인들은 반신반의(半信半疑)하며 여 교두의 세심한 가르침에 충실하게 따랐다.

처음 여 교두가 한 번도 제대로 된 무공을 익혀보지 못한 자신들에게 무공을 가르쳐 줄 때 세상이 자신의 것이 된 것처럼 기뻐서 눈물을 흘렸었다. 그러나 그것이 장장 구 개월 동안, 하루 십이 시진 중 십 시진을 수련시키면서 문인들에게는 하루하루가 지옥과 같은 시간의 연속이었다. 태어나서 단 한 번도 이와 같은 수련을 받아본 적이 없었기도 하지만, 너무나도 혹독한 수련에 정신은 혼미해져 악으로 버티는 것이 대부분이었다.

그러나 구 개월이 흐른 후 문인들의 눈빛은 예전에 비해 몰라보게 달라져 있었다. 비록 내공이 미약해 배운 것에 십 분의 일도 채 사용할 수 없지만 그것만으로도 능히 일류고수 소리를 들을 수 있을 정도가 된 것이다. 단 구 개월 만에 삼류무사에서 일류로의 도약을 이룬 것이다. 또한 얼마 전에 듣게 된 무림맹과의 동맹 소식에 문인들은 그동안의 힘든 수련도 잊어버릴 정도로 사기가 승천해 있었다.

"양 군사, 아무리 생각을 해보아도 무림이 앞으로 어떻게 돌아갈지 알 수가 없구먼. 분명 내 생각 같아서는 무림맹과 패혈맹이 그동안의 앙금은 잠시 접어두고 마교를 공격할 것으로 생각했는데, 그것이 이루어지지 않고 있으니 어떻게 된 것인가?"

"소인도 그렇게 생각하고 있습니다. 분명 그동안의 사례들을 보더라도 마교가 출현을 하면 온 무림이 합심을 하여 대항했는데, 어찌 된 것인지 이번은 서로 간에 연통조차 오고 가지 않는 것 같습니다."

"패혈맹은 아직까지 큰 피해를 보고 있지 않아서 그렇다고는 하지만 무림맹은 마교의 출현으로 엄청난 피해를 입은 상태입니다. 그런데 이상하게도 소림에서 마교를 공격함에 있어서 아무런 발언도 하지 않고 있습니다. 소림과 마교는 오랜 앙숙인데 말입니다."

"양 군사와 추 전주의 말을 들어보니 더욱더 이해할 수가 없구먼. 마치 폭풍 전야의 고요함처럼 말이야."

"예……."

추 전주와 양 군사는 호열의 말에 공감을 했다. 어디에선가 불씨가 당겨지면 걷잡을 수 없을 정도로 활활 타오를 것 같지만, 정작 불씨를 당기려고 하는 곳이 없으니 팽팽한 긴장감이 지속되면서 평화가 이어지고 있는 것이다.

"하지만 우리에겐 좋은 일일 수도 있습니다. 다른 곳에 비해 문인들의 실력이 현저한 차이를 보이고 있기 때문입니다. 이참에 외전을 비롯해서 철혈당의 문인들을 다그쳐야 할 것입니다. 그들이 성장하지 않고서는 본 문의 미래 또한 불투명하기 때문입니다."

"옳은 말이네. 양 군사는 무림맹과 만금산장에 좀 더 많은 정보를 보내달라고 하게. 상황이 어떻게 돌아가고 있는지 정확히 알아야 대처를 할 수 있으니까. 그리고 현원세가의 일과 만리표국의 일도 좀 더 알아보도록 하고."

"예, 그렇게 하겠습니다."

"그리고… 추 전주는 외전에 좀 더 신경을 써주게. 외전에서 실력이 크게 향상되었거나 뛰어난 무위를 보이고 있는 삼백 명을 추려서 내전에 편입시키도록 하게. 철혈당 말고 따로 하나의 당을 만들어서 관리를 하도록 하란 말이네. 실력이 뛰어나다면 언제든지 내전으로 들어올 수 있다는 것을 문인들에게 보여주는 것도 좋은 방법일지 모르니까."

"무슨 말씀이신지 알겠습니다. 그럼 당장 그 일을 추진하도록 하겠습니다."

"좋아, 그럼 나가들 보게. 참!"

"……?"

"양 군사, 내가 일전에 알아보라고 했던 것은 어떻게 되었나?"

"아~ 장백검문에 관한 것 말씀이시군요. 지금 장백검문은 북경을 중심으로 서서히 세력을 넓혀가고 있습니다. 아마도 조만간 무림맹과 접촉을 하지 않을까 합니다. 현원세가가 북쪽에서 위협을 가하고 있는 것도 그렇지만, 장백검문에서도 중원으로 진출을 하기 위해서는 어차피 무림맹과 손을 잡아야 하기 때문에 가능성은 충분합니다."

"그래? 장백검문이 몰라보게 성장을 했구먼."

"예, 특히 현운(玄雲) 장문인(掌門人)의 사제인 유운검선 정운영의 영향이 큰 것 같습니다. 또한 일대제자인 장백일검(長白一劍) 정호(正號) 도장을 비롯해서 많은 문도들의 실력이 상상 이상이란 정보가 있습니다."

"하하, 알았네. 그럼 수고들 하게."

"예."

호열은 양 군사와 추 전주가 밖으로 나가자 앉아 있던 의자에 더욱

더 몸을 뉘었다.

'흐음, 운영이 많이 컸나 보구먼. 현운 장문인의 사제가 되었다니…
그나저나 상황이 묘하게 돌아가고 있는 것 같구나. 무림맹의 행보가
마음에 걸려. 하지만 현재로서는 내가 할 수 있는 것이 아무것도 없으
니 기다릴 수밖에……'

왠지 모르게 자꾸만 가슴 한곳에 자리 잡는 불안함.

호열은 천천히 자리에서 일어나서는 집무실을 나갔다. 아무래도 불
안감을 해소하기 위해서는 수련을 하는 것이 좋을 것 같았기 때문이다.
특히 공력을 사용하지 않고 검로를 따라 몸을 움직일 때는, 세상의 모
든 시름과 걱정이 사라지기 때문에 머리가 한결 가볍게 느껴졌다.

*   *   *

엄숙한 분위기가 물씬 풍기고 있는 무림맹의 정무전(正武殿).

동서 양 곁채의 문과 창문엔 매화꽃을 새긴 유리로 장식이 되어 있
는데, 유리에 그림을 새겨 넣는 방법은 광동성(廣東省)과 복건성(福建
省) 등지에서 성행한 전통 민간 공예였다. 유생 유리의 표면을 파내거
나 젖빛처럼 불투명하게 만드는 기법, 혹은 울퉁불퉁하게 처리하거나
부식시키는 방법으로 각종 무늬를 그려내는 것이다. 이처럼 장식을 가
한 유리를 문이나 창문에 붙여두면 빛과 어둠의 힘을 빌려 실내에 강
렬한 장식 효과가 나타난다. 마치 인간의 손으로 신들이 기거하는 공
간을 만들어놓은 것처럼…….

무림맹은 안휘성에 위치하고 있었다. 광동성이나 복건성과는 거리
도 계산할 수 없을 정도로 엄청나게 멀리 떨어져 있는 것이다. 그러나

분명한 것은 정무전 안에는 온통 엄숙함과 차분함으로 꽉 차 있다는 것이다.

"여러 장문인과 가주들께서 우려하셨던 대로, 황 장주의 말이 사실로 드러났습니다. 그들은 옛 원나라의 잔존 세력이었던 타타르 국과 은밀하게 결탁을 하고 있었습니다."

"허, 아미타불(阿彌陀佛)……."

"무량수불(無量壽佛)……."

"타타르 국이라면……."

"맹주, 타타르 국이라면 성길사한(成吉思汗) 철목진(鐵木眞)의 후예들을 말씀하시는 것입니까?"

제왕검(帝王劍) 남궁무연(南宮武鍊)이 깜짝 놀라며 맹주인 현검선생(玄劍先生) 제갈현(諸葛賢)을 향해 빠른 답을 요청하는 듯한 눈빛을 보냈다. 산서성 태원이면 남궁세가가 있는 하남성(河南省) 낙양(洛陽)까지 불과 며칠도 걸리지 않는 거리였기 때문이다.

"뭐라? 정말 그런가, 맹주?"

"그렇습니다, 궁 방주님."

"이런, 그렇다면 정말 큰일이로군. 에이!"

"정말 모르겠군요. 상황이 어떻게 돌아가고 있는 것인지……."

"빈니도 그렇게 생각합니다. 참으로 현원세가가 왜 똑같은 실수를 저지르고 있는지 모르겠군요. 선대의 잘못으로 봉문을 했으면 충분히 자신들의 잘못을 알고 있었을 텐데 말입니다. 아미타불……."

제갈 맹주의 끄덕임에 공동파(崆峒派)의 복마선인(伏魔先引) 범광(凡光) 장문인과 아미파(峨嵋派)의 아미화수(峨嵋化手) 혜요(惠了) 장문인이 고개를 휘휘 저으며 제갈 맹주에게 고개를 돌렸다. 이미 상황이 어떻게 돌아가고 있다는 것을 확실히 알게 되었으니 어떠한 결정이라도 내려야 할 때라는 것을 암묵적으로 내비친 것이다.

혜요 장문인과 범광 장문인의 시선이 제갈 맹주에게 모이자, 탁자에 앉아 있던 다른 영수들의 시선도 일제히 제갈 맹주에게 돌아갔다.

"아니, 무엇을 걱정한단 말입니까? 어차피 우리는 현원세가를 상대하기만 하면 되는 것 아닙니까? 타타르 국은 북쪽에 배치된 전군도독부(前軍都督府)가 철저히 방비를 하고 있으니 쉽게 남하(南下)하지는 못할 것입니다."

"팽 가주의 말씀도 일리가 있지만, 상황은 그처럼 간단하지 않습니다. 흐음."

"맹주, 무엇이 간단하지 않다는 것입니까? 그동안 넓은 아량으로 참고 있었지만, 이참에 현원세가의 간계를 온 무림에 알리고 중지를 모아 멸문시키면 되지 않습니까!"

"아미타불……."

"흐으음……."

"무량수불……."

패도(覇刀) 팽덕호(彭惠扈) 가주가 생각지도 않고 하는 엄청난 말에 좌정해 있던 영수들은 눈살을 찌푸리며 연신 도호를 외웠다.

"흠……."

'간단하게 생각하면 될 것을, 왜 복잡하게 생각하려고 애를 쓰는지 모르겠군.'

별로 크게 생각하고 있지 않았던 팽 가주는 자신의 말 한마디에 주변의 시선이 따갑게 변하는 것을 느끼며 입을 다물 수밖에 없었다. 하지만 입을 다물고 있을 뿐 자신의 의견을 무시하는 다른 영수들을 향해 곱지 않은 시선을 보냈다.

"휴~ 실로 암담할 뿐입니다. 현원세가가 타타르 국의 전폭적인 지원을 받고 있다면 마교보다도 더 위협적일지 모릅니다. 더구나 그들은 북쪽으로 후퇴를 하면서 황궁 무고에 있던 수많은 영약과 기서들을 함께 가지고 갔었습니다. 벌써 사십 년이 넘게 흐른 일입니다. 그 정도의 세월이 흘렀다면 타타르 국에서 철저한 준비를 했다고 생각합니다."

"맹주의 말씀에 따르면, 타타르의 압력에 현원세가가 어쩔 수 없이 그들의 요구를 들어줄 수밖에 없었다는 것입니까?"

"그럴 수도 있을 것 같습니다. 무림에서 철저히 외면당하고 있던 현원세가에 오래전 충성을 다 했던 타타르 국에서 엄청난 압력을 가해진다면… 그렇다면 현원세가라 하더라도 어쩔 수 없었을 것입니다. 그 어느 곳도 자신들을 도와주지 않을 것이라 생각했을 것이니 당연하겠지요. 또한 당시 우리에게 도움을 구했었다고 해도, 우리는 그들에게 도움을 주지 않았을 것입니다."

"그것은 태을진인(太乙眞人)의 말씀이 맞습니다."

"당시엔 상황을 알았더라도 어쩔 수 없었을 것입니다."

"흐음……."

종남과 현청(玄淸) 장문인의 말에 제갈 맹주를 비롯한 영수들은 그동안 있었던 수많은 일을 생각해 보았다. 밀약을 맺은 시기가 정확히 언제부터인지 모르지만, 대략적으로 짐작할 수 있는 것은 무림맹이 결성되는 시기와 같았을 것이란 생각이 들었다. 또한 모두의 생각과 같았다면, 당연히 그때는 너무도 어수선한 상황이었기에 현원세가에서 도움을 요청했어도 거절했었을 것이다. 그것은 좌중에 앉아 있는 모든 사람의 공통된 생각이었다.

"맹주, 어떻게 했으면 좋겠습니까? 맹주의 고견을 듣고 싶습니다."

"글쎄요……."

제갈 맹주는 좌중의 시선이 자신에게 집중되자 영수들의 시선을 의식하지 않을 수 없었다. 비록 부담감을 느끼는 것은 아니었지만 적지 않게 의식되고 있는 것은 사실이었기 때문이다.

"……."

"……?"

"우선 현 상황에서 말씀드릴 수 있는 것은, 현원세가가 완전히 타타르 국에 귀속되었을 것이란 짐작입니다. 그리고 이러한 사실은 패혈맹에서 모르고 있을 수도 있고, 따라서 먼저 패혈맹에 이와 같은 사실을 전해주는 것이 좋을 것 같습니다. 패혈맹을 창건한 혈마(血魔) 독고신검(獨孤神劍)은 원나라의 탄압에 당당히 맞섰던 인물이기 때문입니다."

"그렇지요. 삼성 중 두 분이 아직까지 생존해 계시는데 혈마 또한 생존해 있을 가망성이 높으니까요."

"그렇습니다. 만약 혈마가 생존해 있다면 반드시 현원세가와 결별을 할 것이 분명합니다. 워낙 몽고인들을 싫어했었으니……."

"맞습니다."

"흐음……."

탁자를 사이에 두고 앉아 있던 영수들은 제갈 맹주의 말에 공감을 표하면서 모두들 한마디씩 거들었다. 한때는 흑백 구분없이 원나라의 탄압에 맞섰던 때가 있었고, 그것을 주도했던 당사자가 생존해 있다고 믿었기 때문에 가능한 추측이었다.

"아미타불… 그럼 맹주의 의견대로 패혈맹에 연통을 넣는 것으로 하는 것이 좋겠습니다. 만약 연통을 넣은 후에도 패혈맹과 현원세가의 동맹 관계가 지금과 같이 계속 유지된다면 우리로서는 어쩔 수 없는 일이지만 말입니다."

"어쩔 수 없기는요. 그때는 온 무림에 이와 같은 사실을 공표하고 무림첩을 돌려야 할 것입니다. 옛날 현원세가를 봉문시킬 때처럼 말입니다."

"옳으신 말씀입니다. 황궁에 알려서 타타르 국의 야심을 초기에 꺾어야 합니다."

"맞습니다. 혜요 장문인과 남궁 가주의 말처럼 황궁에 이와 같은 사실을 알려서라도 타타르 국의 마수를 물리쳐야만 합니다."

"맞네. 맹주는 남궁 가주의 말에 귀를 기울여야 할 걸세."

"흠……."

제갈 맹주는 팽 가주와 궁 방주의 억지스러운 말에 고개를 휘휘 저으며 이마를 찡그렸다. 가뜩이나 생각할 것이 많은데 더욱더 이마에 주름살을 만들어주고 있었기 때문이다.

"무량수불! 궁 방주, 그리고 여러분! 황궁에 현원세가의 일을 알려서는 안 될 것입니다. 또한 이 일이 무림맹 밖으로 번져서도 안 되고요."

"그렇습니다. 황궁에서 현원세가의 일을 알게 되면 무림은 큰 위기에 봉착하게 될 것입니다. 아미타불……."

"아니, 연정 장문인과 담현 방장께선 어찌하여 안 된다는 것입니까? 저들은 무림인들이 아닙니다. 침략과 약탈의 발판을 마련하기 위해 현원세가를 압박한 것인데 무엇을 두려워하십니까?"

"그렇습니다. 저들이 현원세가를 압박해서 우리를 공격하려고 하는데 무엇을 더 망설인단 말입니까. 속 시원히 말씀을 해주십시오."

"맞습니다."

"남궁 가주가 이 노개(老丐)의 속을 아주 시원하게 해주었네."

"흐음……."

"아미타불……."

"허, 무량수불……."

담현 방장과 연정 장문인은 좌중의 시선이 한 곳으로 도이자 크게 헛기침을 한 후 상석에 앉아 있는 제갈 맹주에게 시선을 주었다. 자신들이 직접 이야기를 하는 것보다 맹주인 제갈현이 상황을 설명하는 것이 좋을 것 같았기 때문이다.

"궁 방주님, 그리고 여러분. 담현 방장과 연정 장문인께선 현원세가의 일로 황제가 무림에 적극적으로 개입하게 되는 것을 염려하고 계신 것입니다. 가뜩이나 무림을 못마땅하게 생각하고 있는 황제인데, 현원세가의 일까지 귀에 들어가게 되면 대군을 이끌고 무림을 평정하려 할지도 모르기 때문입니다."

"서, 설마……."

"그……."

"아미타불……."

"하하, 그런 일은 일어나지 않을 것입니다. 무림과 황실이 서로 침범하지 못하도록 한 것이 바로 태조 홍무제인데 어떻게 어기겠습니까!"

"그렇네. 아무리 조카를 몰아내고 황위를 찬탈한 황제라 해도 아비가 엄격히 정한 약조를 어길 수 있겠는가? 그러니 그 문제는 크게 걱정하지 않아도 될 듯싶네."

팽 가주와 궁 방주는 오랜만에 서로 간에 호흡이 척척 맞고 있었다. 한 사람이 말하면 다른 사람이 덤으로 동의를 하며 좌중의 의견을 몰아가고 있었던 것이다.

"아미타불… 사실 이런 이야기까지는 안 하려고 했는데, 이제는 해야만 할 것 같습니다."

담현 방장은 궁 방주를 비롯한 대다수의 영수들이 혜요 장문인의 말에 동의를 하자 어쩔 수 없다는 듯이 불호를 외우며 옆에 앉아 있는 연정 장문인을 향해 시선을 주었다. 무엇인지 모르지만 동의를 구하는 듯한 표정이 역력했다.

"무량수… 불……! 어쩔 수 없는 일이 아니겠습니까. 담현 방장께서는 무림의 안위를 위해 무당은 신경 쓰지 마시고 말씀하십시오. 어차피 얼마 지나지 않아 세상에 알려질 것이 아니겠습니까."

"휴~ 알겠습니다. 그럼 그렇게 하겠습니다. 아미… 타… 불……."

"응? 도대체 무슨 말씀을 하시려고 그러십니까?"

"……?"

"흐음……."

궁 방주를 비롯한 영수들은 담현 방장과 연정 장문인의 심상치 않은 대화를 들으며 의구심만 커질 뿐이었다.

"여러분 모두 삼성이마의 전설을 기억하고 계실 것입니다. 삼성은 바로 본 소림의 성불 혜정 조사와 무당의 삼풍진인 장삼봉 조사, 그리고 현원세가의 천승검(天乘劍) 현원덕호(玄遠德虎)입니다. 그러나 현재 생존해 계시는 분은 단 한 분뿐입니다. 아미타불……."

"무량수불……."

"응? 그, 그게 무슨 말씀입니까? 어찌 두 분이 아니고 한 분이란 말씀입니까?"

"그렇습니다. 어찌……?"

"……?"

"빈승도 정확한 내막을 아직 조사께 듣지 못했습니다. 그러나 삼풍진인께선 삼 년 전에 자소봉(紫宵峰)에서 우화등선을 하셨습니다."

"이런, 그런 일이 있었다니……."

"삼풍진인께서 우화등선을 하셨구려, 원시천존……."

"아미타불……."

"허, 무림의 성군께서 세상을 등지시다니……."

남궁 가주를 비롯한 모든 영수는 담현 방장의 말에 무당의 비극을 함께 나누기 위해 연정 장문인을 향해 애도의 예를 표했다. 또한 연정 장문인은 앉았던 자리에서 일어서서는 모든 사람을 향해 자신의 조사인 삼풍진인에 대한 예의에 감사함을 보냈다.

"하지만 빈승과 연정 장문인, 그리고 제갈 맹주가 우려하는 것은 삼풍진인께서 우화등선을 하신 것 때문이 아닙니다."

"그럼……?"

"……?"

"조사께선 다른 상황보다 우선해서 황궁의 변화를 살피란 말씀을 하셨습니다. 또한 황궁에서 변화가 일어나면 지체하지 말고 바로 보고하라고 말입니다. 그리고 나서 참회동으로 들어가셨습니다. 아미타불……."

"옛? 황궁을 말입니까?"

"왜 그런 말씀을?"

"그러게 말입니다. 혜정 대사께서 아무런 뜻도 없이 그런 말씀을 하시지는 않았을 텐데 말입니다."

"맞습니다. 하지만 왜 그런 말씀을 하셨을는지……?"

담현 방장의 말은 가뜩이나 의구심을 가지고 있던 영수들에게 더욱

더 깊은 수렁으로 빠져들게 만들었다.

"혹시 담현 방장께서 우리들에게 말씀하시고자 하는 것은, 황궁에 삼풍진인의 우화등선과 연관이 되는 그 무엇인가가 있다는 것입니까?"

"옛? 남궁 가주, 그것이 무슨 말씀입니까? 황궁과 삼풍진인께서 우화등선하신 것이 연관이 있다니요?"

"그렇네. 도대체 무슨 말인가?"

"저도 확실하지는 않지만 왠지 방장께서 말씀하시고자 하는 것이 그쪽으로 진행되는 것 같다는 느낌을 받았습니다. 그래서 말씀드리는 것입니다."

"담현 방장, 남궁 가주가 한 말이 사실인가?"

"……?"

궁 방주는 남궁 가주가 한 말의 진의를 확인하고자 조용히 침묵하고 있는 담현 방장을 향해 시선을 돌렸다. 빨리 자신의 궁금증을 해결해 주었으면 하는 눈빛이었다. 그것은 남궁 가주의 말을 들은 다른 영수들도 마찬가지였다.

"그것까지는 빈승도 잘 모릅니다. 그러나 빈승도 그렇고 연정 장문인이나 맹주도 남궁 가주와 똑같은 추측을 하고 있을 뿐입니다. 그렇기 때문에 일전에 패혈맹과 한시적인 동맹을 맺은 후 마교를 치자는 여러분의 의견에 동의하지 않았던 것입니다. 그 당시에는 이와 같은 사실을 알릴 수가 없었습니다. 아직 확실하지 않은 상황이었기 때문입니다."

"흐음……."

"어쩌면 일리가 있는 말씀인지도 모르겠습니다. 황제가 안남 원정을 나가기 전까지 사십만이 넘는 황군들을 동원해 패혈맹과 우리들과의 분쟁을 억제한다고 하며 억압을 하지 않았습니까? 무림세가들의 세력 확장까지 말입니다."

"그렇습니다. 그동안 한 번도 없었던 일이기에 우리가 얼마나 당황했었습니까?"

"그렇지. 그 때문에 우리 개방은 총타를 옮겨야만 하는 사단이 벌어졌지. 지금도 그때 그 일만 생각하면 자다가도 분통이 터진다네."

"허, 그거참……."

"원시… 천존……."

정무전 안은 순식간에 정적이 감돌았다. 너무나 어처구니없는 말을 들었다 생각한 것이다. 가히 자신들의 귀가 잘못된 것이 아닌가 하며 귀를 후비는 사람도 몇 명 있을 정도였다. 그러나 현실은 냉혹한지라 아무리 귀를 후벼보아도 이미 들었던 내용은 변하지 않았다. 그것은 탁자에 앉아 있는 영수들의 얼굴 표정에 역력히 드러나 있었기 때문이다.

"그럼 맹주께선 어떻게 하시겠습니까? 담현 방장께서 하신 말씀대로라면 우리가 신경을 써야만 하는 곳이 현원세가를 비롯해서 황궁까지 늘어난 것 같은데?"

"그렇습니다. 제갈 맹주의 고견을 듣고 싶습니다. 원시천존……."

"정말 답답한 현실입니다. 사방이 적으로 둘러싸여 있는 형국이라니……!"

"끄웅! 이곳에 있는 것보다 차라리 무림맹 밖으로 나가서 구걸이나 하는 것이 편안하고 오래 살 수 있을 것 같구먼. 제길!"

"자자, 그만 하시고 맹주의 의견을 들어보시는 것이 좋을 듯합니다. 제갈 맹주, 맹주께선 이미 모든 상황을 알고 계셨다니 지금쯤 우리가 어떻게 대처해야 할지 고견을 가지고 계실 줄 압니다. 그러니 어서 말씀을 해주시지요."

"맞습니다. 호 장문인의 말씀대로 생각이 있으시면 편안하게 해주시지요. 원시천존……."

"그렇군. 맹주는 이미 알고 있었다니 무슨 생각이 있겠지. 어서 이 늙은이 속을 시원하게 해주시게. 응?"

"휴~ 고견이라고 할 것은 없습니다. 그저 여러분보다 먼저 알게 되었기에 그에 대해서 몇 가지 생각해 본 것이 있을 뿐입니다."

제갈 맹주는 매화검선(梅花劍仙) 호영검(弧榮劍)과 곤륜파의 운용검선(雲龍劍仙) 오영(悟瀛) 장문인, 그리고 궁 방장의 말에 천천히 고개를 끄덕이며 의자에 약간 뉘었던 몸을 탁자 앞으로 가져갔다.

"그래, 무엇인가? 어서 말해 보게."

"예. 우선은 아까 말씀드렸던 대로 패혈맹에 현원세가와 타타르 국의 밀약에 관한 사항을 은밀하게 알려주는 것입니다. 그렇게 되면 패혈맹에서도 현원세가의 위험성을 인지하게 될 것이고, 만약 그 후에도 동맹 관계가 지속된다 하더라도 그전처럼 서로 간에 신뢰가 생기지는 않을 것입니다."

"그들 간에 처음부터 신뢰라는 것이 있었겠나?"

"그것은 모르는 것이지요. 그러나 혈미서생 송 군사의 뇌리에 현원세가에 대한 위험성이 자리 잡게 되면 쉽게 저희와 접전을 벌이는 일은 일어나지 않을 것입니다. 어차피 그들도 마교와 함께 원나라의 세력은 중원에서 몰아내야 한다고 생각할 것이니까요."

"그렇겠지. 지금은 서로 검을 겨누고 있지만, 그래도 같은 한족이니……."

"맹주의 말씀이 맞습니다. 그들도 쉽게 움직이지 못할 것입니다."

"……."

"흐음……."

"무량수불……."

제갈 맹주의 말에 영수들은 모두 공감을 한다는 듯이 이구동성으로 동의를 표하며 고개를 크게 끄덕였다.

"또한 마교가 움직이지 않고 있는 것이 혹시 현원세가와 연관이 있지 않은가 의심하고 있습니다. 옛날과 비교해 볼 때 지금의 마교는 너무나도 다른 양상을 보이고 있기 때문입니다. 그러나 그것은 지금 생각해 보니 극히 희박한 추측인 것 같습니다. 하지만 혹시라도 그런 일이 발생하지 않도록 철저한 준비가 필요한 것입니다."

"그렇겠지. 미리 준비를 해야겠지. 암."

"아미타불……."

"흐음……."

"또한 이참에 북경에 있는 장백검파와 손을 잡아야 할 것 같습니다. 비록 장백검파가 현원세가를 상대하지 못하겠지만, 그들을 자극하지 않는 한도에서 견제를 해줄 수는 있을 것입니다. 그렇게 되면 우리가 마교를 상대할 수 있는 시간을 벌 수 있게 될 것이고, 그렇지 않고 현원세가가 먼저 움직인다면 우리는 패혈맹이 마교를 견제하도록 한 후 전력을 다해 현원세가와 맞서야 할 것입니다."

"그렇지! 철혈검문은 어떤가? 그들의 세력도 급속하게 성장을 했는데, 그들이 마교를 견제할 수 있지 않겠는가?"

궁 방주는 자신의 무릎을 탁 치며 제갈 맹주를 보며 철혈검문을 들먹였다. 이참에 눈엣가시처럼 여겨지던 철혈검문의 위세를 꺾어보고자 생각한 것이다.

"철혈검문이 마교를……?"

"그들이 무슨 힘으로 마교를 상대한단 말씀입니까. 그것은……."

"그렇습니다. 그들이 비록 패혈맹의 기습을 격파한 후 급속한 성장을 하고 있다 하나, 대부분 낭인무사들을 동원한 오합지졸에 불과합니다. 그들의 중추적인 힘은 채 백 명도 되지 않다는 것은 궁 방주께서도 익히 알고 계시지 않습니까. 그들은 마교의 흑마단(黑魔團) 하나도 막아내기 벅찰 것입니다."

"아미… 타… 불……."

"휴~ 정말 허황도군(虛皇道君)께서 굽어 살펴주시길, 무량수불……."

"제길! 누가 철혈검문이 마교를 상대할 수 있다고 했나! 나도 그 정도는 알고 있네. 나는 다만 철혈검문이 점점 세력을 성장시키고자 하는 것 같으니, 이참에 강남에 완전히 자리를 잡고 있는 패혈맹보다는 마교가 있는 서쪽으로 세력을 뻗어 나가도록 종용을 하자는 것이지. 우리가 있는 강북으로 올라오지만 않는다면 어디든 괜찮다고 말이야. 그러면 그들은 자신들 나름대로 마교와 견주어볼 것이고, 자신이 있다면 서쪽으로 세력을 뻗고 아니면 그 자리에 주저앉겠지. 마교도 견제하고 승승장구하는 철혈검문의 기세도 꺾을 수 있는 좋은 기회가 아닌가?"

"그렇습니다. 만약 궁 방주께서 하신 말씀처럼 된다면 기세가 등등한 철혈검문을 확실하게 무림맹으로 끌어들일 수 있을 것입니다."

"저도 궁 방주께서 하신 말씀에 동감입니다."

"그렇지? 맹주, 모두가 내 말에 동감을 하고 있네. 그러니 그렇게 하도록 조치를 하는 것이 어떠한가?"

"흐으음……."

제갈 맹주는 궁 방주의 말에 어쩔 수 없이 좌측에 앉아 있는 담현 방장과 연정 장문인을 향해 고개를 돌렸다. 비록 자신이 무림맹을 이끌고 있는 맹주였지만 앞으로 큰 도움이 될지 모를 철혈검문을 죽음의 사지로 몰 수 있는 상황이었기에 혼자 결정할 수 없어 도움을 구하고자 한 것이다.

"아미타불… 우선은 궁 방주께서 말씀하신 대로 철혈검문의 실력을 가늠해 보는 것도 좋은 방법일 것 같습니다. 그들의 정확한 능력을 알지 못한다면 후일 큰 화근이 될 수도 있기 때문입니다."

"빈도도 담현 방장께서 하신 말씀에 동감입니다. 비록 한 번밖에는 보지 못했지만 임 문주는 예사로운 인물이 아니었습니다. 임 문주가 만약 마교를 견제해 줄 수 있다면, 우리는 후방을 신경 쓰지 않고 현원세가와 결전을 벌일 수 있을 것입니다. 그러니 우리는 패혈맹과 철혈검문, 그리고 장백검파를 최대한 활용할 수 있는 방안을 모색해야 할 것입니다. 때에 따라서는 이번에 새로 창설한 잠룡단(潛龍團)을 투입해서라도 말입니다. 무량수불……."

"잠룡단을 말씀입니까?"

"하지만 그들은……."

"흠……."

"알겠습니다. 두 분의 의견뿐만 아니라 여러분 모두 좋은 의견을 내주셔서 감사합니다. 흐음… 그럼 여러분의 중지도 이와 같다 생각하고 실행에 옮기도록 하겠습니다. 앞으로 여러분의 도움이 절실히 필요합니다. 또한 이곳에 계시지 않은 많은 동도 분의 역할도 막중하니 여러분은 저희와 뜻을 같이하는 각 세가의 가주들이나 문주들에게 상황을 충분히 설명해 주셔야 할 것입니다. 이와 같은 어려운 상황에서 조금이라도 서로 간에 빈틈이 생긴다면 그것은 큰 화근으로 자랄 것이기 때문입니다."

"알겠습니다. 그것은 저희들에게 맡기고 맹주께선 차질없이 맹의 일에 전념해 주시기 바랍니다."

"그렇습니다. 비록 어렵더라도 문인들 간에 결속력을 다질 수 있도록 최선을 다하겠습니다."

"그렇지. 우리들이 지금과 같은 어려운 때에 맹주를 도와줄 수 있는 것이 그것밖에 더 있겠나. 그러니 그것은 걱정하지 말게."

"알겠습니다. 그럼 저는 여러분만 믿고 편안한 마음으로 일을 추진하도록 하겠습니다."

"그렇게 하게."

어렵게 타결된 의견.

제갈 맹주는 오랜만에 영수들이 한결같은 마음으로 중지가 모이자 굳어졌던 얼굴에 희미한 미소가 어렸다. 상황이 복잡하고 미묘하게 변했지만, 그것은 충분히 자신의 힘으로 헤쳐 나갈 자신이 있었다. 그렇기에 무림의 정세를 돌보고 위기를 타파할 수 있는 계책을 구상하는 것은 큰일이 아니었다. 즉, 그동안 무림맹을 이끌어 나가면서 제갈 맹주를 가장 힘들게 했던 것은 바로 영수들의 단합을 이끌어내는 일이었던 것이다. 그런데 오늘 뜻하지 않게 구파일방과 오대세가의 영수들이 한마음이 되어 무림의 앞날을 걱정하고 헤쳐 나가기 위해 어려운 중지를 모은 것이다. 그것이 자신들의 안위를 위한 것이든, 무림의 평화와 안녕을 위한 것이든 간에……

나는 지금 즉시 신앙으로 갈 것이다

◆ 제9장 나는 지금 즉시 신양으로 갈 것이다

인간의 명운은 하늘이 정하고, 사람은 하늘이 정한 운수를 알아내기 위해 온갖 노력을 기울인다. 그러나 무엇보다 중요한 것은 아무리 하늘의 운수를 알아낸다 해도 덕(德)을 갖추지 못한다면 소득을 얻을 수 없다는 것이다.

천장비처(天藏秘處).

하늘이 숨겨둔 은밀한 장소다. 이런 곳을 찾는다면 능히 다른 사람의 운수도 빼앗아올 수 있고, 상서로운 모든 것들을 훔쳐 낼 수 있다는 곳이다.

선과 악이 함께 공존하고 있다 하는 전설상의 장소. 그곳은 어쩌면 패혈맹을 일컫고 있는지도 몰랐다. 삼세(三勢)가 팽팽하게 대립하고 있는 가운데, 마음먹기에 따라서 선이 될 수도 있고 악이 될 수도 있는 곳이었기에…….

무림인들은 패혈맹의 행보에 촉각을 곤두세우고 있었다. 언제 어디로 튈지 알 수 없는 상황이었기에 무림맹을 비롯한 수많은 문파가 귀추를 주목하고 있는 것이다.

"송 군사, 이 장괘의 내용이 사실인가?"

"아직은 확인되지 않았습니다. 무림맹의 간자를 통해서 입수된 장괘인데, 아무래도 무림맹이 일부러 흘린 듯합니다. 그러나 내용은 상당한 신빙성이 있습니다."

"하지만 무림맹의 계략일 수도 있지 않겠는가?"

"그렇기는 합니다. 그래서 정밀한 조사가 수반되어야 할 것 같습니다."

"……."

검마왕(劍魔王) 독고후(獨孤珝)는 송 군사의 보고에 고개를 끄덕이면서도 무엇인가 못마땅한 듯 인상을 살짝 찡그렸다.

"왜 그러십니까, 맹주님?"

"흐음… 송 군사, 본좌가 생각하기엔 더 이상 조사가 필요하지 않을 것 같은데… 장괘의 내용을 보니 자세하게 기록되어 있지 않은가. 차라리 조사를 하느라고 시간과 인력을 허비하기보다는 다른 계획을 생각하는 것이 좋지 않겠는가?"

"일리가 있는 말씀입니다. 그러나 현원세가는 소인이 직접 찾아가서 동맹을 맺었던 곳입니다. 그런데 장괘 하나로 인해 쉽게 등을 돌린다면 앞으로 우리와 동맹을 맺으려고 하는 곳은 없을 것입니다. 그러니 대외적으로 정당하게 동맹 관계를 청산할 수 있는 근거가 필요합니다. 무림맹에서 보낸 장괘가 아닌, 우리들 스스로 찾아낸 자료 말입니다."

"그렇군, 역시 동맹을 쉽게 깰 순 없는 일이지. 암."

독고 맹주는 송 군사의 말에 크게 고개를 끄덕일 수밖에 없었다. 한 번 더 생각하는 송 군사의 뛰어남에 유비가 제갈량(諸葛亮)을 얻었던 당시를 생각하며 흐뭇한 미소까지 어리어 있었다.

황궁에 한림원이 있다면 강호엔 제갈량의 후손들이 살고 있는 절 강성(浙江省) 난계현(蘭溪縣) 제갈촌(諸葛村)이 있었다. 그러나 언제부 터인가 제갈량의 후손 한 명이 무림에 뜻을 두고 산동성(山東省) 기수 현(沂水縣)에 가문을 일으켰는데, 그것이 바로 현 무림맹주를 배출한 제갈세가(諸葛世家)였다.

문무를 겸비한 제갈세가, 하지만 제갈량의 후손답게 무공보다는 문(文) 쪽에 더욱더 두각을 나타냈다. 그러면서 무림의 지낭들은 대 부분 제갈세가에서 배출된다는 말이 나올 정도로 큰 발전을 이루었 고, 영향력도 커지면서 오대세가의 한 가문으로 당당히 자리를 차지 한 것이다.

독고 맹주는 제갈세가와 같이 흑도무림에 없는 보배가 정도무림에 있다는 것이 너무나도 부러웠다. 아무리 절정고수가 많다고 해도 정세 를 움직이는 것은 한 명의 군사라는 것을 너무나도 잘 알고 있었기 때 문이다.

하지만 언제나 기회란 오기 마련인 법, 독고 맹주는 건문제 시절 세 상에 명성이 드높았던 시강학사(侍講學士) 방효유(方孝孺)를 기억하고 있었다. 자신의 목숨을 보존하는 것보다 충절(忠節)을 지킨 충신.

독고 맹주는 옛 한림원(翰林院)의 대학사였던 방효유의 스승인 송염(宋 濂), 자신의 자식이 저지른 잘못으로 인해 사천성 귀양 기간 도중 병사한 아버지의 시신을 안치하기 위해 사천성으로 일가족을 이끌고 갔던 송신 을 영입하고자 많은 노력을 아끼지 않았었다.

    부친을 잃은 슬픔으로 인해 세상을 등지고자 했던 송신에게 유비가
제갈량을 얻기 위해 삼고초려(三顧草廬)를 했던 것과 같이 그 어느 때
보다 자신을 낮추고 인재를 등용하고자 노력한 것이다.

    "제가 제갈량도 아닌데 노형께선 불초한 제게 삼고초려까지 하실 것
은 없습니다."
    "송 공, 제발 부탁이오. 지금까지 어렵게 쌓은 학식을 아깝게 썩이지
말고 어지러운 세상과 백성들을 위해 써주시오."
    "노형께서는 한나라의 고조(高祖) 유방(劉邦)과 한신(韓信) 및 장량(張
良)을 아십니까? 책사들은 장량과 한신의 일화를 항상 머리 속에 떠올리
고 살아갑니다. "
    "흐음……."
    "책사(策士)는 책략의 두려움을 안다는 말이 있습니다. 사냥하기 위
해서는 사냥개가 필요하지만 사냥감이 없어지면 사냥개가 삶기게 되지
요. 저는 옛날 한신처럼 떠날 시기를 놓치고 싶지 않습니다."
    "송 공! 비록 한신이 유방에게 배신을 당했지만 장량처럼 유방의 곁
을 떠나지 않고 세상을 돌봤기에 자신의 꿈을 이룰 수 있지 않았겠소.
한때 항우(項羽)의 밑에 있었지만 중용이 되지 않아 빛을 보지 못하고
있으면서 많은 설움을 참고 또 참으면서 때를 기다렸기에 후세의 사람
들이 한신이란 이름을 기억하고 있는 것이 아니겠소. 나는 어릴 때부
터 부친으로부터 이런 말을 들으면서 자랐소. 일생의 계획은 어린 시
절에 달려 있고, 일 년의 계획은 봄에 달려 있으며, 하루의 계획은 새벽
에 있다 했소이다. 어린 시절에 배우지 않으면 늙어서 아는 것이 없고,
봄에 밭을 갈지 않으면 가을에 거둘 것이 없으며, 새벽에 일어나지 않

으면 그날 일거리가 없다는 공자의 가르침을 나는 잘 알고 있소. 송 공도 어린 시절부터 한림원 대학사를 지내신 부친의 지도를 받으며 나름대로 꿈을 키워왔을 것이 아니오. 그 꿈을 황궁이 아닌 무림을 위해 펼쳐 주시면 안 되겠소? 황궁이나 백성들이 인정해 주지 않는다고 무림이 송 공을 인정하지 않는 것은 아니라오."

"무엇을 그리 생각하십니까?"
"응? 흠흠, 아무것도 아니네. 그저 옛일이 생각나서……."
"허허, 알겠습니다. 그럼 소인은 이만 물러가겠습니다."
"그러게나."
독고 맹주는 뒤돌아서서 문밖으로 걸어나가는 송 군사를 바라보았다. 송 군사와 만나 뜻을 함께하기 시작한 것이 어느덧 이십오 년이란 긴 세월이 흘렀다. 부친인 혈마 독고신검이 폐관 수련에 들어간 후 패왕성의 성주로 취임하면서 등용을 하게 된 송 군사의 뒷모습은 세월의 흐름 속에 밀려서 그런지 지치고 많이 쇠약해 보였다.

'벌써 세월이 그렇게 흘렀던가? 송 군사가 나와 동년배이니 올해로 육십삼 세겠구먼. 무공을 익히지 않았기에 그런가? 기력이 예전보다 많이 딸리는 것 같구먼. 흐으음.'
독고 맹주는 자신의 건강을 생각하지 않고 패혈맹을 위해 정성을 아끼지 않는 송 군사를 위해 자신이 해줄 수 있는 것을 생각해 보았다. 그에 독고 맹주는 기력이 많이 허해진 것 같은 송 군사를 위해 만약전(萬藥殿)에 일러 보약을 다리라는 명을 내렸다.

*　　　*　　　*

삼천칠백 명이 넘는 외전 문인들은 문주가 새롭게 내린 명에 가슴이 쿵쾅쿵쾅 뛴다는 것을 실감할 수 있었다.

　내전으로의 입성.

　입문한 지 불과 일 년밖에 되지 않았는데 내전으로 배치될 수 있는 기회가 주어진 것이다. 비록 삼백 명에 불과할 정도로 들어가기 희박하다 할 수 있지만 그래도 여 교두가 한 그동안의 성과를 바탕으로 한다는 설명을 듣고서 혹시나 하는 기대감을 가지고 연무장 앞에 각자의 부당주 뒤에 도열해 있었다.

　"너희들도 이미 문주님께서 공표한 것을 들어서 잘 알 것이다. 오늘은 너희들 중에 내전에 새로 창설된 진검당(震劍堂)에 배치될 인원을 선발하는 날이다. 그동안 나는 너희들에게 무엇보다 꾀부리지 말고 훈련에 충실하라고 누누이 얘기를 했다. 오늘 그 결과가 너희들 앞에 나타날 것이다. 너희들은 항상 이 말을 명심하기 바란다. 오늘 진검당에 배치될 삼백 명의 문인은 일 년 동안 너희들과 함께 땀을 흘린 동료들이란 점이다. 또한 문주님께선 내전의 문인들과 외전의 문인들을 따로 생각하지 않으신다는 것이다. 그러니 비록 오늘 진검당에 배치가 안 되더라도 낙심하지 말고 앞으로도 더욱 열심히 수련에 임할 수 있도록 최선을 다해주기 바란다. 알겠는가!"

　"예!"

　"알겠습니다!"

　"좋다. 이미 문주님의 명에 의해 진검당의 당주로 비전당의 호대령 당주가 선출되었으며, 부당주로는 패진당의 마층 부당주가 선출되었다. 호 당주와 마 부당주는 지금 단상 위로 올라오도록 하라!"

"예, 알겠습니다."

"예."

호대령과 마충은 여 교두의 호명이 떨어지자 포권을 해 보인 후 천천히 단상으로 올랐다.

"응?"

"어라? 당주로 패진당의 도형곡 당주가 될 줄 알았는데……."

"나도."

"그러게."

문인들은 내심 패진당의 귀도사인 도형곡이 내전으로 들어가지 않을까 생각하고 있었다. 녹림삼천 중 일인과 대등한 결전을 벌였었다는 명성이 크게 작용하기는 했지만 남자다운 패기가 온몸에 넘치는 것이 오랜 기간 동안 낭인 생활을 한 문인들의 정서에 크게 다가섰던 것이다. 하지만 비전당의 광풍섭도 호대령을 나쁘게 보는 것은 아니었다. 처음 대면했었던 것과는 달리 수하들을 배려하고 세심하게 챙겨주며 정대한 성품이 문인들에게 알려진 것이다.

"그럼 비전당과 패진당은 어떻게 되는 거지?"

"뭐가?"

"아니, 호 당주님과 마 부당주님이 진검당으로 가시면 두 분께서 있었던 자리가 공석이 되는 것이 아닌가 해서."

"이 사람아! 아무리 공석이 돼도 우리 같은 말단이 넘볼 수 있는 자리가 있겠는가!"

"누가 뭐라고 했나! 그냥 그렇다는 것이지. 그나저나 철용(鐵龍) 자네는 어째서 내가 하는 말에 꼭 끼어드는 것인가?"

"내가 언제? 나는 전웅 자네가 너무 허황된 얘기를 하는 것 같아서 일깨워 줄려고 그러는 것이지 다른 뜻은 없네. 알겠는가?"

"뭐야? 내 이님을 당장!"

"그래! 당장 뭐?!"

"자자, 두 사람 모두 그만 하시구려. 이러다가 다시 여 교두님의 눈에 띌까 염려되네."

패진당에 배치를 받은 이후 한 방을 쓰게 된 세 사람.

강호초출에 운 좋게 시기가 잘 맞아 철혈검문에 입문을 하게 된 목기일과 만리표국의 보표로 들어가려고 했다가 쫓겨난 전웅, 그리고 금릉 황친의 보표를 하다가 그만뒀다고 떠들며 거들먹거리는 철용이었다.

전웅과 철용은 친하게 지내면서도 얼굴을 마주하고 있으면 으르렁대는 사이였다. 그리고 항상 그 사이에 목기일이 끼어 있었고…….

"조용히 하지 못하겠나! 누가 이렇게 떠드는가!"

"……."

"흠, 호 당주와 마 부당주가 내전으로 옮겨가면서 비전당과 패진당에 막중한 책임이 있는 자리가 공석이 됐다. 하지만 그것은 너희들이 크게 걱정하지 않아도 된다. 우선 비전당의 호 당주 자리는 지금의 부당주인 섬전도(閃電刀) 마상진(麻湘溱) 부당주가 대신한다. 그리고 공석이 된 부당주 자리는 각 당의 문인들 중에서 선출될 것이다."

"아~ 그럼 그렇지."

"역시 비전당은 마상진 부당주가 올라가는구먼."

"그러게… 잘되었지. 수문당의 조 당주와 절친한 친우 사이인데……."

"그래, 그동안 얼마나 껄끄러웠겠는가."

"그럼 부당주 자리는 누가……?"

"글쎄……."

"그러고 보니 부당주 자리는 누가 되는 거지?"

"……?"

여 교두의 이야기를 듣고 있던 문인들은 서로의 얼굴을 쳐다보며 누구의 성명이 호명될지 궁금하다는 표정을 지었다. 분명 각 당의 문인들 중에서 공석이 된 부당주 자리에 올라갈 것이 뻔했기 때문이다.

문인들은 여 교두가 자신을 호명해 주기를 숨죽이고 기다렸다.

"흠, 우선… 비전당의 부당주 자리부터 호명하겠다. 비전당 부당주로는 가장 열심히 수련에 임했던 황준근(黃俊根)을 선임한다."

"형? 혀, 형이?"

"내, 내가?"

"맞아, 지금 여 교두님이 형 이름을 불렀어!"

"명근아! 정말이지?"

"응. 축하해."

"그리고 패진당의 부당주로는, 비전당과 마찬가지로 내가 지시했던 모든 수련 과정에서 가장 열성적으로 최선을 다한 목기일(睦紀一)이 선임되었다. 두 사람 모두 단상 앞으로 나오도록!"

"……?"

"뭐? 지금 목기일을 부른 것 맞는가?"

"그, 그래. 나도 분명히 들었네. 분명 여 교두님이 목기일을 불렀어!"

"목기일이 누구야?"

"글쎄… 나도 모르겠는데……."

여 교두가 패진당의 부당주로 목기일의 성명을 호명하자 패진당의 곳곳에선 목기일이 도대체 누구인지 궁금하다는 듯 서로의 얼굴을 쳐다보았다. 그러나 아무리 찾아도 자신이 목기일이라 나서는 사람이 없었다. 그에 다시 서로의 얼굴을 보다가 뒤쪽 한편에서 목기일을 아는 듯한 목소리가 들리자 일제히 뒤돌아보며 행운의 주인공을 찾고자 했다.

"이봐! 뭐 하고 있나?"

"응? 왜?"

"지금 자네 성명이 호명됐지 않은가!"

"내 이름이……?"

목기일은 설마 자신의 성명이 호명될 것이란 생각을 하지 못하고 있었다. 아니, 기대조차 안 하고 있었다. 경험이 전혀 없는 강호초출이란 것도 그렇지만 자신이 남들보다 무공이 뛰어나다고 생각하지 않았기 때문이다.

"자네가 패진당 부당주로 선임이 되었네. 그러니 어서 나가보게!"

"뭐? 지금 뭐라고 그랬나? 내가 부당주로?"

"그래!"

전웅은 멍청히 자신의 얼굴을 바라보며 반문하고 있는 목기일의 어깨를 딱 쳤다.

"……."

"이런, 뭐 하고 있는가? 어서 단상 앞으로 나가라니까!"

"아, 알았네."

전웅의 말에도 아무런 행동도 취하지 않고 있자, 옆에 서 있던 철용이 더 이상 못 보겠는지 목기일의 등을 떠밀었다.

목기일은 전웅과 철용의 성화에 주춤주춤 단상 앞으로 걸음을 옮겼다.

"웅? 목기일이 그럼……?"

"아~ 처음 들어보았다 했더니 저 사람이 목기일이었구만."

"열심히 하긴 했지. 우리들 중 꾀부리지 않고 가장 열심히 했으니……."

"실력도 괜찮았어. 공력이 미비해서 그렇지 초식에 대한 이해는 상당했었지 아마?"

"웅, 나도 이제 기억이 나는구만. 여 교두한테 연신 물어보던 것 말이야. 너무 물어보니까 여 교두가 귀찮은 표정을 지으며 자기가 물을 때까지 입을 닫으라고 했었지. 후후."

"그랬었지. 역시 열심히 하니까 눈에 띄는구만."

"흐음……."

처음 목기일이 누구인지 궁금해하던 패진당의 문인들은 막상 목기일이 앞으로 나서자 누군가 하는 눈치였으나 수유의 시간이 흐르기도 전에 눈에 익은 얼굴이라는 것을 알아볼 수 있었다. 평소 말이 없어 다른 문인들과 쉽게 어울리지 못해 얼굴은 알지만 이름까지는 몰랐으나 패혈당에서 가장 열심히 여 교두가 시키는 수련에 임했다는 것은 누구나 인정하고 있었다.

"뭐 하고 있나! 빨리 단상으로 나와라!"

"옛? 예……."

목기일은 주변에서 자신을 바라보는 시선이 부담스러워 몸을 움츠리고 있다가 여 교두의 우렁찬 목소리를 들은 후에야 정신이 번쩍 났는지 화들짝 놀라며 단상으로 빠르게 뛰어갔다. 얼마나 정신없고 긴장을 했는지 신법을 사용하지도 못했다. 그저 본능적으로 빨리 가야겠다는 생각에 두 다리에 힘을 주어 최대한 빠르게 굴릴 뿐이었다.

"이제 진검당에 배속될 문인들을 호명하겠다. 자신의 성명이 호명되거든 패진당 좌측에 가서 정렬하도록 하라!"

"옛!"

"패진당에 궁영칠(宮勵七), 비전당의 …수문당 …지객당 …신수남(愼垂男)……!"

"와~ 내가, 내가……!"

"제길!! 내 이름이 불려지지는 않는군."

"그러게 말이야, 제길!"

여 교두의 호명이 끝난 후 일각 정도가 소요되자 처음 네 곳으로 정렬되었던 것이 다섯 곳으로 늘어났다.

자신의 성명이 불려 진검당에 배치된 문인들은 자신을 부러운 눈빛으로 쳐다보고 있는 동료들에게 손을 흔들어 보이며 어깨를 으쓱거렸다. 아직까지 들뜬 기분을 주체할 수 없었는지 환호성을 지르는 문인도 몇 명 있었다.

"모두 조용!"

"……."

여 교두의 우레와 같은 호통 소리에 어수선하던 연무장이 순식간에 쥐 죽은 듯 조용해졌다. 일 년이란 수련 기간은 그리 짧은 것이 아니었다. 오합지졸을 어엿한 문인으로 만들어놓을 정도로…….

"오늘 이 자리는 너희들에게 새로운 생각을 할 수 있도록 만드는 자리일 것이다. 문주님께서 말씀하셨듯 너희들은 용병이 아니라 철혈검문의 문인인 것이다. 너희들은 이 점을 자랑스럽게 생각하기 바란다.

외전이 생기기 전까지 철혈검문의 문인은 고작 백 명에 지나지 않았다. 백 명으로 패혈맹의 기습을 막아낸 것이다."

"아……."

'겨우 백 명이서?'

'현재 철혈당의 인원이 팔십 명이라고 했는데, 그럼……?'

문인들은 여 교두의 이야기를 들으며 가슴 한곳에 어리기 시작하는 찡한 느낌을 지울 수가 없었다. 정식으로 입문식을 치른 후 문인이 된 다음 한 번도 내전에 들어가 본 일이 없었기에 정확한 상황을 알 수는 없었지만, 현재 철혈당의 인원이 몇 명이란 것은 모두 알고 있었다. 패혈맹과의 결전이 있기 전 몇 명의 문인이 있었는지 모르고 있었지만, 언뜻 지나치는 철혈당 문인들의 얼굴을 볼 때면 자신들도 모르게 위축감이 들곤 했었다. 그런데 겨우 백 명이었다니…….

"하지만 현재 철혈검문은 너희들이 주축이 되고 있다. 아무리 철혈당이 천하무적이라고 하더라도 너희들이 없으면 그 빛을 잃어버린다는 것이다. 너희들이 성장할수록 우리 철혈검문의 위세는 소림이나 무당은 물론, 심지어 강남의 패권을 장악하고 있는 패혈맹을 앞지를 정도로 강성해질 것이다. 내가 너희들을 그렇게 만들 것이기 때문이다. 또한 그렇게 만들 자신도 있다. 비록 너희들 개개인의 무공이 떨어질지라도 하늘을 찌를 듯한 기세는 만들어줄 수 있다는 것이다. 그것이 내 임무이기 때문이다. 알겠나!"

"옛! 알겠습니다!!"

"좋다. 그럼 지금부터 한 시진 동안 각 당의 당주와 부당주가 문인들에게 자신을 소개함과 동시에 문인들이 자신이 속해 있는 당주와 부당주에게 자신을 알릴 수 있는 시간을 주겠다. 자! 지금부터 한 시진

후에 이곳에 다시 모일 수 있도록 하라!'

"예!"

문인들은 여 교두의 명에 힘찬 함성을 지르며 각각 당주와 부당주의 인도에 따라 자신들의 당사(堂舍)로 향했다. 연무장에 모였을 때보다 더욱더 생기가 넘치는 모습이었다.

철혈검문이 정신적으로 재무장을 한 가을은 너무나도 빠르게 지나 갔다. 가을이란 정서를 문인들이 느낄 수 없었을 정도로 하루하루가 빠르게 흘러간 것이다.

여 교두는 예전보다 더욱더 엄하게 문인들을 다그쳤다. 비록 자신이 철혈삼공에 대한 지식이 부족해서 깊이있게 가르칠 수 없었지만 황궁 시절 군 생활을 오래했었기에 문인들이 갖추어야 할 품행과 언행을 비 롯해서 서로 간의 결속력을 강조하며 끈끈한 단결을 이룰 수 있도록 최선을 다한 것이다.

흰 눈이 소복하게 내리는 겨울.

여 교두는 호열에게 더 이상 자신이 할 수 있는 것이 없다는 보고를 올렸다. 예전 낭인 시절부터 몸에 배어 있던 품행, 방정맞지 못하거나 난폭한 행동은 더 이상 문인들에게서 찾아볼 수 없었던 것이다. 이제 문인들에겐 자신의 무공을 한층 끌어올릴 수 있는 고수가 필요했다. 더 이상 품행이나 강조하며 기초적인 무공을 가르치는 자신보다 문인 들의 성장을 도울 수 있는 고수가 더 필요한 시점이라고 호열에게 고 한 것이다.

이에 호열은 그동안 놀라운 성과를 보인 여 교두의 노력을 치하하며 새롭게 수법당(守法堂)을 창설하고 당주로 임명을 하였다. 수법당의 당주로 있으면서 여 교두가 문인들이 문규(門規)를 위반하지 못하게 함은 물론, 철저히 지킬 수 있도록 최선을 다해주길 바라는 마음에서였다.

또한 수법당의 일은 호열이 생각하기에도 여 교두에게 딱 맞는 일이었다. 그렇기에 항상 규율을 중시하는 여 교두의 성격에 어울리는 수법당 당주 직은, 앞으로 여 교두가 문중과 문인들을 위해 노력을 아낌없이 쏟아 부을 수 있는 자리였다.

*   *   *

맹자의 진심장구(盡心章句)엔 닭이 울 무렵부터 일어나서 꾸준하게 선을 추구하는 자는 순(舜)의 무리요, 닭이 울 무렵부터 일어나서 이익을 추구하는 자는 도척(盜跖)의 무리란 말이 있다. 순과 도척의 무리를 알고자 한다면 다른 방법이 따로 있는 것이 아니라, 이익을 추구하느냐 선을 추구하느냐의 구별에 있다는 말이다.

그러나 세상 사람 모두 잘 알고 있다. 아무리 무림맹과 파혈맹이 자신들의 이익을 위해서 움직이지 않는다는 것을 강조하고 자신들을 순의 무리라 칭하고 있지만, 실상은 하루 종일 자신들 무리의 이익을 위해 생각하고 움직이는 도척의 무리라는 것을.

하지만 세상 사람들이 무엇이라 비꼬든 신경을 쓰지 않고 스스로 도척의 무리라 칭하고 다니는 무리가 있었다. 바로 양상군자(梁上君子)였는데, 만성금도(萬成金盜) 천추옹(天秋擁)이었다.

만성금도 천추옹, 삼십 년 전부터 무림에 전설을 만들기 시작한 도제(盜帝)였으며, 한때는 천추옹으로 인한 피해를 막기 위해 전 무림인이 동원되었던 적도 있었다. 늘 혼자 행동하며 세상을 조롱했었는데 언제부터인가 비밀 단체에 투신했다는 소문이 나돌고 있었다. 하지만 사람들은 천추옹이 다른 도적들과 다르다는 것을 잘 알고 있었다.

―세상에 도가 없는 곳이 어디 있을 수 있을까. 남의 집에 있는 물건을 불의로 넘겨보지 않는 것이 성(聖)이고, 먼저 들어가는 것이 용(勇)이며, 맨 뒤에 나오는 것은 의(義)며, 가부를 판단하는 것은 지(知)며, 고루 나누어 가지는 것은 인(仁)이다. 위 다섯 가지를 모두 가져야 능히 대도(大盜)라 할 수 있다.

천추옹은 어설픈 후배 도적들에게 진정한 대도로 거듭날 수 있도록 자신만의 철학이 담겨져 있는 대도지도(大盜之道)라는 말도 안 되는 사상을 설파하기 위해 많은 노력을 아끼지 않았다. 또한 자신이 만들어 놓은 도를 추구하고 실행에 옮기기 위해 목숨까지 담보로 잡힐 정도로 무한한 애정을 쏟았으며, 죽기 전까지 풀어야 할 숙제로 남겨졌다. 진정한 대도의 길을 찾기 위한…….

"헉헉, 제길! 회주의 부탁만 아니라면 이 고생을 하지 않아도 되는 건데 다 늙어가지고 객지에서 칼 맞아 죽게 생겼구먼."

천추옹은 뒤를 돌아보며 자신의 발자국이 선명하게 나 있는 눈밭을 확인한 후 무엇인가를 생각하더니 이내 고개를 절레절레 흔들고는 떨어지지 않는 다리를 재촉했다.

천추옹이 떠난 자리에는 깊은 발자국이 남겨져 있었다. 절정의 무공을 가지고 있다는 것이 무색할 정도로 선명한 발자국이었다. 만약 누군가 추적을 하려고 한다면 현재 천추옹의 몸 상태가 어떠한지 대번에 알 수 있을 정도였다.

천추옹이 떠난 후 얼마 지나지 않아서 어둠이 자욱하게 밀려오기 시작했다. 더불어 그동안 잠잠하던 눈발이 조금씩 내리더니 채 일각이 지나기도 전에 눈에 확연히 보일 정도로 날리기 시작했다.

척! 척……!

"이곳입니다."

"그렇군. 흠……."

푸른빛이 감도는 청색 무복을 입은 일단의 무인들이 시퍼런 장검을 손에 쥐고서는 반 시진 전에 천추옹이 서 있던 자리에 모습을 드러냈다.

"천추옹은 이곳에서 잠시 숨을 고른 후 떠난 것 같습니다. 아무래도 우리들이 추적하고 있다는 것을 알게 된 것 같습니다."

"그럴 것이다. 워낙 능구렁이 같은 작자이니… 그러나 남아 있는 발자국을 봐서는 체력이 많이 소진된 상태인 것 같으니 조금만 서두른다면 따라잡을 수 있을 것이다. 빨리 알아보도록!"

"옛!"

추적에 전문적인 지식을 가지고 있는지, 추호개(秋狐瑎)는 우두머리의 명을 받자마자 천추옹이 신형을 날렸던 발자국 앞에서 유심히 살펴보더니 한 곳을 향해 신형을 날렸다.

약 십 장 정도 신형을 날린 후에 무엇을 보았는지, 추호개는 그 자리에서 멈추어 서며 상황을 예의 주시하고 있던 우두머리를 향해 고개를 돌렸다.

"단주님, 이쪽으로 갔습니다. 이곳에 깊게 패인 발자국으로 보아 우리들의 추격을 따돌리기 위해 무리한 움직임을 보인 것 같습니다. 발자국 주변으로 십 장 이내를 살피면서 간다면 금방 따라붙을 수 있을 것 같습니다."

"알았다. 그럼 너는 발자국을 발견하는 즉시 단원들에게 방향을 일러주고, 단원들은 추호개가 일러주는 방향 십 장 이내를 확인하면서 전진하도록! 기랑추월단(驥狼追狂團)의 명예가 걸려 있는 일이다. 기필코 잡을 수 있도록 최선을 다하라!"

"옛!"

스스로를 기랑추월단이라 밝힌 의문의 무리는 천추옹의 발자국이 눈에 덮여 지워지기 전에 찾기 위해서 전원이 사방을 이 잡듯이 뒤지면서 추격을 시작했다.

희미하게나마 내리는 눈발은 추적을 당하고 있는 사람이나 추적하는 사람 모두에게 힘든 역경과 같았다.

추적을 당하는 사람은 자신의 행적 하나하나에 신경을 써야 하고, 추적하는 사람은 눈에 의해 발자국이 지워지기 전에 추격을 해야만 한다는 심적 부담감이 자리할 수밖에 없었다. 더구나 추적하고 있는 사람에게 꼭 되찾아야만 하는 귀중품이 있다면…….

하남성 정주(鄭州).

황하를 건넌 후 서쪽으로 가면 낙양(洛陽)의 남궁세가가 있고, 남쪽으로 조금만 내려가면 무림의 태산북두인 소림사가 등봉현(登封縣) 숭산(嵩山)에 자리하고 있었다.

"제길! 정주까지 어렵게 왔는데, 이젠 어떻게 한다? 아무리 내 목숨이 위급하다고 해도 무림맹에 도움을 구할 수는 없는 일인데…….."

천추옹은 정주가 훤히 내려다보이는 길목에 숨어서 한동안 숨을 고르며 앞으로 어떤 경로로 이동을 해야 할 것인지 생각하고 있었다.

"신양(信陽)을 거쳐 무한으로 가야 한다는 것인데… 하지만 지금부터는 직선 길이라 한 시진으로 벌려놓은 것이 모두 수포로 돌아갈 텐데, 흐음…….."

천추옹은 어렵게 시간을 벌려놓은 자신의 수고를 헛되이하고 싶지 않았다. 그렇다고 자신의 목숨을 담보로 모험을 할 생각은 추호도 없었다.

천추옹은 고심할 수밖에 없었다. 지금까지 추적자들을 혼동시키는 데 큰 도움을 주던 눈은 더 이상 자신의 편이 아니었다. 추적자들에게 자신의 행적을 고스란히 드러내고 있었기 때문이다. 그렇기에 천추옹의 마음은 더할 나위 없이 답답하기만 했다.

"그렇지! 정주 시내에서 조금만 저들을 현혹시킬 수 있다면 내게 승산이 없는 것도 아니다. 정주에서 내 행적을 놓치게 되면 현원세가에선 분명 내가 무림맹이 있는 회남(淮南)으로 향했다고 판단할지 모른다. 아니, 꼭 그렇게 되어야 하지. 케케케! 당연하겠지. 지금 상황으론 내가 자신들의 비밀을 알고 있다 판단할 것이니 분명 그놈들은 아직까지 내가 어디에 소속되어 있는지 모를 터, 목숨을 보존하기 위해 무림맹으로 우회할 것이라 판단할 것이 분명해. 제발 추적하는 놈들 중 멍청한 놈이 한 놈 끼어 있어야 하는데…….."

천추옹은 자신이 생각해 낸 방법을 실행에 옮기기 위해 단 한시도 지체할 수 없었다. 비록 천 리가 넘는 거리를 쉬지 않고 달려왔지만 그것이 주는 피로감은 목숨이 경각에 달려 있다는 압박감을 사라지게 만들 수 없었다.

천추옹은 한 시진으로 벌려놓은 시간이 아까웠지만, 당장의 이익을 위해 목숨을 내버릴 정도로 어리석지 않았다. 장장 반 시진 이상을 정주 거리 이곳저곳을 휘젓고 다니며 자신의 행적을 남긴 것이다. 병기점에 들려서는 비도로 사용할 수 있는 작은 단도들을 구입했으며, 객점에 들려서는 그동안 허기졌던 배도 채우고 뜨거운 화주(火酒)도 두 병이나 샀다. 하지만 건량은 따로 구입하지 않았다. 추적자들에게 가까운 낙양이나 숭산으로 향한다는 인상을 심어주기 위함이었다.

그러나 한편으로는 무림맹이 있는 제남으로 향하는 길목인 개봉(開封)으로 갔다는 흔적을 남기기 위해 정주의 동쪽 객점에 잠시 들러 말과 건량을 구입하는 치밀함까지 보였다.

"좋아! 이제 모든 것은 하늘에 맡기는 수밖에. 그나저나 신양까지 가야 지부를 통해 회주님께 입수한 장괘를 건네줄 수 있을 텐데, 휴~ 갈 길이 멀구나."

천추옹은 정주에서 자신이 할 수 있는 것을 모두 마친 후에 부랴부랴 말을 타고 신양으로 향했다. 비록 말 발자국이 걱정이 되기는 했지만, 미리 개방으로 향했다가 오솔길을 살짝 돌아서 가는 방법을 택했기에 크게 걱정하지는 않았다. 비록 반 시진 이상 허비를 했지만, 천추옹은 자신이 행한 일로 인해 세 시진 이상 시간을 벌 수 있을 것이라 생각한 것이다.

"단주님, 아무래도 흔적을 놓친 것 같습니다. 죄송합니다."

"뭐라? 이런! 분명 너는 개봉으로 향했다고 했지 않느냐! 그런데 정주를 벗어난 지 채 반 시진도 되지 않아 흔적을 놓쳤다니, 지금 그것을 말이라고 하는 것이냐?"

"당시의 전황으로 살펴보건대 소인의 판단은 틀림이 없었습니다. 그런데……."

"그런데……?"

"천추옹이 말을 타고 갔다면 말 발자국이 보여야 하건만, 이곳은 전혀 말을 타고 움직인 행인들의 흔적이 보이지 않고 있습니다. 중간에서 다른 곳으로 빠진 듯합니다."

"이거 참, 도대체가… 흐음……."

어렵게 황하를 건너 정주까지 추격을 한 현원세가의 기랑추월단(驥狼追狘團)의 단주는 추호개의 기어들어 가는 듯한 보고에 신경질을 냈다. 그러나 자신이 신경질을 내도 상황이 변하지 않는다는 것을 잘 알고 있었기에 무엇이 잘못된 것인지 차근차근 생각을 더듬어보았다.

"분명 낙양이나 숭산으로 향한 것은 아닌 것이 사실이냐?"

"예, 그것은 소인의 목숨을 걸라고 하셔도 분명하게 말씀드릴 수 있습니다."

"흐음, 그렇단 말이지……."

'낙양의 남궁세가도 아니고 숭산의 소림사도 아니라면, 늙은 여우 같은 천추옹이 무림맹에 도움을 구할 것은 자명한데… 개봉에는 개방(丐幇)이 무한에서 옮겨온 총타도 있지 않은가? 무림맹에 도움을 구하고자 했다면 분명 남쪽의 등봉현이나 개봉으로 갔어야 정상인데… 혹? 혹시 천추옹이 다른 곳에 속해 있다는 말인가? 안 되겠다. 아버님께 연통을 넣어 도움을 구해야겠다.'

"부단주!"

"예, 부르셨습니까?"

"그래, 부단주는 당장 총관님께 지원대를 보내달라고 하게. 그것도 최대한 빨리!"

광풍월검(狂風月劍) 곽현지(郭玄楮).

장년(壯年)도 되지 않은 나이에 기랑추월단의 단주 자리에 당당히 입성을 하면서 곽현지는 현원세가 내에서 아버지인 총관 추월검(追月劍) 곽성율(郭星燏)의 그늘에서 벗어나 독립을 할 수 있었다.

어린 시절 자신의 꿈을 이룬 것이다. 그러나 현원세가의 가솔로서 중책을 역임하고 있는 아버지의 그늘은 너무도 넓었다. 자신이 죽을 힘을 다해 오르고 또 올라도 언제나 아버지인 곽 총관은 항상 산꼭대기에 서서 자신이 올라오기를 기다리고 있는 것처럼 느껴졌던 것이다. 마치 이번의 일과 같이.

"옛? 지원대라니, 그것이 무슨 말씀입니까?"

"아무래도 천추옹이 다른 세력과 연관이 있는 것 같다. 그렇지 않고서는 개봉으로 향하지 않았을 리가 없다."

"아~"

"그러니 부단주는 지금 즉시 세가로 떠나라. 무림맹이나 다른 문파에서 알아차리기 전에 신속하게 움직여야 한다."

"알겠습니다. 하지만 어디로 가실 겁니까?"

"신양이다. 나는 지금 즉시 신양으로 갈 것이다."

곽현지는 부단주의 얼굴을 보면서 확신에 찬 음성으로 대답했다.

"신양이요?"

"그래, 만약 천추옹이 내 생각과 같이 다른 세력과 연관이 있다면 장강을 넘어 강남으로 갈 것이다. 이미 무림맹과는 접촉을 하지 않는다는 것이 확실하니, 그 다음은 패혈맹이거나 우리가 모르는 다른 곳이 분명하다. 하지만 그런 것은 중요하지 않다. 무슨 일이 있더라도 장강을 넘기 전까지 길목을 차단하면 되는 것이다. 신양에서 못 따라잡는다면 무한까지 가는 한이 있더라도 꼭 막아야 한다. 그러니 부단주는 최대한 빠르게 움직이도록 하라.”

“알겠습니다. 정주에서 무한까지는 직선 길이니 말을 타고 간다면 금방 단주님을 따라갈 수 있을 겁니다.”

“알았다. 그럼 부탁하겠다.”

“예, 그럼 저는 이만……!”

“좋다, 우리도 어서 출발하자!”

“옛!”

곽현지는 부단주가 문인 다섯 명을 거느리고 신형을 날리는 걸 바라본 후 남아 있는 문인들에게 출발할 것을 재촉했다.

생각지도 못한 타격.

만성금도 천추옹이 수중에 넣은 것이 무엇인지 모르지만, 만약 천추옹을 놓치게 된다면 그것은 곽현지에서 끝나는 것이 아니라 현원세가 전반에 큰 악영향을 불러올 것이 뻔했다.

곽현지는 그것을 잘 알고 있었다. 비록 자신이 책임지고 있는 곳이 세가의 기밀이 새어 나가지 않도록 하는 것이 주목적이었지만, 그렇다고 해도 도적 한 명을 잡기 위해 기랑추월단 이백 명 전원이 움직였던 사례는 없었기 때문이다. 그만큼 세가의 안위와 직결될 정도로 중요한 기밀이 새어 나간 것이다. 잘못하면 자신은 물론 아버지인 곽 총관의 목까지 날아갈 정도로…….

제 10 장

자네의 스승이 철혈검주(鐵血劍主)란 말인가?

자네의 스승이 철혈검주(鐵血劍主)란 말인가?

신양과 무한은 하남성과 호북성으로 행정 구역상 분리가 되어 있었지만 거리는 그리 멀리 떨어져 있지 않았다. 하남성과 호북성의 경계인 대별산맥(大別山脈)만 넘으면 지척이라 할 수 있었기 때문이다. 그러나 무한은 대별산맥 북쪽에 있는 신양과는 달리 눈이 하나도 내리지 않았다. 심지어 겨울이라 느낄 수 없을 정도로 얼음 하나 얼지 않는 포근한 날씨가 계속해서 이어지고 있었다.

"올 겨울은 날씨가 유난히도 좋은 것 같구먼. 아쉽다면 겨울인데도 눈을 볼 수 없다는 것이 좀 그렇지만……."

"그렇습니다. 어쩌면 지금 조선은 온통 하얀 세상이 되어 있을 텐데요."

"그렇겠지. 조선이야 워낙 눈이 많은 곳이 아닌가. 흐음……."

호열은 조 검주의 말에 고개를 끄덕여 보인 후 동북쪽 먼 하늘을 향해 시선을 주었다.

"흐으음… 주군, 외람되고 주제넘지만 한 가지 여쭈어보아도 되겠습니까?"

"응? 하하, 무엇을 말인가? 어려워하지 말고 물어보고 싶은 것이 있으면 서슴없이 물어보게. 조 검주 말고 누가 있어 내 말벗이 되어주겠는가."

"그렇게 말씀해 주시니 감사할 뿐입니다."

조 검주는 호열의 따뜻한 말에 감복하여 고개를 들 수가 없었다.

호열은 자신의 말 한마디에 감복해하는 조 검주를 보며 고마움을 느꼈다. 정작 고마워해야 할 사람은 자신이라 생각하고 있었기 때문이다.

"자, 그렇게 있지 말고 어서 물어보게. 내게 알고 싶은 것이 무엇인가?"

"예, 실은 오래전부터 여쭙고 싶었는데 그렇게 하지 못했습니다."

"……?"

"주군… 언제까지 화… 황제의 명을 받들 생각이십니까?"

"응? 언제까지라니? 그것이 무슨 말인가?"

"소인은 주군께서 왜 황제의 명을 받들고 계신지 모르겠습니다. 황제는 주군을 두려워하고 있습니다. 주군께서 맹목적으로 황제의 명을 받들 필요가 없다는 것입니다."

"허, 이 사람 무언가 잘못 알고 있구먼. 황제가 나 같은 사람을 왜 두려워한다는 말인가? 황제의 말 한마디에 수백만 명이 넘는 황병들이 목숨을 걸고 있는데……."

"아무리 황제의 곁에 수백만이 넘는 황병들이 진을 치고 있다 해도,

그들은 주군의 행보를 막을 수 없습니다. 그것은 황제와 대신들도 알고 있고, 소인도 알고 있는 사실입니다."

"하하, 나를 막지 못한다?"

"옛, 누가 감히 주군의 행보를 막을 수 있겠습니까!"

"하하하……."

호열은 조 검주의 말에 어이가 없었다. 하지만 듣기 싫은 얘기는 아니었기에 크게 웃어 보이며 조 검주의 어깨를 크게 두드려 주었다.

"주군, 소인의 충언은 진심입니다. 그냥 드리는 말씀이 아닙니다."

"흐음……."

호열은 조 검주의 이야기를 들으면서 황당하기 그지없었지만, 진심이 어린 조 검주의 표정에 그냥 웃으면서 쉽게 받아넘길 수 없었다.

'무슨 말인가… 황제가 나를 두려워한다는 것도 그렇고, 나를 막을 수 없다는 것은 또……?'

호열은 조 검주의 말을 되새기면서 자신에 대해 반문을 해볼 수밖에 없었다. 왜 자신이 황제의 명을 받아야만 하는지, 왜 황제가 자신을 두려워하는지, 조 검주의 한 마디 말에 혼돈이 찾아드는 것을 느꼈다.

'흐음… 조 검주가 그냥 하는 말 같지 않구나. 사실 나도 그동안 황제가 내게 베푼 호의의 저의가 무엇인지 고민하지 않았던 것은 아니지 않은가. 또한 지금 생각해 보면 무모한 반항도 해보았었고. 하지만 그때도 황제는 나에게 극형 대신 제독이란 직책을 하사했다. 닻아! 내가 거부를 할 경우 조선을 침략하겠다고 했었지. 정말 야심이 엄청난 사람이다, 황제는…….'

호열은 자신이 황제의 명을 거역하지 못하는 이유를 다시 한 번 생각할 수 있었다. 까맣게 잊혀졌던 일이었는데, 조 검주에 의해 되살아

난 것이다.

"주군, 혹시 주모님의 안위 때문입니까?"

조 검주는 호열이 황제 영락제의 명을 자신의 목숨보다 더 받들고 있는 것이 사랑하는 아내 소호 공주 때문이 아닌가 하는 생각이 들었다. 그렇지만 이왕 이야기를 시작했기에 물어보는 것이 좋겠다는 생각에 물은 것이다.

"뭐라? 내자 때문이라? 하하하."

"…아닙니… 까……?"

"하하, 딱히 아니라고 할 수도 없겠지."

"……?"

"사실 내자를 만나기 전까지는 내 자신의 안위는 물론 다른 이유도 있었지만, 지금은 오히려 그 이유가 가장 크다 할 수 있을 것이네."

"음… 현재는 주모님의 영향이 크다고 하셨는데, 그렇다면 그전의 다른 이유라 하심은……?"

"흐음… 사실 오래전의 일인데 황제와 나 사이에 이런 일이 있었다네. 당시……."

호열은 당시 황제와 있었던 불미스러운 일에 대해 조 검주에게 설명했다. 딱히 생각하고 싶지 않은 일이었지만, 의문스럽다는 표정으로 자신을 바라보고 있는 조 검주에게 조금이나마 자신의 입장을 밝히고자 한 것이다. 비록 자신이 우국충정으로 황제의 명을 받들었던 것은 아니었지만 그래도 조국을 보호하기 위해 행한 일이란 것을 알아주었으면 하는 마음도 없지 않았던 것이다.

"이런! 주군, 주군께선 황제가 조선을 쉽게 침공할 수 있다고 생각하십니까?"

"황제는 백만이 넘는 병력을 보유하고 있네. 내가 조선의 실상을 모른다고 하지만, 조선이 황제의 군사를 이기기란 극히 희박한 일이지. 더구나 자네도 들었지 않은가? 황제가 친히 안남을 공격하기 위해 남행(南行)을 감행했었다는 것을. 또한 그곳엔 삼보태감 정화가 이끄는 서양취보전(西洋取寶殿)도 함께 있었다네. 얼마나 치밀하고 무서운 계책인가. 황제는 크지도 않은 안남을 취하기 위해 육지와 해로를 통한 양면 공격을 감행했네."

"아닙니다! 그것은 주군께서 잘못 생각하고 계신 것입니다."

"……?"

"주군, 조선은… 아니, 우리 동철족은 안남처럼 그리 약한 민족이 아닙니다. 또한 황제는 그것을 잘 알고 있습니다."

"……."

"주군, 그것은 역사적으로도 증명이 되고 있습니다. 한족(漢族)이 세웠던 수많은 왕조의 흥망성쇠(興亡盛衰)가 바로 우리 민족과 깊은 관련이 있다는 것을 아십니까? 아주 먼 옛날 치우천황이 다스렸던 때부터 시작해서 수나라 시절이나 당나라가 중원을 지배하고 있었을 때 그들을 패망으로 이끌었던 민족은 바로 우리 동철족입니다. 그만큼 한족은 우리 동철족을 두려워하고 있습니다. 그렇기 때문에 항상 견제를 소홀히 하지 않는 것입니다. 그러나 만약 황제가 조선을 침략하려 한다면 그때는 나라의 국운을 걸고 싸우고자 할 때뿐일 것입니다."

"흐음……."

호열은 조 검주의 열띤 설명에 자신이 잘못 생각하고 있었다는 것을 느낄 수 있었다. 겨우 자신 한 명 때문에 황제가 대병(大兵)을 이끌고 조선을 침공하지 못한다는 것을 알게 된 것이다. 그러나 문제가 완전히 해결된 것은 아니다. 현재 호열에게 가장 소중한 존재이며 황제의 억압으로부터 보호해야 할 대상은 따로 있기 때문이다. 바로 호열의 내자이자 평생 함께했으면 하는 소호 공주였다.

"주군, 부디 토사구팽(兎死狗烹)이란 옛 성현의 말을 깊게 생각해 주시길 바랍니다. 황제는 능히 그렇게 하고도 남을 위인입니다."

"흐음……."

'토사구팽이라…….'

호열은 토사구팽이란 말을 듣자 머리에 번갯불이 스쳐 지나가는 듯한 충격을 받았다. 토사구팽이란 말의 의미를 모르고 있었던 것이 아닌데 새삼 조 검주의 입을 통해 들으니 예사로 들리지 않았던 것이다.

호열은 조 검주가 엎드려 한 충언에 새삼 황제와 자신과의 관계에 대해서 다시 한 번 생각해 보지 않을 수 없었다. 분명 조 검주의 말에도 일리가 있었기 때문이다. 현재 자신은 황제의 충실한 사냥개 역할을 하며 교활한 토끼를 사냥하고 있으니…….

"흠, 내 조 검주의 충언을 진심으로 받아들이겠네. 또한 그동안 내가 어리석은 생각을 하고 있었음도 인정하네. 내가 무어라고 황제를 혼자 막겠다고 생각했었는지… 하지만 지금이라도 제대로 알게 되었으니 그에 따른 대처 방안을 생각할 수 있겠지. 그 일은 조 검주가 알아서 해주게. 어쩌면 무림에서의 일이 끝나면 조 검주의 역할이 클 것이네."

"감사합니다, 주군. 또한 소인을 믿고 받아주셔서 고마울 따름입니다. 소인이 목숨을 걸고서라도 주군과 주모님의 안위를 위해 최선을 다하겠습니다."

"그래, 고마우이."

호열은 엎드려 있는 조 검주 곁으로 다가가 조 검주의 두 손을 꼭 잡고 일으켜 세웠다.

　조 검주는 호열의 너그러운 호의에 감읍한 나머지 두 눈에서는 눈물이 흘러내렸다. 사나이 조 검주의 충정이 담겨져 있는 열루(熱淚)였다.

　호열은 조 검주와의 일이 있은 후부터 앞으로 다가올 미래에 대한 준비를 하지 않을 수 없었다. 하지만 그것은 추 전주나 다른 누구에게도 알리지 않았다. 심지어 내자인 소호 공주도 호열이 무슨 생각을 하고 있는지 모를 정도였다.

　오른손이 한 일을 왼손이 모르게 하라.

　호열은 가장 소중하게 생각하는 소호 공주에게까지 철저하게 비밀을 지켰다. 적을 속이기 위해서는 자신부터 속여야 한다는 것을 오랜 경험을 바탕으로 익히 알고 있었기 때문이다.

　"양 군사, 개 당주로부터 무림에 대해 아무런 보고도 없었는가?"

　"예, 현재로서는 딱히 보고드릴 만한 사항이 없습니다."

　"그래……."

　"예. 아마도 무림맹과 패혈맹 사이에 우리들이 모르는 밀약이 오고 가는 것이 아닌가 생각이 됩니다만 그것은 저희로서는 파악할 수 없는 일입니다."

　"그렇겠지……."

　호열은 양 군사의 보고에 고개를 끄덕였다. 실상 문위당에 들어오는 정보들 모두가 무림맹의 개방과 하오문, 그리고 만금산장의 정보력을 바탕으로 얻어진 것들이었기 때문이다. 당연히 극비리에 행해지는 중요한 정보들은 철혈검문에서 얻고 싶어도 얻을 수 없는 것들이었다.

"동창보다는 낫다고 하지만, 그래도 답답한 것은 마찬가지로구먼."

"죄송할 뿐입니다."

"죄송은 무슨, 어쩔 수 없는 일이 아닌가! 그나저나 그럼 우린 계속해서 이대로 세월을 허비해야만 하는가?"

"그렇지는 않습니다. 어찌 귀중한 시간을 허비할 수 있겠습니까."

"응? 그렇지 않다면?"

호열은 양 군사의 말에 귀가 번쩍 뜨이며 숙여져 있던 고개를 치켜들었다.

"예, 우리는 무림맹과 패혈맹이 서로 간의 이해득실을 따지며 동맹 관계를 맺으려고 하는 이때를 놓치지 말고 주변의 소규모 문파들을 흡수해야만 할 것입니다. 정작 그들은 무림맹이나 패혈맹에 가입하고자 오래전부터 접촉을 시도하고 있으나, 그들이 아무리 접촉을 해도 지금까지 받아들여지지 않고 있습니다. 소규모 문파들까지 들어와서 접전 지역에서 서로 간에 미묘한 분쟁이 일어나는 것을 피하고자 했기 때문입니다."

"미묘한 분쟁이라니? 이미 분쟁은 일어났지 않은가?"

호열은 옆에 서 있는 추 전주를 바라보며 양 군사의 말을 받았다. 추 전주가 양 군사의 설명을 어떻게 받아들이고 있는지 간접적으로 물어보기 위함이었다.

"흠… 그렇지 않습니다. 양 군사가 말씀드리고자 하는 것은 생각보다 소문파들의 통제가 어렵다는 것에 있습니다. 소문파들은 무림맹이나 패혈맹에 가입이 되면 철저하게 따르는 듯하면서도 자신들의 문파가 있는 곳에서 입지를 굳히기 위해 별별 수단을 다 동원하게 될 것입니다. 흑도나 백도를 구분하는 것이 아니라, 철저히 자신들의 이익을 위해 총력을 기울인다는 것입니다. 사실 대문파들도 그러한 것을 따지지 않는 것은 아니나, 그들은 자신들의 이익을 챙기기 위해 대의를 저버리는 행위를 하지는 않습니다. 그러나 소문파들은 그렇지 않습니다. 그것이 무림맹과 패혈맹에서 우려하고 있는 사항입니다."

"그래? 그렇다면 우리들과 별반 다를 것이 없겠구먼. 우린 정도나 흑도를 따지지 않으니까 말이야. 그렇지 않은가?"

"흠… 그렇습니다. 문주님의 말씀대로 우리들의 최종 목표는 황제 폐하께서 원하시는 무림 평정이니까요."

"그… 렇지. 암……."

호열은 양 군사의 마지막 말에 힘있는 목소리로 대답을 하며 고개를 끄게 끄덕였다. 철혈검문이 만들어진 최종 목적은 바로 무림의 평정이었기 때문이다. 그것은 호열도 부인할 수 없는 것이었다.

"그럼 양 군사와 추 전주는 올겨울이 지난 후 우리들이 어떻게 움직여야 하는지 철저한 계획을 수립하도록 하게. 어디를 먼저 흡수해야 하는지, 또한 어디까지 가능한지 말이야. 서쪽은 마교들이 언제든지 쳐들어올 수 있으니 각별히 조심하도록 하고. 알겠는가?"

"예, 그렇게 하겠습니다."

"좋아, 그럼 나는 후원으로 가겠네. 아무래도 수련을 해야 할 것 같구먼. 참! 추 전주는 문인들의 무공 수련에 좀 더 신경을 쓰도록 하게. 문인들의 실력을 향상시킬 수 있는 일이라면 철혈당의 문인들을 동원해도 좋을 것 같구먼. 내전이든 외전이든 철저히 수련을 시키게. 가능하면 황궁의 내의부에 연락을 해서 영약들은 물론 지원을 받을 수 있는 것은 가리지 말고 받을 수 있도록 말이야. 알겠는가!"

"옛! 문주님의 명을 받겠습니다. 그럼 소인들은 이만."

호열은 추 전주와 양 군사가 나가자 바로 의자에서 일어서며 집무실을 나갔다. 후원에 있는 조 검주에게 가기 위함이었다.

호열은 근래 들어 부쩍 조 검주와 이야기를 나누는 시간이 많아졌다. 조향과 규화를 가르치며 수련을 하는 것도 좋았지만, 왠지 조 검주가 멀리 북경에 있는 장백검파에서 열심히 살고 있는 운영처럼 가깝게 느껴지고 있었기 때문이다.

"어서 오십시오. 그렇지 않아도 기다리고 있었습니다."

"응? 나를 말인가?"

"옛, 다름이 아니라 규화에 관한 일 때문입니다."

"규화? 규화에게 무슨 일이라도 있는가……?"

호열은 오랜만에 느긋한 마음을 가지고 머리도 식힐 겸 조 검주와 마실이나 할 생각으로 후원을 찾았는데, 난데없이 조 검주가 심각한 얼굴로 규화에 대해 언급을 하자 적지 않게 걱정이 되었다.

규화의 행동반경은 외전의 문인들이 입문을 한 이후로 많은 제약이 가해지고 있었다. 말을 시켜보지 않아도 한눈에 환관이란 것을 눈치챌 정도로 다른 사람과 확연히 구별되었기 때문이다. 그에 호열은 혹시나 외전의 누군가에게 규화에 관한 일이 들키지 않았나 하는 우려가 되었던 것이다.

"예, 실은 요즘 규화가 내전의 진검당 당주에게 무공을 배우고 있는 것 같습니다. 그것이… 심법은 아니고 세도를 다루는 도법 같습니다."

"뭐라? 진검당 당주에게 무공을 배워? 엄연히 사부인 자네가 있는데도?"

"예. 소인도 오늘에서야 알게 되었습니다."

"가만, 진검당 당주라면… 혹시 무림에서 광풍섬도라 불렸던 호대령 당주를 말함인가?"

"그렇습니다. 바로 호 당주입니다."

"허, 이런……."

호열은 자신이 생각했던 우려가 현실로 나타나자 크게 당황했다. 하지만 자신이 당황을 한다고 해도 이미 벌어진 일을 되돌릴 수 없다는 것을 잘 알고 있었기에 자초지종을 들어보아야겠다는 생각이 들었다. 그에 호열은 조 검주와 함께 규화가 있는 곳으로 걸음을 재촉했다.

규화는 조 검주의 엄한 꾸지람을 들었는지 풀 죽은 표정을 하고서는 제술(際術)의 자세를 취하면서 검을 하늘로 높이 들어 올린 상태로 위태위태하게 서 있었다.

규화는 안쓰럽게 쳐다보고 있는 조향의 눈빛을 받으면서 있다가, 호열과 조 검주가 자신이 있는 곳으로 빠르게 걸어오자 더 이상 고개를 들 수 없었던지 한 층 더 기가 꺾인 모습이 되었다.

"규화는 그만 하고 어서 이리로 오라!"

"무, 문주님, 살려주십시오. 사부님……."

"어허! 어서 이리로 오지 못하겠느냐!"

"흑흑. 아, 알겠습니다……."

서슬이 퍼런 조 검주의 엄한 명에 규화는 더 이상 살아남을 희망이 없다고 생각했는지 두 눈에 눈물을 흘리며 주춤주춤 호열과 조 검주가 앉아 있는 정자로 걸음을 옮겼다.

"흠, 조 검주에게 너에 관한 이야기를 들었다. 너는 어찌 된 일인지 거짓없이 고해야 할 것이다. 어서 자초지종을 고해보거라!"

"흑흑……."

"이런, 지금 주군께서 물어보고 계시질 않느냐! 어서 고하지 못할까!"

"……."

"예, 흑흑… 실은……."

삼 주일 전.

규화는 매일 후원에서 수련을 하면서도 문주인 호열과 사부인 조 검주의 추상과 같은 명에 의해 후원을 벗어날 수 없어 갇혀 있다는 생각에 답답함을 느끼고 있었다. 그에 잠시 머리도 식힐 겸 해서 후원의 가장자리까지 가보자는 생각을 하게 되었고, 자신의 생각을 실행에 옮긴 것이다.

사실 후원의 가장자리란 내전의 철혈당과 진검당이 있는 곳으로 통하는 길목과 호열이 하루 종일 정무를 보는 집무실이 있는 집무전 및 소호 공주가 기거하는 내실, 그리고 도도하게 흐르는 장강을 한눈에 볼 수 있는 뒤쪽 동산이 전부였다. 그러나 규화는 대담하게도 장강이 보이는 뒤쪽 동산으로 향한 것이 아니라, 내전으로 통하는 길목으로 걸음을 옮긴 것이다.

규화는 오랜만에 보는 내전 전각들에 눈을 뗄 수가 없었다. 실로 일년 만에 보는 장엄한 광경이었기 때문이다. 그만큼 내전의 전각들은 황궁과 비교를 해도 뒤지지 않을 정도의 화려함을 자랑하고 있었다.

규화는 내전에 점점 가까워질수록 황궁에서의 생활들이 주마등처럼 지나갔다. 힘들었지만 행복했던 황궁 생활을 떠올리자 그동안 답답하게 짓눌렀던 것들이 후련하게 사라지는 것을 느낄 수 있었다.

사람의 마음이 평정심(平靜心)을 찾게 되고 불안하고 답답했던 것들이 사라지면 안정감이 들면서 호승심이 생기는 것일까?

규화는 오랜만에 호승심이 이는 것을 느낄 수 있었다. 아직 후원을 벗어난 것이 아니었기에 조금만 더 갔다가 돌아가야겠다는 생각을 하게 된 것이다. 하지만 그것이 문제였고, 사건의 시발점이었다.

후원 한쪽에 수련 중이던 호대령 당주와의 조우(遭遇).

당시 규화는 호열과 조 검주의 명도 잊어버린 채 호대령이 수련하는 것을 지켜보게 되었다. 다른 사람이 무공을 수련하는 것을 보아서는 안 된다는 강호의 금기를 모르고 있었기에 충분히 있을 수도 있는 일이었지만 호대령은 그렇게 생각할 수가 없었다.

그에 호대령은 자신이 수련하는 것을 허락도 받지 않고 지켜본 규화에게 일검을 가했고, 규화는 자신도 모르게 수중의 검을 뽑으며 대항을 하게 되었다.

"어라? 내 일검을 막아?"

자신이 아무렇지 않게 시전한 일검을 규화가 쉽게 막자, 호대령은 눈에 쌍심지를 켜며 공력을 실어서 소매 속에 있던 세도(細刀) 세 개를 규화에게 던졌다. 그러나 상대가 약관(弱冠)도 되어 보이지 않은 젊은이라 생각했기에 이성의 공력만을 세도에 주입했다.

챙! 채챙!

"뭐야? 이것도 막았어?"

"왜 갑자기 공격하는 것입니까?"

"응?"

호대령은 갑자기 들려온 가느다란 목소리에 깜짝 놀랐다. 통상적으로 들을 수 있는 여인의 목소리도 아니었으며, 그렇다고 남자의 목소리도 아니었기 때문이다. 그에 호대령은 자신의 앞에 서 있는 상대를 주의 깊게 관찰하게 되었다.

"자네는 환관인가?"

"……!"

'헉! 이 일을 어, 어떻게 하지?'

호대령은 자신의 물음에 젊은이가 깜짝 놀라며 피하는 듯한 눈치를 보이자 자신의 말이 맞았다는 것을 알 수 있었다.

"환관이 맞는 것 같구먼. 그런데 환관이 이곳엔 어쩐 일인가?"

'큰일났다. 문주님이나 사부님이 아시는 날에는 난 죽은 목숨이다. 이 일을 어떻게 하지?'

"이곳은 어쩐 일이냐고 지금 묻고 있지 않은가! 그리고 허락도 없이 무공 수련을 훔쳐보다니……!"

"옛? 무공을 훔쳐보다니요! 저는 지나가는 길에 소리가 나서 온 것뿐인데!"

"뭐라? 지나가는 길이었다고? 흐음……."

'그럼 저 젊은이도 철혈검문의 사람이란 말인가? 환관이 어떻게……?'

호대령은 젊은 환관이 자신도 모르는 문인이란 생각을 할 수밖에 없었다. 출입이 엄격히 규제되고 있는 후원에서 태연하게 나온 것도 그렇고, 또한 자신을 바라보면서도 아무런 거리낌 없이 지나가는 길이라 했기 때문이다.

"그럼 자네도 본 문의 문하인가? 나는 내전 진검당의 호대령 당주라 하네. 자네는 누구인가?"

'내전 진검당? 헉! 이, 이런! 어떻게 하지? 정말로 외부인과 대면하게 되었잖아? 아…….'

"자네는 어디 소속인가? 난 한 번도 자네와 같은 문하가 있다는 말

을 듣지 못했는데?'

호대령은 자신이 예의를 갖추어 물어보는데도 상대가 아무런 말도 하지 못하고 서 있자 의심이 들었는지 소매 속으로 천천히 손을 가져갔다.

"저는 고, 저는 주모님을 모시고 있는 규화라고 합니다. 처음 뵙겠습니다."

"응? 주모님? 혹, 문주님의……?"

"예, 맞습니다. 저는 조향이라는 시녀와 함께 주모님을 모시고 있습니다."

"아~ 그랬구먼. 미처 몰랐네. 그럼 줄곧 후원에서 기거했었는가?"

"예, 그렇습니다. 내전까지 온 것은 거의 일 년 만입니다.'

"음… 그랬구먼. 내 실례가 많았네."

호대령은 규화의 설명을 듣고 어떻게 된 상황인지 충분히 짐작할 수 있었다. 후원에서 생활하다가 일 년 만에 내전으로 왔다고 하니, 예전에 들리지 않았던 자신의 수련 소리에 이끌려 올 수밖에 없었을 것이라 짐작한 것이다. 또한 그것이 사실이기도 했다.

"아닙니다. 제가 오히려 방해가 되지 않았나 합니다. 그럼 저는 이만……."

"아니, 저… 흐음……."

'놀라운 사실이로군. 철혈검문 안에 환관이 버젓이 생활하고 있다니, 그것도 주모를 모시고 있다니… 어쩌면 철혈검문이 황실과 관련이 있을지도…….'

호대령은 빠른 걸음으로 도망치듯 후원으로 사라지는 규화의 뒷모습을 보면서 고개를 갸웃거렸다. 통상적으로 환관은 황궁 안이거나,

흔하지는 않지만 황궁이 있는 금릉 내에서 볼 수 있는 것이 전부였다. 그런데 설마하니 황궁이 있는 금릉과 천 리가 넘게 떨어진 곳에서 보게 될 줄은 몰랐던 것이다. 그렇기에 설마 하는 생각을 가지고 있으면서도 철혈검문이 황궁과 밀접한 관계가 있지 않을까 하는 의심을 하게 된 것이다.

"에이! 철혈검문이 황궁과 관계가 있으면 어떻고 없으면 어떠냐! 어지러운 세상, 그저 편안하게 살다가 가면 되는 것을……."

호대령은 규화와의 뜻하지 않은 만남으로 인해 수련도 다 마치지 않고 자신의 집무실이 있는 당사로 향했다.

호대령은 사 년 전 있었던 군웅대회에서 유운검선 정운영과의 결투 이후 삶의 의욕을 잃어버리고 한때 은거를 하기도 했었다. 하지만 채 일 년도 지나지 않아 강호에 다시 나오게 되었다. 너무나 답답한 생활에 따분하고 지루하여 더 이상 견딜 수 없었던 것이다.

더구나 당시 군웅대회는 한 번으로 끝나는 것이 아니라고 무림영수들에 의해 공표가 되었기에 혹시나 하는 마음으로 강호에 다시 발을 들여놓은 것이었다. 운영에게 패한 것을 만회할 수 있다면, 그렇다면 다시 한 번 도전해 보았으면 하는 바람이 있었기 때문이다.

그러나 더 이상 군웅대회는 치러지지 않았다. 매년은 아니더라도 몇 년에 한 번씩 개회를 할 줄 알았는데 마교의 등장과 패혈맹의 급속한 성장으로 무기한 연기가 된 것이다. 그에 호대령은 어쩔 수 없이 강호 이곳저곳을 떠돌며 생활할 수밖에 없었고, 그렇게 지내다가 무한에 당당히 현판을 올린 철혈검문에서 문인들을 받는다는 소문을 듣고 흥미롭다는 생각을 가지고 무한으로 걸음을 옮긴 것이다.

사실 호대령은 철혈검문에 입문을 할 생각은 추호도 없었다. 그저 무림에서 할 일이 없어지자 무한의 풍물이 어떻게 변했고 철혈검문의 문주가 어떤 인물인지 구경이나 할 겸 해서 온 것이었는데, 그것이 계기가 되어서 생각지 않은 입문식을 치르게 된 것이었다.

호대령은 입문식을 치르면서 처음 호열의 얼굴을 접할 수가 있었다.

문사 차림의 호열은 호대령의 생각보다 그리 강하게 느껴지지 않았다. 다만 호열의 뒤에 조용히 시립해 있는 한 명의 무인과 단상 밑 한쪽에 도열해 있던 철혈당 문인들에게서 풍겨 나오는 위압감이 호대령의 심기를 자극할 뿐이었다.

운영과의 접전 이후 오랜만에 느껴보는 호승심(好勝心).

호대령의 마음 한구석에 은근히 호열 뒤쪽에 시립해 있던 조 검주와 검을 겨루었으면 하는 호승심이 자리 잡게 되었다. 그리고는 그것을 실행에 옮기고자 조금씩 자신만의 방식으로 철혈검문 깊숙이 들어오게 된 것이다. 검 하나에 자신의 모든 것은 물론 목숨까지 하찮게 여기는 무인답게…….

규화는 호대령과의 만남 이후 적지 않게 놀랐기 때문에 한동안 후원을 벗어나 구경하고 싶다는 생각을 할 수가 없었다. 그저 자신과 호대령과의 만남이 호열과 사부인 조 검주의 귀에 들어가지 않았으면 하는 바람뿐이었다.

그러나 일주일이 흘렀어도 호열과 조 검주의 반응은 예전과 똑같았다. 아무리 생각을 해보아도 호열과 조 검주에게 호대령은 자신과의 만남을 얘기하지 않은 것 같았다. 하지만 호열과 조 검주에게 직접 그러한 것을 물어볼 수가 없었다. 자칫 입 한번 잘못 놀리게 되면 원하지 않아도 호열의 명을 어기고 후원을 벗어났다는 것을 스스로 고하게 되는 것이다. 비록 후원을 벗어난 것이 큰 과실이 될 수 없었지만 그로 인해 진검당 당주 호대령에게 자신의 모습을 보였다는 것은 죽음으로 연관될 수도 있는 중대한 과실이었다. 환관인 자신이 철혈검문 내에 있다는 것은, 철혈검문이 황궁과 연관이 있을지도 모른다는 것을 상대에게 암시해 줄 수도 있었기 때문이다.

규화는 자신의 잘못을 잘 알고 있었다. 또한 얼마나 큰 과실을 저질렀는지도 모르지 않았다. 그에 규화는 호열과 조 검주에게 물어보는 대신 호대령을 만나서 직접 물어보는 것이 좋겠다는 판단을 내렸고, 그것을 바로 실행에 옮겼다.

규화는 혹시 없을지도 모른다 생각을 하면서도 호대령이 후원에서 예전처럼 수련을 했으면 하는 바람이었다. 비록 자신과의 일을 물어보기 위해 가는 것이었지만, 호대령을 만나고자 하는 이유는 비단 그것만이 아니었다. 단 한 번의 접전이었지만, 호대령의 비도술(飛刀術)은 규화에게 있어서 너무나도 다른 그 무엇인가가 있었기 때문이다.

'역시 있구나. 있었어.'

"흠흠, 오늘도 이곳에 계셨군요."

"응? 허허, 자네로군. 그래, 오늘은 무슨 일로 왔는가? 자네의 얼굴을 보니 저번처럼 지나가다가 호기심에 이끌려 온 것 같지는 않은데?"

"예, 실은 호 당주님께 한 가지 여쭐 것이 있어서 왔습니다."

"내게?"

호대령은 갑자기 찾아와 자신에게 물어볼 것이 있다고 하는 규화의 얼굴을 보면서 이채롭다는 표정을 지어 보였다.

"예, 실은… 다른 것이 아니라, 혹 문주님이나 조… 조 검주님께 일주일 전에 이곳에서 저를 만났다는 것을 얘기하셨습니까?"

"아니, 나는 문주님께 자네와 만났다는 말을 한 적이 없는데? 그리고 문주님을 만난 지도 오래되었고. 그런데 무슨 일 때문에 그런가?"

"아, 아닙니다. 그냥 제가 궁금해서 물어보았던 것뿐입니다. 하하, 그러니 호 당주께서는 신경 쓰지 않으셔도 됩니다."

'아~ 정말 다행이다. 역시 오길 잘했어.'

규화는 시원시원한 호대령의 답변에 일주일 동안 쌓여 있던 체증이 한꺼번에 싹 내려가는 것을 느꼈다. 정말 시원하기 그지없었다. 단 한순간에 그동안 한 번도 느껴보지 못한 상쾌함을 온몸으로 느낄 수 있었다.

"으음…… 허허허."

무엇을 신경 쓰지 말라고 하는지 모르겠지만, 호대령은 귀를 긁는 듯한 규화의 웃음소리에 눈살을 살짝 찌푸렸다. 그러나 규화가 눈치를 채기도 전에 평정심을 유지하고는 언제 인상을 찡그렸냐는 듯이 너털웃음을 흘렸다.

"그럼 더 이상 내게 물어볼 것은 없는가?"

"옛? 아, 아니 저……."

"왜 그러는가? 아직 물어볼 것이 남아 있는가?"

"예… 실은 당시 제게 시전했던 것에 대해서……."

규화는 자신이 지금 무슨 잘못을 저지르고 있는지 잘 알고 있었다. 비록 무림에 한 번도 나간 적이 없었지만, 스승을 모시고 있는 입장에서 다른 사람의 무공에 대해 물어본다는 것이 얼마나 큰 잘못인지 알고 있는 것이다. 그러나 규화는 호대령이 자신의 질문 한마디에 어떤 생각을 가지고 있는지 알지 못했다. 얼마나 황당해하고 있는지…….

"뭐라? 지금 자네가 내게 물어보고자 하는 것이 내 무공에 관한 것인가? 그런가?"

자네의 스승이 철혈검주(鐵血劍主)란 말인가? 273

"예, 그렇… 습니다. 사, 사실 저도 무공을 알고 있고 배우기도 했는데… 호 당주님이 펼치시는 무공을 보고는 저도 모르게 배, 배우고 싶다는 생각이 들어서…… 호 당주님의 마음을 상하게 했다면 죄송합니다. 죄송합니다."

"흐음……."

호대령은 자신을 향해 허리까지 깊숙이 숙여 보이며 잘못을 자인하는 규화의 행동을 본 후 불같이 치솟았던 화가 천천히 사그라짐을 느꼈다. 그에 어느 정도 안정을 되찾은 후 호대령은 왜 자신의 무공을 배우고 싶은지 알고 싶어졌다.

"자네의 이름이 무엇이라고 했던가?"

"예, 규화입니다."

"그래, 내 무공의 무엇을 보고 배우고 싶은 마음이 생겼는가? 분명 무공을 지니고 있는 것으로 봐서는 따로 스승이 있을 텐데?"

"예, 사실은 문중에서 조 검주님이라 불리고 계신 분이 저의 스승님이십니다."

"뭐라? 그럼 자네의 스승이 철혈검주(鐵血劍主)란 말인가?"

"예, 하지만 스승님의 검법은 평소 제가 시전하기엔 너무 벅차다 생각하고 있었습니다. 그런데 그날 호 당주님의 무공을 보고서는……."

"허, 이거 참… 내 무공을 보니 생각보다 익히기 수월할 것 같았다, 이 말인가?"

"예……."

"허, 허……."

호대령은 기어가는 듯한 규화의 대답에 너무나도 어이가 없어 허탈한 웃음밖에 나오지 않았다. 아무리 세상 물정 모르는 환관이라고 해도 이건 몰라도 너무 몰랐다. 더 이상 규화와 대화를 하다가는 치밀어 오르는 울화통에 심장이 새까맣게 타 들어가서 재가 됨은 물론 그나마 얼마 남지 않은 머리털까지 모두 하늘로 치솟아오를 것만 같았다. 하지만 호대령은 규화의 이야기를 끝까지 들어보고자 했다. 과연 자신의 무공에서 무엇을 보고 쉽게 배울 수 있다고 판단을 했는지 알고 싶어졌기 때문이다.

"그래, 자네는 내 무공의 무엇을 보고 조 검주님의 무공보다 배우기 쉽겠다는 생각을 했는가?"

"예, 비록 제 짧은 생각에 지나지 않지만 호 당주님이 제게 날렸던 비도술은 단순한 것 같으면서도 수많은 변화가 함께 공생하고 있었습니다."

"흐음……."

호대령은 단 한 번의 시전을 보고 자신의 무공에 가미되어 있는 무의(武意)를 깨달은 규화의 눈썰미와 총명함에 고개를 끄덕였다.

"그러나 제 스승님께서 가르쳐 주시는 무공은 음양의 조화를 꾀하며 순간적으로 얻어지는 파괴력을 극대화하는 무공입니다. 비록 호 당주님께서 펼쳤던 것에는 미치지 못하지만, 빠름이나 변화도 있습니다. 그러나 그것은 양공(陽功)과 음공(陰功)의 내공을 상충시켜 얻어지는 공력의 힘을 위주로 하는 것입니다."

"허……."

호대령은 규화의 설명을 통해 그동안 궁금하게 여기고 있던 조 검주의 무공에 대해 너무도 쉽게 알게 되자 순간 허탈감이 엄습했다. 한 번은 꼭 겨루고 싶다는 생각에 그 순간을 천천히 기다리며 은미(隱微)하고 있었는데, 너무도 쉽게 상대의 무공에 대해 알게 된 것이다. 비록 서로 검을 겨루지는 않았지만, 상대방의 무의에 대해 파악한다는 것은 실로 큰 수확이 아닐 수 없었다. 그러나 호대령은 그것이 그리 기쁘지 않았다. 자신의 힘으로 얻은 쾌거가 아니었기 때문이다.

"너는 지금 네 사부에게 큰 실수를 저질렀다. 또한 내게도 명예를 실추시키는 중대한 과실을 범했다."

"옛? 그, 그게 무슨……?"

"너는 네 사부의 무공을 너무도 쉽게 내게 일러주었다. 지금 네가 내게 설명한 것은 네 스승이 목숨보다 더 귀하게 생각하는 것이라 할 수 있다. 그런데 너는 그것을 아무렇지 않게 내게 가르쳐 준 것이다. 그것은 다시 말해 스승인 조 검주님의 목숨을 네 두 손으로 가져다 바친 것과 같다고 할 수 있을 것이다."

"아……."

"또 하나! 너는 내게 네 스승의 무의에 대해 일러줌으로써 무인으로서 평생을 살아오면서 단 한 번도 다른 사람에게 해를 끼치지 않았다고 자부하던 내 자존심을 상하게 했다. 만약 추후에 내가 네 사부인 조 검주님과 검을 겨루게 되는 일이 발생한다면 그땐 나도 모르게 오늘 네가 한 말을 상기하게 될 것이다. 그것은 내게 큰 도움이 되겠지만, 한 번도 나와 겨루지 못했던 조 검주님으로서는 큰 낭패가 아닐 수 없다. 무슨 말인지 알겠느냐? 너는 세 치도 안 되는 네 혀로 나와 네 스승인 조 검주님의 명예를 실추시킨 것이다."

호대령은 규화에게 무인으로서 지켜야 할 덕목을 자신과 조 검주를 거론하며 꾸지람하듯 설명을 해주었다. 사실 거의 꾸지람을 벗어나 질책과 같았지만, 호대령의 설명을 듣던 규화에게는 천둥 소리보다 더 엄한 형벌처럼 받아들여졌다.

"제, 제가 스승님께……."

"너는 세 치의 혓바닥으로 다섯 자의 몸을 살리기도 하고 죽이기도 한다는 말도 모르느냐?! 공자는 평생 선한 일을 하였다 해도 한마디 말을 잘못함으로 이를 모두 깨뜨린다고 하며 경계의 대상으로 삼았다. 즉 말이라는 것은 수를 놓는 무늬와 같아서 펼치면 모두 무늬가 나타나지만 접으면 그 무늬가 감춰져 소용이 없게 되는 것이다."

"아……."

규화는 호대령의 질책이 끝나자마자 땅바닥에 무릎을 꿇을 수밖에 없었다. 너무나 힘든 나머지 더 이상 두 다리로 서 있을 수가 없었던 것이다. 단 한 번도 생각해 보지 못했던 것들이었는데, 호대령의 엄한 질책을 통해 자신이 무슨 잘못을 저지른 것인지 알게 되었기 때문이다.

"흐으음… 되었다. 더 이상 오늘의 일을 거론하지 않겠다. 그러니 너도 오늘 있었던 일들을 접어두거라. 단! 네가 내게 네 스승인 조 검주님의 무공을 대해 가르쳐 주었기에, 나도 네게 나의 무공에 대해서 가르쳐 주겠다. 그러니 너는 혹여 내가 조 검주님과 검을 겨루게 될 때 내게서 배운 무공에 대해서 언질을 해주기 바란다. 조 검주께서 네 언질을 받아주실지 어떨지 모르지만, 나는 그렇게 함으로써 오늘 네가 저지른 실수를 갚아야겠다."

"아……."

"너는 내일부터 해시(亥時)가 되거든 이곳으로 오거라."

호대령은 규화의 대답도 듣기 전에 횅하니 등을 돌린 후 내전 진검 당이 있는 당사 쪽으로 신형을 날렸다.

규화는 멍하니 호대령이 사라지는 뒷모습을 한참 동안 바라보았다. 단 몇 마디 말로 인해 벌어진 엄청난 사태, 아무리 있을 수 없는 일이

라 생각하며 고개를 흔들어보아도 자신이 저지른 실수는 도저히 용납
되지 않았다. 그렇게 한참 동안 주저앉아 있던 규화는 흘러내리는 눈
물을 소매로 닦으며 후원으로 걸음을 옮겼다.

규화는 그날 이후 해시부터 자시가 되기 전까지 호대령에게 비도술
의 간단한 원리와 무림에서 어떻게 생활을 해야 하고 조심할 것이 무
엇인지 배우게 되었다.

장장 한 시진 반에 걸친 규화의 설명.

호열과 조 검주는 규화의 설명을 모두 듣고 난 후 서로의 얼굴을 바
라보며 크게 심호흡을 하지 않을 수 없었다. 또한 진검당 당주 호대령
에 대해서도 다시 한 번 생각하게 되는 계기가 되었다.

"너는 호 당주가 한 말처럼 크나큰 실수를 저질렀다."

"소인을 죽여주십시오. 이 못난 소인 때문에 스승님께 큰 누를 끼쳤
습니다. 흑흑……."

"그렇다. 너는 도저히 살아남을 수 없는 큰 죄를 저질렀다."

"흑흑흑……."

규화는 호열의 엄한 질책에 사시나무 떨 듯 온몸을 떨면서도 자신의
잘못을 깨끗하게 시인하며 벌을 달게 받겠다고 했다.

"알았다. 네가 잘못을 모두 시인하고 있으니 내가 따로 질책을 하지
는 않겠다. 너에 관한 사항은 앞으로 네 사부인 조 검주에게 모두 일임
할 것이다."

"예……."

"규화야, 나는 네가 이번에 큰 잘못을 저지른 후 너의 마음가짐이나
세상을 보는 눈이 크게 달라졌을 것이라 생각한다. 그동안 넌 네가 저

지른 잘못으로 인해 심적으로 큰 고통을 경험했을 것이고, 또한 매일 이 사부를 보면서 실수를 용서받기 위해 절치부심(切齒腐心)했다는 것을 잘 알고 있다. 그러니 너는 앞으로 오늘과 같은 일을 거울로 삼아 다시는 이와 같은 일이 일어나지 않도록 조심하고, 또 조심해야 할 것이다. 알겠느냐? 휴~ 오늘은 그만 물러가거라. 수련은 내일부터 다시 시작하도록 하자."

"옛? 하지만 사부님, 소인은 사부님은 물론 문주님께 죽음으로도 씻을 수 없는 대죄를 저질렀습니다. 소인을 죽여주십시오."

"어허! 물러가라 하지 않았느냐! 어서 물러가서 자숙하지 못할까!"

"흑흑… 알겠습니다, 스승님. 다시는 오늘과 같은 일이 없도록 하겠습니다."

"그래, 그러면 되었다."

"예……."

얼마나 눈물을 흘렸는지 규화의 두 눈은 온통 붉게 물들어 있었으며 눈 주변이 퉁퉁 불어 있었다. 규화가 아무런 일 없이 무사히 정자에서 걸어나오자 정자 밑에서 상황을 지켜보던 조향이 비틀거리는 규화를 부축하여 수련하며 기거하는 가옥으로 빠르게 걸음을 옮겼다.

호열과 조 검주는 조향과 규화가 사라지는 뒷모습을 보면서 깊은 한숨과 함께 두 손으로 가슴을 쓸어 내렸다. 규화의 설명을 통해 상황이 생각했던 것보다 심각하다는 것을 절실하게 통감한 것이다.

"조 검주, 자네는 어떻게 생각하는가? 호 당주가 우리와 황궁과의 관계를 눈치 챘다고 생각하는가?"

"예… 아무래도 호 당주 정도라면 쉽게 눈치를 챘을 것 같습니다. 심려를 끼쳐 드려 죄송합니다, 주군."

"휴~ 이미 엎질러진 일인데 어찌하겠나. 그나저나 호 당주의 성품이 정대하구먼. 가히 진정한 무인이라 할 수 있을 것이야."

"소인도 그렇게 생각합니다. 강호에 그런 무인이 있었다니, 소인도 호 당주를 직접 만나보고 싶습니다."

"하하, 아마 조 검주를 만나게 되면 검을 겨루고 싶다고 할걸?"

"소인이 생각하기에도 그럴 것 같습니다. 그렇지 않다면 규화에게 자신의 무공을 가르쳐 주지 않았을 것입니다."

"그렇겠지. 겨루고자 하는 마음이 없었다면 그럴 필요도 없었겠지……."

호열과 조 검주는 규화의 설명을 통해 호대령이 어떠한 목적을 가지고 철혈검문에 입문을 했는지 짐작할 수 있었다. 비록 처음 겨루고자 했던 상대가 정확히 누구인지 모르지만, 아니, 누구인지 짐작할 수 있었지만 그것은 그리 중요한 것이 못 되었다. 현재는 호대령이 조 검주를 상대로 지목하고 있기 때문이었다.

그러나 호열과 조 검주에겐 그것보다 더욱 중요하고도 큰 문젯거리가 생겼다. 규화를 통해 철혈검문의 최대 비밀이 호대령에게 알려진 지금, 언제 세상에 그 비밀이 알려질지 장담할 수 없는 상황이기 때문이다.

호열은 조만간 호대령을 직접 만나봐야겠다고 생각했다. 직접 만나서 규화로 인해 발생한 문제를 마무리 짓지 않고서는 다음 일을 행하는 데 큰 걸림돌이 된다는 것을 잘 알고 있었기 때문이다. 또한 그것은 호열 자신은 물론, 앞으로 철혈검문을 위해서도 필히 해야만 하는 것이었다.

　　　　　*　　　　　*　　　　　*

　호열은 조 검주와 앞으로의 일에 대해 한 시진 가까이 상의를 한 후 소호 공주와 점심을 함께했다. 낮 시간대에 함께 해주지 못하는 것이 미안한 호열은 점심 시간만이라도 소호 공주와 즐거운 시간을 가지면서 편안한 휴식을 취하게 도와주었다.

　세상에 의지할 수 있는 단 한 사람.

　소호 공주는 호열의 넓은 가슴이 편안하기만 했다. 그렇게 호열은 시간이 어떻게 흘러가는지 모르게 소호 공주와 즐거운 오후를 보냈다.

　점심을 먹는 내내 소호 공주에게 규화에 관한 일을 설명하지 않아서 그런지 찜찜했지만, 호열은 소호 공주가 모르는 것이 오히려 좋겠다 생각을 굳혔다. 더 이상 일을 만들 필요가 없다고 판단했기 때문이다.

　호열이 집무실에 도착한 것은 신시(申時)가 되었을 때 추 전주의 보고를 받은 후였다.

　"추 전주, 무슨 일인가? 오늘 일은 오전에 모두 지시한 것으로 아는데?"

　"예, 그런데 오후에 뜻밖의 방문객이 있어서 문주님께 연락을 하게 되었습니다."

　"뜻밖의 방문객?"

　호열은 추 전주의 보고에 양 군사의 얼굴과 추 전주의 얼굴을 번갈아 바라보며 다음 말이 이어지기를 침착하게 기다렸다.

　"예… 기대하지 않았던 방문객이기는 하지만, 저희들이 찾던 방문객이기도 합니다."

　"기대하지… 찾던……? 누구를 말함인가? 어서 말해 보게!"

자네의 스승이 철혈검주(鐵血劍主)란 말인가?　281

"예, 소인이 말씀드리겠습니다. 동창을 통해 찾고자 했지만 찾을 수 없었던 만리표국의 국주가 어찌 된 일인지 사람을 보내왔습니다."

"뭐야? 만리표국에서?"

호열은 양 군사의 입에서 뜻밖의 말이 튀어나오자 눈이 커지면서 무슨 소리냐는 듯한 표정을 지으며 추 전주를 향해 시선을 주었다.

"사실입니다, 문주님. 지금 지객당주가 방문객을 맞이하고 있습니다. 어떻게… 이곳으로 인도하라고 지시를 내립니까?"

"그렇게 해야지. 지객당주에게 정중히 인도하라고 하게."

"예, 그렇게 하겠습니다."

추 전주가 집무실 문을 나간 후 양 군사와 함께 자리하게 된 호열은 잠시 동안 두 눈을 감은 상태로 생각에 빠져들었다.

'갑자기 모습을 드러낸다? 찾으려고 해도 찾을 수 없었는데… 도대체 무슨 조화란 말인가. 흐음……'

"양 군사, 자네는 이 일을 어떻게 생각하는가?"

"예, 아무래도 우리에게 목적이 있기 때문에 온 것 같습니다. 다급한 일이 아니라면 찾아오지도 않았을 듯싶습니다."

"다급하니까 찾아왔다? 그럴 수도 있겠지. 도대체 그럼 만리표국의 국주를 다급하게 만든 것이 무엇일까? 우리들보고 보표를 서달라고 하는 것도 아닐 텐데……."

"소인의 생각으론 무림과 연관이 있지 않은가 합니다. 만리표국도 그들 나름대로 상당한 무인들을 고용하고 있을 것이 분명하기에 웬만한 일이 아니면 무림에 손을 벌리지 않을 것입니다. 아마 패혈맹이나 마교와 관련이 있지 않을까 생각됩니다."

"흐음… 그렇겠지. 무림맹이 만리표국을 압박하지는 않을 것이니……."

호열은 양 군사의 설명을 들으면서 일리가 있다는 생각에 고개가 절로 끄덕여졌다. 하지만 아직 당사자를 만나지 않은 상황이었기에 어떠한 것이 정답인지 알 수가 없었다. 그저 정력을 낭비하는 추측만 가능할 뿐이었다.

"문주님, 차를 대령했습니다."

"그래, 안으로 가지고 오너라."

"예."

호열이 지시하지도 않았는데 집무실 접대를 담당하고 있던 하녀가 두 손에 쟁반을 받쳐 들고 뜨거운 김이 모락모락 나는 차를 가지고 들어왔다. 모두 다섯 잔이었는데, 아마도 추 전주가 지객당으로 나가면서 하녀에게 지시를 내리고 간 것 같았다.

호열은 추 전주가 무슨 의도를 가지고 하녀에게 다섯 잔을 들이라 한 것인지 의문이 들었지만, 괜한 것에 신경을 쓰기가 귀찮아서 그냥 하녀가 건네주는 찻잔을 들고서 한 모금 가져다 댔다.

"응? 한 잔이 아니었느냐?"

"예… 추 전주께서 세 잔을 들이라 하셨는데, 물의 양을 잘못 맞추는 바람에 두 잔이 늘어나게 되었습니다."

"흐음… 그렇다고 시키지도 않은 것을 들이면 어찌하느냐! 어서 가지고 나가거라!"

"예, 알겠사옵니다."

양 군사가 하녀가 가지고 온 찻잔이 너무 많은 것 같아 추궁을 하자, 하녀가 자신의 실수로 인해 나중에 더 마실 수 있도록 가지고 왔다고 했다. 그에 양 군사는 하녀의 어이없는 행동에 얼굴이 붉어졌지만, 차마 호열이 곁에 있었기에 큰 소리를 내지 못하고 조용하지만 엄한 목소리로 하녀를 꾸중한 후 가지고 가라 지시를 내렸다.

"하하, 뭘 그런 걸 가지고 얼굴을 붉히는가. 자, 양 군사도 이리로 앉게. 오랜만에 같이 차 맛이나 감상하세나."

"아닙니다. 소인이 어찌……."

"어허, 그럼 혼자 차를 마시란 말인가? 그러지 말고 내 옆으로 와서 앉게."

"흐음… 그럼 그렇게 하겠습니다."

양 군사가 호열의 지시로 자리에 앉자, 호열은 자신의 앞에 놓인 찻잔에 손을 올려놓으며 김이 모락모락 나는 작은 흰구름을 감상했다.

"문주님, 추 전주께서 손님을 모시고 왔습니다."

"그래, 안으로 들라 해라."

"예."

문밖에서 하녀의 목소리가 길게 올린 후 추 전주가 처음 보는 방문객 두 명과 함께 들어왔다.

"아~ 하하, 어서 오십시오. 이렇게 만나뵙게 되니 반갑습니다. 임호열이라 합니다."

"만리표국(萬里鏢局)의 부국주(副局主)로 있는 공손추(恭遜醜)라 합니다."

"공손… 추…… 흐음……."

호열은 자신을 스스로 추(醜)라는 글자를 써서 밝히자 무슨 의도를 가지고 말하는지 몰라 공손추의 얼굴을 바로 보게 되었다. 검에 의한 자상(刺傷)인지 왼쪽 뺨을 길게 가로지르고 있는 두꺼운 흉터가 나 있었다.

호열은 공손추의 상처를 확인한 후 왜 공손추가 자신의 성명에 추라는 것을 집어넣었는지 짐작할 수 있었다. 스스로 넣지 않았다면 도저히 추라는 글자가 성명에 나올 수 없었기 때문이다.

호열은 머쓱한 표정을 지어 보이다가 이내 자신의 추태를 깨닫고는 곧바로 공손추에게 자리에 앉을 것을 권했다.

"하하, 죄송합니다. 큰 결례를 범했습니다."

"아닙니다. 사실 추라는 글자 때문에 문주께서 그렇게 행동하셨다는 것을 잘 알고 있습니다. 그러니 신경 쓰지 마십시오."

"하하, 그럼……."

호열은 한차례 크게 웃어 보인 후 자신의 자리에 앉았다.

"추 전주도 이쪽으로 와서 앉게."

"옛? 하지만 소인이……."

"어허, 양 군사도 내가 앉으라고 했네. 오늘은 오랜만에 귀한 손님들과 함께 차 맛을 즐기는 것도 좋지 않겠는가."

"알겠습니다. 문주님의 명에 따르겠습니다."

"그래, 그럼 자네도 내 옆에 앉도록 하게."

"예."

추 전주가 호열이 권하는 자리에 앉자, 호열의 양옆에는 먼저 자리에 앉아 있던 양 군사와 추 전주가 함께 자리한 형국에 되었다. 맞은편에는 공손추 부국주와 호위무사인 듯한 무인이 조용히 자리하고 있었다.

"흠… 공 부국주께서는 무슨 일로 본 문을 찾아주셨습니까?"

"허허, 문주께서 이토록 단도직입적으로 물어보실 줄은 몰랐습니다."

"하하, 워낙 어쩔 수 없는 성격이라 실례가 되는 줄 알면서도 이렇게 매번 손님들에게 실례를 저지르곤 합니다. 양해해 주십시오."

"별말씀을, 괜찮습니다. 그럼 저도 단도직입적으로 본론부터 말씀드리겠습니다."

공손추는 호열이 통상적인 인사 한마디 없이 다짜고짜 본론으로 넘어가자 적지 않게 당황을 하는 듯하더니 크게 웃어 보인 후 포권을 하며 호열의 호쾌함에 감탄스럽다는 표정을 지었다.

호열 또한 공손추의 행동이나 언행이 그리 나쁘지 않았기에 마주 포권을 취하며 물 흘러가듯 자연스럽게 말을 돌렸다.

"현재 저의 표국에서 중책을 맡고 있는 장로 한 명이 괴한의 무리에게 쫓기고 있습니다. 이틀이 지나지 않아 무한에 들어올 것 같은데, 저희를 도와주셨으면 감사하겠습니다."

"귀 표국의 장로가 괴한들에게 쫓기고 있단 말입니까?"

"예, 실로 엄청난 무위를 지니고 있는 자들입니다. 또한 숫자도 적지 않아서 결례를 무릅쓰고 이렇게 찾아오게 되었습니다."

"흐음, 도와드리는 것이야 어렵지 않습니다만… 제가 알기로는 만리표국의 본국(本局)은 절강성(浙江省) 금화(金華)에 있는 것으로 알고 있는데 어인 일로 장로가 무한까지 온 것인지 모르겠습니다."

호열은 동창에서 파악한 정보를 바탕으로 어떻게 된 상황인지 파악하고자 공손추에게 간접적으로 추가적인 설명을 해줄 것을 넌지시 물어보았다.

"크흠… 사실 세상에 알려진 것과는 달리 본국은 호남성(湖南省) 장사(長沙)에 있습니다. 그렇기에 장강을 건너 호남성으로 들어가기 위해 무한으로 오고 있는 중입니다."

"아~ 만리표국의 본국이 호남성에 있었군요. 그것도 이곳과 얼마 떨어지지 않은 장사라니, 정말 몰랐습니다. 지척에 두고도 몰랐다니. 하하하."

"원래 지척에 있는 것이 더 찾기 어렵답니다."

"하하, 그런가 봅니다. 사실 저희들도 만리표국의 국주를 만나보기 위해 백방으로 수소문을 했었던 적이 있습니다. 그때 찾다가 포기를 했지 뭡니까. 하하하."

"허허, 실은 그 일도 있고 해서 이렇게 찾아온 것입니다."

"그러셨습니까? 그럼 잘되었군요."

"허허……."

"저… 문주님."

"응? 무슨 일 때문에 그러느냐?"

호열은 갑자기 문밖에서 들려온 하녀의 목소리에 반문을 하며 무슨 일 때문인지 물어보았다. 평소 집무실에 방문객이 있으면 하녀들은 걸어가는 소음도 죽이기 위해 뒤꿈치를 들고 움직이는데, 오늘은 그런 것과는 달리 문밖에서 자신을 불렀기 때문이다.

"예, 사실은 주모님께서 오셨습니다."

'응? 안사람이?'

『호열지도』 10권으로…

자네의 스승이 철혈검주(鐵血劍主)란 말인가? 287